清代女詩人汪端

陳瑞芬 著

自序

本文主旨將清代女詩人汪端作一通盤研究，以期了解其人其詩，進而肯定其文學地位與價值，以供將來研究者有可資參考之材料。全文共七章，第一章「緒論」：說明研究動機、研究方法及研究心得。第二章「汪端世系」：追溯汪端父系、母系、夫系等親族間之學術背景，藉以說明對汪端文學生命之影響。第三章「汪端生平」：本章著重研究汪端其人其事，計分五部分：（一）幼年生活、（二）失怙後之情景、（三）選婿締姻、（四）汪端之婦德、（五）向道問禪，終了一生。第四章「汪端明三十家詩選」：詳述汪端編著詩選始末，內含編著動機、過程、內容概要並舉證汪端之詩學著作，以明其詩學理論。第五章「汪端詩作之風格」：本章將汪端詩作依文體之性質歸納為十四類，其次介紹汪端詩作清與真之獨幟詩風，詩作見解獨特兼具對仗和諧之美。第六章「汪端詩作對仗」：計分五部分：（一）運用人名技巧；（二）描寫景物對仗技巧；（三）用字技巧與詩意；（四）採用方位、時間、地名之技巧；（五）運用詩書文體名之技巧，分別介紹其作品並舉例說明。第七章「結論」：本章係綜合各章對汪端其人其詩之研究分析，藉以說明汪端之所以睥睨詩壇，為清代女詩人之冠冕，實有其不平凡之家庭與時代背景、曲折之人生際遇，以及一己超凡詩才與專一精神，不僅具賢淑婦德，且能獨幟詩風，道德文章足為後世典範，實堪為一代女詩人也。

目次

第一章

緒論

中國文化堪稱當今世界最具歷史與影響之文化，中國文學又居中國文化領域中之關鍵地位。中國文學內容豐富，意境高超，為舉世公認，欲窺中國文學之全貌，縱然窮畢生之力，亦難登堂何況入室，故莊子有言：「吾生也有涯，而知也無涯。以有涯隨無涯，殆已。」孔子謂：「興於詩」。由於詩涵詠極高哲理，足以提昇思維意境，更由於具熱愛生命之澎湃感情，故終能發展為生命之學。不僅使生命充實光大，進而創造中國式真善美之人生。有鑑於此，故以「詩」列為研究範圍。

我國傳統觀念及社會結構，仍以男性為主，故在詩之作品中，女性獲得卓越者不多。如詩經三百零五篇，謝无量舉出僅十六首為女子之作。漢書藝文志詩賦略，凡收詩賦千餘篇，然婦女作品竟付諸闕如。丁福保編全漢三國魏晉南北朝詩，閨秀詩人僅四十四人。全唐詩九百卷，女性詩人僅九卷。至清代因思想界之自由風氣，及鼎盛文風影響，致使閨閣詩人，在詩壇上大放異彩。徐世昌編清詩匯二百卷，內中十卷屬閨閣作品，計四百八十五人。又施淑儀編清代閨閣詩人徵略一書，共十卷，計一千二百七十四人。

清代女詩人之表現，堪稱成就非凡。就中尤以汪端因家學淵源，特重閨閣教育，堪稱詩壇奇葩，故能睥睨詩壇，為清代女詩人之冠冕。汪端姨母梁德繩序其「明三十家詩選」言：「讀是書者，不特三百年詩學源流，朗若列眉，即三百年之非得失，亦瞭如指掌，選詩若此，可以傳矣。」汪端姨丈許宗彥序其「自然好學齋詩鈔」言：「風力遒宕，無梔蠟之色，枅圈之響，女子詩能如是，不獨足以自娛，而亦可以傳諸世矣。」故不嫌鄙陋，以「汪端研究」為題，撰成此文。

本文研究方法計採歷史、演繹、歸納等法。（一）歷史法：窮本溯源，針對作者汪端之家庭背景，上溯自父系、母系、夫系等研究，並將有關重要大事列出，希藉此對汪端其人其事，獲致點、線進而全面之瞭解。（二）演繹法：經由已搜集相關資料之分析、引申、闡述，以期對於作者同時代有關作品，作一探討。（三）歸納法：經由歷史、演繹方法，對作者家世背景、重要經歷等之研究，以及對汪端詩作之分析，歸納之後對汪端其人其詩獲致整體且清晰之瞭解。

本文內容計分兩大部分，首在研究汪端家世及生平。由汪端父系、母系、夫系等親族，學識、行誼之探討，以分析與汪端之文學因緣。由汪端平生經歷，以瞭解其思想形成之背景，益且領悟作品中之意境。其次就汪端「明三十家詩選」一書，研究編著動機、過程、內容，以明其詩學理論；並就汪端詩集「自然好學齋詩鈔」，歸納其詩作，研究其寫作風格與技巧，以明其詩作內容梗概，進而確立其理論與創作合一之文學成就。

研究清代女詩人汪端，經由其家學背景、生平傳略、詩作分析，於其一生，及其詩作風格、寫作技巧、意境表達，所代表之意義，均獲致極為深刻之印象。在清代重視文學修養之環境薰陶下，女性能發揮文學創作能力，表現獨特才華，不僅豐富一己生命，亦對詩界注入另一股朝氣與力量，實格外不易值得重視。經由此一研究，對於今後有志從事汪端研究者，提供可資參考之資料，藉此略盡綿薄之力，實引為一大樂事也。

第二章

汪端世系

第一節　父系

一、錢塘汪華公

(一) 第四十七世遠祖公汪華

汪端第四十七世遠祖公汪華，字子華，又字興哥，浙江錢塘人。汪華之父汪彥，富於財，曾以巨款資助汪華至浙東貿易樞紐鄞縣普陀學商；汪華後遇豪客劉琮困於途，乃解囊助之。隋末，亂事起，汪華因而得劉琮之力，保障宣、歙等六州。其後唐高祖李淵舉事，汪華又納款賑濟數十萬戶百姓，蒼生始免罹於兵革之災，其功實可與五代之錢鏐比擬。

待唐一統天下後，汪華受封為越國公。宋時又封為靈惠公，至明再受封為廣濟靈惠王，由於汪華積德行善於隋唐之際，先後立大功勳，故唐、宋、明三代各為之封號（註一）。然新舊唐書中並無其事跡傳世，汪端以為新舊唐書不為立傳，乃因後代子孫顯達，而宋初執筆史官，為避逢迎當朝權貴之嫌而作罷。（註二）

（二）遠祖公行誼對汪端之啟示

汪華本性不慕富貴、淡泊權勢，後與劉琮入潮音洞修道成真。汪華善行義舉，流澤廣被子孫，後嗣因而蒙受福蔭，賢達備出，富盛貴顯不絕。後人為之建廟於吳山，汪端每至杭，必往拜謁。神仙通鑑有汪華傳載。逝後，陳文述將其事蹟補入西泠仙詠。汪端與遠祖汪華同為正月十八日生，因而有揚祖光、述祖德及承先啟後之使命感。

二、祖父汪憲

汪端曾祖父汪光豫，字介思。祖父汪憲，字千波，號魚亭。乾隆十年乙丑進士，官刑部陝西司員外郎。候選主事，尚未上任就銓，竟先謝逝。

汪憲一生，為官清廉，為人嚴謹，治學尤為勤篤，留心小學，嗜於字書，著有說文繫傳考異四卷。為官刑部時，又著有烈女傳一卷。茲以所著二書為經，其人其事為緯，略述其生平。

（一）說文繫傳考異四卷、附錄一卷

觀其著作動機為①見於南唐徐鍇所作說文繫傳考異四十卷，年久散佚之故。②鄭樵通志所載已亡二卷。③李燾所作五音譜序，蒐訪多年，僅得七八闕卷，誤字無從訂正。其後雖有傳本，而其中第廿五卷，終不可得。④據王應麟玉海，宋石已無完帙。明代錢曾號富於藏書，而讀書敏求記中竟稱為「驚人秘笈」。方以智號精於小學，而通雅稱「楚金所纂」亦皆遺失。

說文繫傳本已罕有傳本，又因歷來好事者秘相傳寫，魚魯滋多，以至於不可句讀。因此汪憲乃以所見影宋抄本，參以今本說文及旁證所引諸書，證其同異，訛者正之，不可解者並存，以俟核正。末有附錄一卷，為諸家評論繫傳之詞，以成此書。（註三）

考異之鼻祖經典釋文以下，沿流而作者頗眾，然韻書、字書節目繁碎，汪憲作此書，能縷析舊文，由首至末訂舛午，而彙為一編，可謂勤於校定舛謬者。

（二）列女傳一卷

觀其序中所述寫作動機，起於乾隆廿三年戊寅，廿四年己卯間，汪憲為官刑部，每遇節烈案件，常念彼等微賤巾幗，因不肯受辱於人攜手調語之輕蔑，而毅然重節蹈義，不顧輕生，此民間嫠婦守志之行，足以媲美士君子特立不回之概。因之汪憲常撫案三歎，嘉其志而高其風，心殷然

汪端世系表

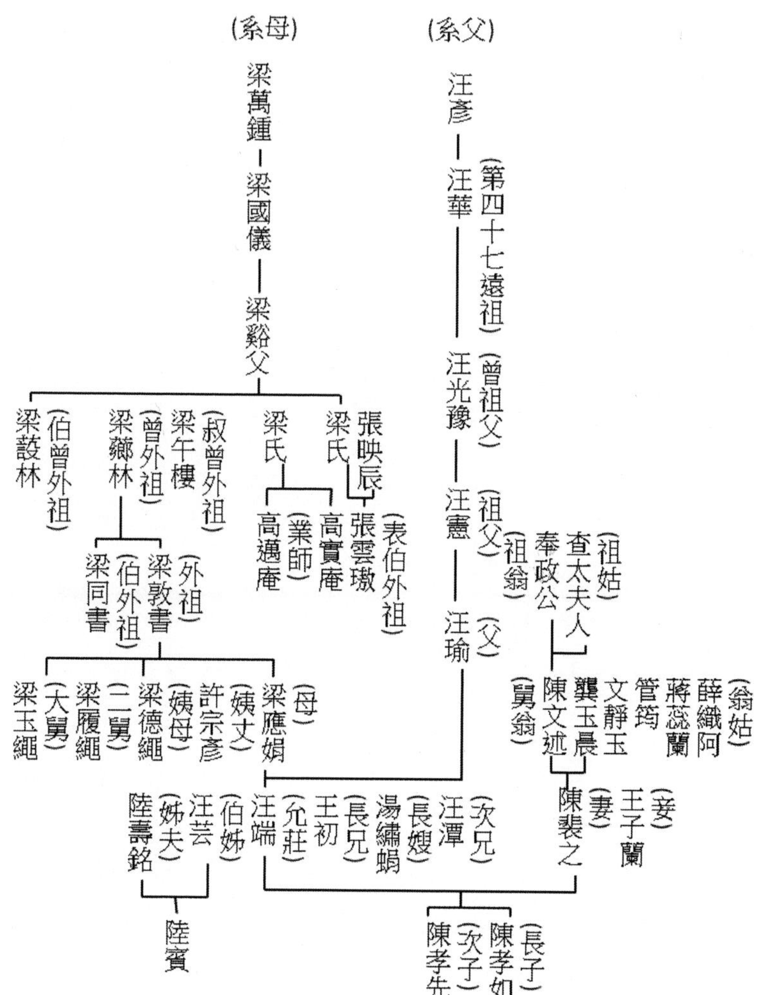
(系父)
汪彥
汪華 (第四十七遠祖)
汪光豫 (曾祖父)
汪憲 (祖父)
汪瑜 (父)
(系母)
梁萬鍾
梁國儀
梁谿父
(伯曾外祖) 梁蔎林
(曾外祖) 梁薌林
(叔曾外祖) 梁午樓
梁氏
張映辰 梁氏
(表伯外祖) 張雲璈
高實庵
(業師) 高邁庵
(外祖) 梁敦書
(伯外祖) 梁同書
(母) 梁應娟
(姨丈) 許宗彥
(姨母) 梁德繩
(二舅) 梁履繩
(大舅) 梁玉繩
(祖姑) 查太夫人
(祖翁) 奉政公
(翁姑) 薛織阿
蔣蕊蘭
管筠
文靜玉
龔玉晨
(舅翁) 陳文述
(妾) 王子蘭
(妻)
陳裴之
(次兄) 汪潭
(長嫂) 湯繡蜎
(長兄) 王初
(允莊) 汪端
(伯姊) 汪芸
(姊夫) 陸壽銘
陸賓
(長子) 陳孝如
(次子) 陳孝先

為之動，乃思貞烈事跡，按籍稽考，以成烈女傳一卷。（註四）

烈女傳一書所錄各項節烈案件，起於乾隆元年丙辰，迄於乾隆廿八年癸未。卅年中案件事跡，所載研審情事，毫無粉飾，較之文士傳記，猶為真實。汪憲秉性誠篤，謹嚴為文，據實作傳，乃在於使傭婦隸女，霜清冰潔、奇特卓絕之節行，免遭於湮沒塵牘之噩，而終古不彰。且於表暴其人徇守其志之時，亦令遠近顯聞貞風，如是不獨有揚風俗貞美之意，更能激起文人學士閱後之觀感興懷，以端正民節，樹立貞風。

（三）祖父懿行對汪端之啟示

汪憲早年成進士，官刑部，年廿四乞歸，不復出，藏書甚富，甲於當世。（註五）其行誼，有儒者廉官風範；著書之誠一如其人；且以先王之教導正府第，節操潔白自持，勗勵後人以守禮，故男正位於外，女正位於內。所著二書，不獨加惠後學於小學研審，且於後人心之所導，亦有致知篤行之效。汪端以閨閣之才，承諸一門書香士風之源，秉心所向，發為詩書，未始不受祖父汪憲遺墨懿行之精神影響。

三、父汪瑜

汪瑜，字季懷，號天潛。官布政司經歷，候選大理寺寺丞。性寬厚，多長者行，善鼓琴，工詩，通醫理。居室自名為天潛小隱，並因以自號天潛。（註六）其性不慕干祿，皭然不滓、若谷虛懷、圓通謙謹、正與陶元亮、抱朴子，同一旨趣。雖位望隆重，然素行恬淡自適，頗有方外之志，所處若陶貞白之華陽隱居，故人稱之為天潛先生。終身不忘潛心靜修，秉心仁厚，積德行善，且與陶貞白不無白雲自怡，不堪他贈之隱居同志也。

（一）文學家風對汪端之影響

汪瑜博學工詩，初為官，後隱居不仕，好文事，以詩書傳家繼業，諸子女皆能讀書，汪端尤慧，自幼即與兄姊相與聞於側，目染耳濡父之忠厚樸實、彬彬儒雅風骨，年七歲，賦春雪詩，居然成章。凡所習作之詩，父汪瑜均躬親評點，師友相待，鍾愛備至，文學家風，非特薰於朝夕，且已冥冥誌於胸臆矣。

第二節　母系

一、錢塘梁谿父

（一）高外祖父

汪端第六世遠外祖梁萬鐘，浙江錢塘人。五世遠外祖梁國儀。高外祖父梁谿父，諱文濂，為諸暨縣訓導，後因次子官拜相國，貴贈如其官。梁谿父有三子二女，長子梁蔎林，諱啟心，為翰林院編修贈侍講。次子梁薌林，諱詩正，編有清故宮三希堂法帖選萃。即汪端之曾外祖父。三子梁午樓，諱夢善，乾隆十八年癸酉科舉人，官蠡縣知縣。二女一適文人學士，一適兵部右侍郎。所生出類拔萃者，有外孫張雲璈及高實庵、高邁庵兄弟，皆於文事頗有專研。

梁谿父素不以書名，亦不為人作書，故傳者甚少，僅一手書詩稿傳世，外孫張雲璈曾為作跋附於詩稿後。（註七）

（二）曾外祖父

梁薌林，諱詩正，為東閣大學士贈太博，後謚文莊。有子二人。長子梁同書，精於文事，乾隆廿一年，官翰林院編修，嘉慶十二年丁卯科，加翰林院侍講學士銜。次子即汪端之外祖父梁敦書。

二、外祖父輩

（一）伯外祖父梁同書

外祖父梁敦書，字沖泉，官工部侍郎，與伯外祖父梁同書為兄弟。汪端詩集中與梁山舟先生和者甚多，可知與伯外祖父來往之切，亦明受其訓誨之多。故探討山舟先生之生平，以明其為人，進而可知汪端受其教之來由也。

梁同書，字元穎。曾得元人貫酸齋所寫山舟二大字，乃懸於齋中，並以此自號，學者因而稱之為山舟先生。晚年以不生、不滅、不垢、不淨，自署不翁，年九十後，又自署新吾長翁。

1.相國之子、童年奇遇

梁同書為文莊相國梁薌林之長子，與弟梁敦書皆包氏所生，後因伯父梁詜林無子，乃過繼為嗣子。梁同書生於雍正元年九月廿八日，生而飽滿潔白如瓠，家人憂其不壽。其父於未顯達之時，家貧居於鳳凰山麓，母包氏夜織，同書、敦書兩兄弟方幼，戲於旁，突而一猛虎入室，母包氏驚覺，既蘇，見兩兒戲如故，問之，曰有大獸來，四顧而去，亦不知為虎，鄰里聞之，咸感奇異。

2.幼承庭訓、苦學而成

梁同書生既穎異且性端重，幼與群兒嬉戲亦不作騎危據地之狀。後為梁詜林嗣子，詜林管教甚嚴，稍有不順意則箠楚之，同書怡然順受，退無怨容，因而能學有所成。

3.為官清廉、守正不阿

乾隆五年庚申，梁同書年十八，入府學補弟子員。乾隆十二年丁卯，年廿五，中科舉鄉試。乾隆十七年壬申，會試未第，清高宗時特賜與殿試，入翰林，成二甲進士，後改為庶吉士，習國書。乾隆廿一年丙子，官翰林院編修，並任丙子科順天鄉試之同考官，乾隆廿二年丁丑，又任會試同考官。乾隆廿三年戊寅大考升為侍講。

乾隆廿三年，父梁詜林病逝，同書於寒冬驅車，不幸失足落河岸幾殆。詜林棺柩發紖之日，同書著孝服悲號，涕縱滿面，行路皆為哀慟。同書素鯁介，不慕榮利，父喪服終後，乃以足疾不復出。乾隆廿八年癸未，生父梁薌林逝於官相國位時，同書奔喪入都，當時梁敦書鎮守遵義，亦馳返奔喪。薌林逝後，子姪後人多言及邸中財物事，同書厲聲斥之曰：「此何時，乃念財物耶！」（註八），族人終無所問。

嘉慶十二年丁卯科，官封翰林院侍講學士銜。名德日盛，大吏至者，必先謁之，同書率皆還謝而止，故未曾有過干請之事。人有以事質問者，告之必委曲詳盡。平日恬靜韜晦，性雖方正，見人溫溫然，相與交接者，形神自肅。子姪侍側，常囁嚅不敢言。同書雖生於顯貴相國之家，一己又通達於仕宦之途，然性儉約一如窶人之子。衣飾甚樸素，曾戴一冠，數十年不易，偶出，鄰里望見其冠，無不知為同書者，足見其自奉之儉樸若何，人以此益加敬重之，無敢匿笑。曾曰：「無雖日為此，要於心無所係累耳。」（註九）

4. 謹守禮法、樂善好施

梁同書生平不受餽贈，清廉自持，不逢迎比附，戚黨有緩急及義所當為，則傾囊拯濟無所吝。杭俗好華靡，然同書家，一切依禮制儀，節用節葬，從無矯飾。不為人慶壽，無事不宴客，皆為居家良法。同書又性甚誠篤，為人行事，無所矯情。如是之行誼不獨可正流俗之非，益足示真知力行之難得也。同書之姪女梁德繩，寓於杭，曾得侍奉於左右，謂其「行己誠懇，似司馬君實；書品風度，近王逸少。」（註一〇）實為確論。

5.樹立樸質誠信家風

梁同書、梁敦書兩兄弟趨尚不同，而友愛甚篤。每當別，則再三握手，悲不自勝。敦書逝後，同書待其子孫及諸姪，無異所生，一家之中，上下幾百口，事無大小，均一一稟之同書，六十年均如是，承繼樸質誠信之風，可謂能齊其家者矣。

梁同書幼從同縣汪水蓮先生受業，遂與汪水蓮次女汪氏訂婣，元配汪氏勤於持家，性寧澹，年愈高，遇人愈謙下，起居亦和顏色，梁同書偶或留客共飯，倉卒間，饌嘗豐潔，乃夙有所儲以待也。汪氏賢能之名著於鄉里，戚黨間多奉為師法。汪氏先同書一年生，然先同書三年卒，年九十二。汪氏卒，梁同書輓之曰：「一百年屈指光陰，天何吝此，七十載齊眉夫婦，人孰如之。」（註一一），人皆傳誦。

梁同書性不近內，常獨宿齋中，夫婦相見整衣冠，如對賓客。父梁蕺林每以嗣續為念，為之納陳氏為妾，陳氏亦終其身未御，年五十餘，先同書而卒。梁同書無子，故其弟梁敦書之長子梁玉繩，過繼而為梁同書之嗣子，同書待玉繩如所生，玉繩亦知篤學力行，有介石之操。

6.詩書冠冕藝林

梁同書於書法稟賦甚優，年十二即能為擘窠大字，幼時求父梁薌林相國之書者甚眾，父不得暇，則命之代書。梁同書少年為書，法顏柳，中年用米法，七十歲後，愈臻變化，均出於自然。當代能書人，鮮有長於大字者，梁同書作字愈大，結構愈嚴。年九十一時，為無錫孫氏書家廟額

「忠孝傳家」四字，字方三尺，魄力沉厚，觀者莫不歎絕。久而四方知其名，雖婦孺走卒，無不知其書法之美，故求書者日眾。曾言：「古善書皆有代者，我獨無，蓋不欲以偽欺人，我性如是。」（註一二）於此可見其耿介清高風骨。

梁同書於鑑賞，尤為精到，前人書畫過眼則可別真偽。海寧吳生遇名蹟，每潢其副，嘗語人曰：「他人皆可欺，惟山舟先生不可耳。」（註一三）日本有王子好書，以其書介舶商求為評定。又琉球學生自太學歸國過浙，奉其王求得同書一紙以為復命。本土、日本及琉球咸重之。

梁同書性素耿介，時吳門有富賈自附於士大夫，以千金為酬，求書墓碑於梁同書，為同書婉拒。是以地方大吏從不以私干求之。此高風亮節，實非尋常文士所可企及也。

梁同書好書法於天性，名滿四方，論學書大旨，具見於孔谷園及張芑堂論書中。當時與梁巘並稱。梁巘，字聞山，安徽亳州人，乾隆廿七年舉人，以工李北海書名於世，曰北梁，同書曰南梁。梁同書與張燕昌論書云：「帖教人看，不教人摹，今人只是刻舟求劍，將古人書摹畫，如小兒寫倣本，就便形似，豈復有我。」（註一四）「亂頭粗服非字也，求逸則野，求舊則拙。此處不可有半點名心在。」（註一五）梁同書所論書旨，映照其為人之剛正不阿風骨，以學古不宜作意求似，又言不可有名心在，實為要見。梁同書又特別強調學書重在養心之說，在書張仲雅雲璈表弟冊後云：「仲雅表弟自幼善病，喜嫻靜，一切世俗事，不足攖其心，閉門養痾，足不出戶限，正學書時也。」又云：「學書無他，道在靜坐以收其心，讀書以養其氣，明窗淨几，以和其神，過古人碑板墨跡，輒心領而神契之，落筆自有會悟，斤斤臨摹，已落第二義矣。」（註一六）讀書人秉心之潔，正足照見於此。

梁同書少而工時，在翰林苑時與儕輩酬唱，風華雋贍。有重宴鹿鳴賦七言四篇，和者數百人，莫能及之。同書詩文清峭拔俗，往往為書名所掩，風雅性情，不欲與人爭名，其後不多作曰：「吾不欲求名，不幸以書名為人所役，豈堪更役詩耶？」（註一七）所作抒發胸臆多夷愉清曠之致，論書言不可有名心在，於他文事亦如斯志。方其壯時，門第科目不難立致高位，然棲遲林壑六十餘載，其澹於榮埶，既足以愧懷祿耽寵之徒，而於文藝之名亦若，避去唯恐不遠也。此非蟬蛻囂埃，遺外世務，確乎有得於中者不能為也。

梁同書觀書至耄不輟，精力絕人，年屆九十，視聽未嘗少衰，晚歲居頻羅庵，因號頻羅居士，並以形諸詠歌。嘗與友人書，守家法，不修佛事，則其用是自號，蓋聊寄超曠之志，非有慕於浮屠氏之術也。

同書臨卒之歲，猶能作蠅頭字，所著述多散佚不存，嗣子玉繩蒐輯得十之二三，分類梓以行世，名之曰頻羅庵遺集。「凡詩五卷（詩三卷、集杜二卷），文、題、跋各四卷，直與補證（補證諸篇頗資考訂其意，匪以為著述，取自適而已）、日貫齋塗說（讀書時見書中語有疑者，考之書冊，而記載所得凡七十八條而成。）、筆史（所言筆史，含筆之始，筆之料，筆之製，筆之匠也。）各一卷，共十六卷。另有古銅瓷器考一卷，古窯器考一卷，古銅器考一卷又序一卷。」（註十八）梁同書以善書揚名，至老而名益尊，浙人雖婦孺皆知其名，廝役巵養無不敬。昔人有言逃名而名我隨，梁同書不好名，而名愈不可掩，其高風垂然，詞翰精妙，冠冕書林，人如其詩、其書、其文，信乎能兼美者也。

嘉慶十六年辛未冬，梁同書患腦疽，後癰疽稍癒，逾四年，至嘉慶二十年乙亥秋，感微疾，七月十五日遽卒，年九十三。逝後鄉賢崇祀於祠中，以其品望足為士民所矜式。

7.伯外祖父行誼對汪端之影響

梁同書為汪端之伯外祖父。資賦特優，秉性篤厚且事親至孝。幼承庭訓，苦學而成。雖生於顯貴相國之府，官封翰林院侍講學士，然自奉甚儉樹立樸實家風。為官清廉，謹守禮法，樂善好施，高風亮節向為士林所重。尤精於書法、鑑賞。詩文清峭拔俗。

無論就道德文章，梁同書對汪端之啟示甚大。特別對汪端詩作甚為激賞且鼓勵有加。雖屆九二高齡，乃樂為汪端所著「自然好學齋詩鈔」撰序言「允莊之詩，亦能杼軸文史，亦洗閨閣纖穠之習。」

（二）表伯外祖張雲璈

張雲璈為汪端詩集作首序，具非比尋常之關係，故考其身平，以明其學識進而觀其與汪端之詩學關係。張雲璈，字仲雅，一字簡松，晚號復丁老人，錢塘人。（註一九）雲璈父為兵部右侍郎張映辰，母梁氏為諸暨縣訓導梁谿父之女、太傅梁薌林之胞妹、山舟學士梁同書之姑。山舟學士負當世重望，一門群從如梁諫菴、梁夬菴兄弟，皆以能文名。雲璈行輩雖較長，而年相若，與之唱和無虛日，有梅竹聯吟集。

1.為官清廉、愛民如子

雲璈生而穎異，讀書可一目數行，乾隆卅五年庚寅，年廿四，以國子生中鄉試卅九名。嘉慶十二年丁卯，授湖南安福縣知縣，安福屬澧州，民頑好訟，雲璈於居官期間，宣導禮儀教化於民，使百姓知守禮重義，實行善良風俗。安福地僻無良師，童子所學，義多不中繩墨，詩亦失諧。雲璈乃捐資聘士，親為民授課，使民知向學，求實求真。雲璈任安福知縣有年，調湖南湘潭知縣，治潭五載，輯縣志，對民慈祥愷悌，人呼為張佛子，亦呼張青天。雲璈素未習吏事，審理積訟自若，人驚以為能，而酬應迎送事亦不廢，離職之時，老幼相送，有泣下者。

嘉慶十五年庚午，雲璈任鄉試內簾收掌官。嘉慶十八年癸酉任同考試官，廿二年丁丑冬，雲璈年方七十，遂致仕而歸。

2.性恬淡自適、長於詩書

雲璈為無錫相國嵇文恭之婿，因嵇文恭數為考官，雲璈避於禮闈。屢格於迴避，嵇文恭欲為援例中書，而雲璈力辭之，終不獲致身館閣。然雲璈生平惟以著書為業，而薄於宦情，為宦十年，而政成，楚中人道其政事如數家珍。

雲璈長兄張藥樹，諱雲官，官兩淮鹽場時，迎養其母梁氏而寓於邗，邗江習俗，重尚浮華，雲璈卻不為所染，定省之暇，日手一編而不倦。後梁氏卒，兄藥樹官長蘆，雲璈獨居揚州，以筆耕為活境，形容愈憔悴而嗜學愈篤實。雲璈之學問文章，雖見稱於時，而功用不克究於世，世之聞人達士或為之歎息扼腕，而雲璈平生超然自得，從不以為意。於學無所不窺，凡天文、地理、經史、訓詁、小學之屬，無不殫精竭慮深究之；而抑鬱無聊之況，悉發之於詩，故尤長於詩，長篇小說，亦無不如意。當時雲璈與袁簡齋、蔣心畬、趙雲松、王西莊諸先生友善，故詩名尤重，四方賢士大夫，爭相延致。如湖北糧儲觀察覺羅恒、按察使銜甘肅安肅道桂菖及其弟戶部郎桂葆、直隸朝陽令桂荃，皆當時受業弟子也。

雲璈歸田十餘年間，耄而好學，日事丹鉛（註二〇）。所著有簡松草堂詩集廿卷、蠟味小搞五卷、歸艎草一卷、知還草四卷、復丁老人草二卷、金牛湖漁唱一卷、三影閣箏語四卷、簡松草堂文集十二卷，兩淮鹽法志五十六卷。雲璈又精究選學，考據明審，有選學膠言廿卷，此書耗費殆卅年而後成，足見其用心誠且堅矣。另有選藻八卷、四吋學六卷、重綏錄十卷、異字同音義錄若干卷。

嘉慶廿二年丁丑、廿三年戊寅間，由楚南定計歸杭，年已七旬餘，嘗散步至湖上或登吳山，與諸文士賦詩談笑，無異少壯時，武林山水閒麗，多文字宴會。道光九年己丑正月四日雲璈卒於家，年八十三，嘉慶十四年敕授文林郎。雲璈夫人稽氏，先雲璈廿六年卒，育子四人。

3. 表伯外祖對汪端之影響

汪端表伯外祖張雲璈，出身名門，資賦穎異，一目數十行，秉性敦厚，雖學優則仕，然卻薄於宦情，為官清廉，愛民如子。勤讀詩書，涉獵甚廣，尤長於詩，平生以著書為業，道德文章見稱於士林。凡此均對汪端心性樹立良好師法之典範。

張雲璈對汪端才華激賞與鼓勵，在汪端所撰「自然好學齋詩鈔」首序中表露無遺：「天之生一才也不易，生一閨閣之才更不易。閨閣有才而又得全家之多才以張其才，則尤不易。……不意親見其才。而又親見全家之才，自相師友，而其才益大，如吾戚黨女士汪氏小韞為不可及已。……余讀其明三十家詩選所論磅礴千古，眼光如月，嗚呼直今之曹大家耳！」。

三、母梁應鋗

(一)母梁氏(梁應鋗)

梁氏為東閣大學士贈太傅後謚文莊梁薌林之女孫，工部侍郎梁敦書之女也。梁氏系出名門，壺教甚嚴，熟稔文事，通情達理。長而適布政司經歷汪瑜，育子女各二，汪端最幼，襁褓時嘗受母教之詩書，是其文學根柢亦莫不由此而建立矣。梁氏一門風雅，無分男女，皆為儒生，吟詠酬唱，各出機杼。梁氏手足四人，皆深於文墨，所著及思想，互有絲連，試探汪端母舅梁玉繩、梁履繩，姨母梁德繩之生平梗概，以究梁氏一門文事之盛。

（二）大舅梁玉繩

梁玉繩，字曜北，號諫庵。增貢生，家世貴顯，不志富貴，自號清白士。嘗語弟履繩曰：「後漢襄陽樊氏，顯重當時，子孫雖無名德盛位，世世作書生門戶，願與弟共勉之。」（註二一）梁玉繩以清白傳舊德，蘊匱古今，習之所鍾，尤長於考證。年未四十，遂不再以筆耕為業，而學問益高，專心撰著，父子兄弟自為師友知己，以布衣之操自厲。江都汪容甫贊其寫真曰：「翩翩公子，退若寒素，仰屋著書，園葵弗顧，卷六十四，適合卦數，耆惟群籍，淡者榮路。」（註二二）此乃梁玉繩品格之實描也。當時如杭堇浦、陳勾山、盧紹弓、錢辛楣，皆雋老名宿，與之過從相與，幾忘輩行，實非易得也。

梁玉繩所著史記志疑卅六卷，乃據經傳以糾乖違，參筍班以究同異者，於自序中言及寫作動機，玉繩自少好讀太史公書，於學之暇，鑽研甚勤。然百三十篇中，愆違疏略，疑慮良多且文繁事博，舛漏甚多，因思為之廓清本源，縷析旁雜訛謬。乃采裴駰、張守節、司馬貞之舊言，搜羅古今名儒之高論，而作史記志疑卅六卷。曾五度易稿而後成。是書網羅群籍，務求真確，為士林推重，錢大昕稱其書為龍門功臣。

梁玉繩所著另有老子志疑一卷（所記凡十一條），遊龍巖記一卷（龍巖在貴州遵義郡東五十里，屹然獨立於群峰之表，歲次壬午，玉繩至郡，得往遊歷，歸而為之記。）清白士集八種（漢書人表考九卷、呂子校補二卷、元號略四卷，誌銘廣例二卷、瞥記七卷、蛻稿四卷、元號補遺一卷、庭立記聞四卷）清梁學昌等輯清白士集而成卅三卷。後蔡雲做清白士集校補四卷。人表考九卷，為梁玉繩婿汪賢登校。呂子校補二卷，甥趙曰佩校。元號略四卷，其姪許乃賡校。誌銘廣例二卷，受業門生楊莘校。瞥記七卷，姪潘恭辰校。為所校訂著書者，多為玉繩之婿、甥、姪等近親，足見其一門擅通於文事，並群策群力，互助合作，使文書著書立說推波助瀾而興。

由梁玉繩所著史記志疑、老子志疑等書，可知其精於史部之書，尤長於考證之學，凡所著筆，莫不旁搜遠刮，務在澄源。其深於史學之根柢及著述之忠誠，可概覽於斯作矣。

（三）二舅梁履繩

梁履繩，字處素，號夬庵。乾隆五十三年戊申舉人。履繩，為人謙和平易，無疾言厲色，誠謹守信，不輕為人謀事，謀則必要其成。雖生富貴，淡泊利祿，有病起句云：「怯風如退葉，露骨比秋山。」可以想見其為人。

履繩刻意於學，彊識博聞，罕有倫比，無什嗜好，惟銳意經史，年四十後，始中科舉。詩才清拔，句錘字鍊，有老宿所不能到者，於經書中，尤精左氏傳。通說文，下筆鮮有俗字。

梁履繩著有左通補釋一書，其著作動機有三：①隋志載賈逵解詁、服虔解義各數十卷，已均亡佚。②杜預參用賈逵、服虔、孔仲達之疏，亦如馬融諸儒之說，僅存單文隻義。③唐以後注左氏者，惟張洽、趙防最為明晢，亦只是詳書法而略記載。（註二三）履繩乃綜覽諸家左傳，旁采眾籍，以廣杜預之所未備。約有六門「一曰廣傳，取諸子雜家之與傳相表裡者，以補左氏。一曰補釋，采諸書以廣杜注之未備。一曰考異，有石經考異，有群書考異。一曰駁證，搜采諸書及師友緒論，駁杜氏偏執之處。一曰古音，一曰臆說。統名之曰左通。履繩作左通補釋卅二卷，未竟餘五門之業而歿，卒年四十六。」（註二四）

（四）姨母梁德繩

梁德繩，字楚生，少有文名，工詩，著有古春軒詩詞鈔二卷，後歸嘉慶己未年進士，兵部員外郎許宗彥為室。作品多吟詠抒懷，酬唱贈答之作。又續補皇甫少華與孟麗君之金石盟，成繡像全圖再生緣全傳二十卷。

（五）姨父許宗彥

許宗彥，字積卿，一字周生，浙江德清人。生有異質，曾隨父於京都，其父官內閣中書，主劉文正家，劉文正見宗彥甚器之，謂他日必為名儒，一時名宿皆異其才。侍郎王昶愛其才，作積卿字說贈之。

1. 博覽群書、詩文傳世

許宗彥九歲能讀經史，善屬文。十歲即不從師，經史文章皆自習。乾隆五十一年丙午舉於鄉，嘉慶四年進士，授兵部主事。是科總裁為朱文正、阮文達，得人極盛。朱文正謂人曰：「經學則有張惠言等，小學則有王引之等，詞章則有吳鼒等，兼之者其許生宗彥乎？」（註二五）雖不無溢美之詞，然亦可知其於經學詞章之造詣矣。

宗彥性至孝，就官兩月，即以親老，乞假歸家養親。體素羸弱，後執兩親喪，哀戚過甚，乃絕意仕取，居杭州，杜門以讀書為事，垂二十年，嘗謂：「讀書人須使心澄清如止水，無絲毫不可對人處。」（註二六）因名所居曰鑑止水齋。

宗彥生平寡嗜好，惟喜購異書，不惜重金。於學無所不通，探　索隱，識力卓然，如「考周五廟二祧、考文武二世室、考禹貢三江、說六書轉注，均有獨見。於書無所不讀，旁及道藏，釋典、名物、象數，必探其奧而後已。尤精天文，得泰西推步祕法，自製渾金球，別具神解。考周髀北極璿璣，以推古人測驗之法，知東漢以前，用赤道不用黃道，為得諸行之本。論日左右旋一理，以王錫闡解黃道右旋，赤道平行，戴震分黃極為二行，其說頗不分明，為剖析之，洞徹微妙，皆言天家所未及。」（註二七）所著有鑑止水齋文集十二卷，詩八卷行世。其行文不尚馳騁，重實證。如「轉注說、讀周禮記，皆佳文，而周廟祧考、世室考，以祧為迭毀之廟，非不毀之廟，世室為明堂之名，而非周之宗廟，尤為不刊之作。」（註二八）皆發前人所未發。

2. 姨父對汪端之影響

汪端姨父許宗彥，資賦優異，自幼能讀經史，秉性至孝。平生以讀書為樂，涉獵甚廣，見解獨到，後中進士，有文集與詩傳世。汪端受姨父之鼓勵、指導影響甚大。姨父對汪端亦知之甚深。姨父曾為汪端「自然好學齋詩鈔」作序言：「汪端襁褓中見詩輒注視……七歲遂能寫詩，愈長愈好，愈好愈工，近以所作寄余，風力　宕，無梔蠟之色，枅圈之響，女子詩能如是，不獨足以自娛，而亦可以傳諸世矣。」

四、長兄汪初

汪初，字問樵，號絳人，四川候補縣丞。（註二九）自少即超卓英銳，未十歲，即躭於吟詠歌韻之事。其雋永之思、溫麗之筆，實出之於天性，篤性好學，稍長，受經學於許周生姨丈，博習經史，十七歲入縣學，弱冠補諸生，資筆耕以養，後工於長短句，名填詞處為選夢庵，著有滄江虹月詞三卷，少司寇王蘭泉先生見而激賞，乃為選入續詞綜。高邁庵、奚鐵生兩先生亦各繪虹月舟填詞圖，並題詠記其事。

汪母梁氏為山舟學士梁同書之姪女，梁同書精於賞鑑，汪初數從談論，梁同書喜收藏前人簡冊、書札，而汪初獨愛詩箋，於門攤書肆有所見，必購得之，於清初諸老前輩手蹟皆得之。遇佳風日，則焚香展諷，意翛然甚適，偶拈筆為山水，清拔似元人，風雅士多樂與之交。

汪初本生於官宦人家，既而家道中落，乃鬱鬱不自得。後遷徙居於吳門，又屢次失意於省試。遂慨然入都，為庫大使，試仕於蜀。及入蜀之後，攬山川奇險，則詞益進，黃天蕩、馬當、潯陽驛樓，諸懷古作，峭蕩蒼涼，深得騷雅遺意。廉使方有堂愛其才，延致幕府之中，設文酒娛宴以款之，不以屬吏相待。嘉慶十三年戊辰六月，四川馬邊廳猓夷作亂，焚掠村墅，方有堂督兵剿捕。汪初隨往軍務，冒暑癘入夷境，贊攻戰之計佐剿，均中機要，猓夷終得以平定。曾言：「男兒立世間，豈徒守芸緗。生當勒燕然，死當為國殤。」足見其意氣飛揚，才略超俗。（註三〇）汪初有功於廟，乃得官縣丞補用。汪初體本羸弱善病，能飲酒，飯卻不過一甌，又因剿亂積勞成疾，乃卒於嘉慶十三年戊辰九月十五日，卒時方卅二英年，留下二子均幼，由妻湯湘緣撫育之。湯氏諱繡蜎，字湘綠，有蘭雪軒詩稿。

汪初早年讀書不能獲科第，為官又不能繫印綬，以清瘦柔脆之軀，蕭閒之性，初入戎幕中。雖上官知遇，而骨肉遠隔。汪端有詩以言此情如征人怨寄問樵兄蜀中：「黃榆風急角聲哀，霜向征人兩鬢催。自分此身當許國，不須更上望鄉臺。」（註三一）羈旅傷懷，故其意氣苑塞，煩紆不堪，以致夭其天年。其父布政使經歷汪瑜聞之噩耗悲慟不已。汪端亦有哀輓詩以抒傷懷如詩集中哭伯兄問樵、檢問樵遺稿、作伯兄輓詩成復題于後等詩。汪初之滄江虹月詞後有曾唯為之補刊貽示後人。

次兄汪潭，字靜淵，號倩士，為國學生。

第三節　夫系

一、舅翁陳文述

陳文述，字雲伯，別號碧城，輓號退菴，人稱頤道先生，亦稱蓮可居士，浙江錢塘人。（註三二）為嘉慶五年庚申舉人。

（一）才思雋永、詩詞俱工

陳文述生於清高宗乾隆三十六年辛卯八月二十七日，卒于宣宗道光二十三年癸卯，年七十三歲。少負雋才，阮文達視學浙江時，見其所作，歎曰「揚班儔也」。詩亦可及高岑王李，自是乃潛心向學，詩、古文、詞，俱工。少作步趨吳梅村，七言長篇如「臨風舒錦、五色紛披」觀者莫不歎為奇麗。年卅餘，遊京師，與揚蓉裳齊名，時稱楊陳。又與陳曼生、陳荔峰同居稱三陳。所刻碧城仙館詩鈔，遠近傳誦，一時名流，爭相投契。嘗為灤遊山莊一賦，凡萬餘言，沉博絕麗，援筆立就，見者驚服。朝廷有大典禮館閣諸人，皆求文於陳文述，曾旬日之間。為經進文十八篇，可知其才思雋永。

陳文述曾留官江南，歷任寶山、常熟、上海、奉賢、崇明五縣縣令，此五地皆瀕海，號稱難治。然陳文述所至，有政聲。任常熟時，因河漕屢梗，陳文述綜秦漢以來，數十家之說，證以當時島粵沙線，海運議上之河，乃疏浚之。未數年，子裴之，客死漢中，陳裴之負經濟才，齎志以歿，時人無不悼惜。陳文述先慟於次子夭亡，自是益悲傷。又性豪邁，好施與，賴以存活者，恒數十家，處於困境，不得已，再謁選得安徽繁昌令之任，未久乃乞病歸。陳文述晚年，潛心向道，刪毀其少作碧城仙館詩，重刻頤道堂集。又手選所作，為頤道詩選十四卷，未幾病卒。

陳文述少受知於阮文達，盡傳其經史、蒼雅、星緯、金石、考訂、文藝之學，及兵刑、漕河、諸大要。官江南時，郡縣積案甚多，遠近皆爭延之代讞，十餘年中，所決獄，以千計，全吏皆以吳下名醫視之，見其乘輿入郡門，則相賀曰「某醫至矣，案當結矣」（註三三）。

陳文述素性愛才若渴，汲引後進，猶恐不及，從其遊者，有吳門前七子，後七子、續七子之稱。閨秀以詩詞受業，稱弟子者，二十餘人，仿隨園湖樓請業圖，意作金釵問字圖，閨秀題詠者，至數十家。陳文述有一夫人，四侍妾，兩女，一媳，皆詩壇飛將，一家詞賦，見者望為神仙眷屬。陳文述又篤於交誼，舒鐵雲、王仲瞿兩君病歿，皆傾囊相助之，並賙恤其家，數十年如一日。論者謂其風雅如隨園先生，豪俠如弇山宮保云。

（二）舅翁對汪端之影響

汪端舅翁陳文述，為嘉慶舉人。才思雋永，工於詩詞古文。愛才若渴，提攜後進，不遺餘力。對媳汪端尤關愛備至，視若嬌女。並曾為汪端作小傳凡八千言。文中對汪端文才讚譽有加，翁媳深情表露無遺。

陳文述於孝慧汪宜人傳中言：

「宜人聰穎天授，觀書過目不忘。……宜人素讀余詩，既作羹湯，即啟行篋呈所作稿本，乞加評誨，依依若侍慈父，余亦深喜之若得嬌女也。……宜人詩格本高雅，既選定明詩，詩境益進。若丹九轉，若金百鍊，若寶劍千辟萬灌，無有渣滓。」

汪端舅翁陳文述之妾管筠，與汪端晨夕相聚亦十五年，故自喻：「知小韞之深者，莫余若也。」（汪端自然好學齋詩鈔、管序。）

管筠曾為汪端「自然好學齋詩鈔」撰序言：「襁褓夙慧，蚤辨四聲，七歲賦春雪詩，家人驚嘆，又常賦紅蘭詩云，蘭為王者香，衣緋亦相稱，識者知為福慧雙修者矣。……君以選明詩及多病之故，不暇多作，偶一命筆，必以和雅為宗，於選聲傳色皆精意出知，得古人清艷之妙。」

二、夫陳裴之

（一）書香門第、克紹箕裘

陳裴之，字孟楷，號小雲，別號朗玉山人，浙江錢塘人，生於乾隆五十九年，卒於道光六年，年僅三十有三。（註三四）陳文述之子，幼秉庭訓，天姿高縱，超越群倫，幼年補博士弟子員，詩名大噪。於詩，初喜學施翁山、蔣心畬、黃仲則三家，前輩中與舒鐵雲最為相契。後歷經人世變遷，而幾經轉折，風格與前迥異。施君珊言其詩風格曰：「多清剛雋上之作，既而白下尋春，邗江載美，一變而為跌宕風華，後妾王紫湘逝，裴之遠客倦遊，再變而為蒼涼哀豔，而身亦亡矣，言為心聲，豈不信然。」（註三五）陳裴之著有春藻堂初集，見者訝為仙才，一時名宿交相推許。弱冠任通守，所至處大吏驚歎賞識，競相延攬至幕府中。先後治文案，濬河渠、襄鹽策、獲巨盜。吳省庵為觀察時，議駱馬湖之租地，吳美其能持大局，能識大體。其論淮南北之鹽策，錢子壽都轉稱為公輔之器，王佐之才。其佐理真州水利及擒治梟盜，曾賓谷謂曰材兼文武矣。相國孫寄圃，有國士無雙之譽。河帥黎襄勤，有天才奇才之稱。後孫寄圃、黎襄勤、蘇州巡撫三人奏請以通判留江補用，然奉部議不行，改選雲南府通判，因道遠，不能往呈，請朝廷改為近處，仍客漢皋幕中。未幾，病卒，所著有澄懷堂集十四卷。

（二）學優則仕、公而忘私

陳裴之天姿穎異，幼即能詩，長承家學，才益開敏，詩文外，留心國家大計，兵刑錢穀、鹽漕水利等。於仕途中，熟習吏治，除詩文之作，更有西北水利議一書，以彰救時之珍劑，識見高遠，為當朝水利先路之導。道光二年冬，奉浚河渠，躬自刻勵，不辭勞瘁，奔走風學中三月，而河得深通。

陳裴之出仕既早，且以治文案、濬河渠、襄鹽筴、獲巨梟，受知於相國孫寄圃、河帥黎襄勤之厚恩，歷官要職，旨在報國所用。曾為進獻懲治梟盜，禁暴除害之法，致書閣部，曰：「無恒產而有恒心者，惟士為能；雞鳴狗盜之雄，為饑所驅，不知擇業，鋌而走險，患莫大焉；廣庇博施，知有不逮，然能儲一有用之材，即可弭一無形之禍。」「即以擒梟而論，以毒攻毒兵法，亦當如是也。」（註三六）閣部深嘉是言。

陳裴之官揚州時，夫人汪端忽染奇疾，抱病在榻，母龔氏亦有固疾，長臥閨中；妾王紫湘更得咯血症，然王氏諱疾不言，仍為大婦、堂上，扶病調護，寢饋俱忘，病乃漸致沉篤，而大婦、堂上竟幸得賴以病癒。陳裴之長年寄跡在外，至歲末風寒，始得歸家，可知其所負重責，公而忘私，且為上司識拔，歷得要職，於官場可謂要員。反之，於家中事務，不得暇顧，只得懸念遐思，飽嚐孤寂，思鄉情愫，盡赴夢境神遊，心之所感，可見於寄王紫湘詩詞中，時陳裴之寄蹟於東陽參軍絳雲仙館，曾附書尾寄之以詞曰：「年來飽識江湖味，今番怎添淒惋，遠樹藾煙，殘鴨警雪，人在黃昏孤館，更長夢短，便夢到紅樓，也防驚轉，雁唳霜空，故鄉何事尺書斷，書來倍縈別恨，道閨人小病，羅帶新緩，茗火煎愁，蘭煙抱影，不是卿卿誰伴，憐卿可慣，況一口紅霞，黛蛾慵展，漫憶揚州，斷腸人更遠。」（註三七）

（三）鶼鰈情深、孝親義重

陳裴之常年在官，仕途甚遙，官運雖暢，然辜負閨中，香衾之待，鶼鰈私情，只得空留餘恨。曾言：「河渠戎旅，不敢告勞，然出門一步，惘惘有可憐之色，迨過香巢，益縈別緒淒懷釀結，發為商音。」（香畹樓憶語）可見歸人思鄉，征人思婦之情愁。

陳裴之工作繁重，每不得暇顧家。惟重親疾病時，方告旋歸。祖父奉政公寢疾，陳裴之告於閣部，以侍重親之疾告歸，得隨侍奉湯藥，稍展烏私，然陳裴之祖父汪憲，終至不起。

陳裴之隨宦吳下，佐治江都，於河渠、鹽漕諸務，皆能講求擘畫，江南諸大僚，愛其才能，譽不容口；因此孫寄圃、黎襄勤，會蘇州韓巡撫，奏請以通判，留江南補用；不久，改選雲南府通判，然去江浙水陸萬里。陳裴之以道遠，慈親多病，迎養為難之故，及己病復作之因，辭官不赴。有官滇南通判乞病歸別京師故人之詩，表露其欲歸鄉奉親以終老之情懷，詩云：「烟樹春城萬柳齊，一鞭揮手暮雲西。夢依慈母啼烏鳥，心怯賢臣訪碧雞。但許終身供菽水，自甘從此判雲泥。海棠巢畔聯吟處，花發應勞憶舊題。」（註三八）

不久，陳裴之客居漢皋題襟館，驟病旅歿，時道光六年丙戌冬，年僅卅三，人均惋惜。卒後與妾王紫湘同厝虎邱禪院。汪端有詩記之曰：「紫玉傷心久化烟，定知相見及黃泉。碧螺分供靈筵茗，白蝶同焚塔院錢。憐爾乘鸞餘畫扇，嗟余別鵠感鶩弦。虎山芳草難親奠，寒食梨花血淚綿。」（註三九）汪端因抱病，不能往奠虎阜後山禪院，痛悼而成此詩。

陳裴之卒後，汪端曾於道光八年春，扶病編定澄懷堂詩文遺集。完稿後，適值春雨淋浪，百端交集，因成四律，以抒哀思。茲舉二首以明其情。詩曰：「經年鬉鬙感茹荼，小閱滄桑守藥鑪。杞婦城崩悲未竭，湘娥竹盡淚難枯。椿庭夢渺橫江鶴，萱寢愁聽繞樹烏。腸斷遺文扶病後，忍哀還撫膝前孤。」（註四〇）此詩言其久病於榻，思與夫一場，不禁涕下。其悲如孟姜女、娥皇、女瑛之淒切。陳文述所撰之鶴夢遺音，為悼亡喪子之痛也。汪端所言椿萱之夢及愁乃言此。又詩曰：「負米蹉跎鬢欲星，玉龍騎折恨難平。倦經燕趙悲歌地，飽聽瀟湘夜雨聲。烟浪有山愁大別，人天無石問三生。清宵縱到蓉城路，殘月疎鐘夢未明。」（註四一）此詩汪端悲夫陳裴之仕途多艱，飽經孤寂，終至舛運。詩中有飽聽瀟湘夜雨聲，乃言陳裴之詩作瀟湘夜雨篇，其詩云：「花月他鄉已斷腸，那堪風雨下瀟湘。」、「鸚鵡洲前雁聲泣，萬種秋酸一寸心。」、「可憐秋士天涯感，說與春人恐未知。」（註四二）此三聯可言其思鄉心切，寂寞情愁，飽識生離之恨。汪端詩中言烟浪有山愁大別，乃指陳裴之所作登大別有感詩，末二句「請看大別山前水，流下長江便不回。」（註四三）汪端以為此乃詩讖也。

汪端所編之澄懷堂詩文遺集，共有十四卷。後陳文述外甥施君珊，為陳裴之澄懷堂詩集，選一百零八首，概括集中之精華，梓行於世。

【附註】

註一　陳文述西泠仙詠卷一。
註二　陳文述孝慧汪宜人傳。
註三　四庫全書經部說文繫傳考異。
註四　振綺堂叢書烈女傳。
註五　明三十家詩選梁德繩序。
註六　陳文述西泠仙詠卷二。
註七　簡松草堂文集卷十一。
註八　頻羅庵遺集許宗彥撰學士梁公家傳。
註九　同註八。
註一〇　同註八。
註一一　簡松草堂文集卷三翰林學士梁公傳。
註一二　鑑止水齋文錄許宗彥撰學士梁公家傳。
註一三　同註一二。
註一四　清史稿藝術傳二。
註一五　同註一四。
註一六　頻羅庵書畫跋一卷。
註一七　頻羅庵遺集王先謙序。
註一八　頻羅庵遺集學士梁公家傳。
註一九　簡松草堂文集學士梁公家傳。
註二〇　簡松草堂文集姚椿作湖南湘潭知縣張君墓誌銘。

註二一　清史稿儒林傳二。
註二二　清白士集孫志組序。
註二三　同註二一。
註二四　簡松草堂文集梁孝廉小傳。
註二五　清代學者象傳。
註二六　清史列傳，儒林二。
註二七　同註二六。
註二八　鑑水齋文錄引。
註二九　滄江虹月詞。
註三〇　汪端自然好學齋詩鈔卷二哭伯兄問樵。
註三一　汪端自然好學齋詩鈔卷一。
註三二　清代學者象傳。
註三三　同註三二。
註三四　同註三二。
註三五　陳裴之澄懷堂詩集。
註三六　陳裴之香畹樓憶語，頁五〇九二。
註三七　同註三六頁五〇九四。
註三八　同註三五。
註三九　汪端「自然好學齋詩鈔」卷五第一一八首。
註四〇　同註三九卷五第一一六首。
註四一　同註三九卷五第一一七首。
註四二　陳裴之澄懷堂詩集瀟湘夜雨篇。
註四三　陳裴之澄懷堂詩集登大別有感詩。

第三章

汪端生平

汪端，字允莊，號小韞，浙江錢塘人。生於乾隆五十八年癸丑正月十八日申時，卒於道光十八年戊戌十二月十八日寅刻，年四十六。所著有自然好學齋詩鈔，及明三十家詩選初二集。

汪端出於典型書香世宦之家，承繼顯赫之家學淵源，處於文學氣息濃厚環境中。自幼至長，更得父母、兄姐、閨友、中表之戚及父家親友切磋砥礪，互為師友，是以其文學生命得以發萌滋長，文學造詣得以積漸深厚。

中國自古即壺教甚嚴，女子無才方為德之觀念，深植於人心，墨守禮經內言不出之訓，是以歷來女子，文學之作，秘而弗宣，傳於世者，寥寥可數。汪端以一風雅閨女，長於山川秀麗，人文薈萃之錢塘；得全家之多才，以張其才，適才子以為偶，值文士倡女子詩於世（註一），地利、人和、天時，三寶慣於一身。生活境地饒，文學環境優，復以志於編著，又得翁舅之助，文才飛達，冠於當世閨閣。

夫事之興，必有所由，欲掌梗概，務須窮本。人之體現，受諸承教，欲得其人，尤當溯源。汪端早慧，記誦詠吟，頃間畢成，容色絹麗，氣宇脫塵，欲究其由，觀其生平，知所緣起。由遠而近，自幼及長，茲論於後。

第一節　幼年生活

一、稟賦穎異

（一）性聰強記

汪端聰慧出之天性，資質敏捷，觀書過目不忘。曾誦木玄虛海賦，庾子山哀江南賦，才二遍，背誦竟不誤一字。（註二）

（二）七歲能詩

汪端於襁褓時，嘗凝視於詩，能行走時，嘗凝笑於怒放之花，並喃喃若諷。七歲尚未受學於師，即能為詩（註三），年愈長愈好，筆力愈工，可謂資稟高縱之早慧詩人。

（三）得名小韞

汪端七歲能吟詠，實受母教，於幼時口授六朝唐人詩，以為奠基。七歲試筆為小詩，多經父汪瑜更閱。一日其父命賦春雪詩，汪端援筆立就，同諸兄伯姊詠春雪云：「寒意遲初燕，春聲靜早鴉；未應吟柳絮，漸欲點桃花。微濕融鴛瓦，新泥礙鈿車；何如謝道韞，群從詠芳華。」（註四）見者驚賞，謂不減柳絮因風之作，比之於謝道韞，因以得名為小韞。

（四）毅力過人

汪端資敏拔俗，記誦詠吟，俱見資賦穎異。然偶有所作，人謂為未佳，則悒悒廢食，必改至人稱善而已。（註五）百折不撓，求好心切之過人毅力，足示其向學堅心。

二、詠詩世家

汪端有兩兄一姐，長兄汪初，字問樵，號絳人，官四川侯補縣丞，饒詠歌韻，著有滄江虹月詞三卷。次兄汪潭，字靜淵，號蒨士，國學生。姐汪筠，字紉青，適青浦陸厚堂廉訪之孫茂才陸壽銘。汪端即常與兄姐拈韻唱和，茲舉十歲以前詩作，觀其習於應和之諷詠。

（一）與伯兄汪初韻

秋夕次伯兄問樵韻：「砧杵聲初歇，虛窗生暮愁；菊荒彭澤冷，波遠洞庭秋。落葉隨鴉起，孤雲帶雁流；憐他明月影，不忍下簾鉤。」（註六）上元夜雪月交輝同問樵兄作：「試鐙院落風威緊，片片瑤花弄春影；玉妃著意鬬新妝，能使姮娥掩光影。」（註七）

（二）與次兄汪潭韻

秋夕次倩士兄韻：「疎簾湘簟小庭幽，漸覺商聲起樹頭；鶴唳涼煙苔徑夕，蛩吟殘月玉階秋。露光草祭明初墮。河影天邊澹不流；記取來宵逢七夕，曝書休上曝衣樓。」（註八）上元夜雪月交輝同倩士兄作：「吳姬鳳琯吹清商，滿庭疎影梅花香；梅花自香雪自白，夜中華月生寒芒。」（註九）

（三）與伯姊汪筠韻

秋夜同伯姊紉青玩月各占一絕：「候蟲喧四壁，我心自閑靜；啟戶寂無人，滿地梧桐影。」

（註一〇）上元夜雪月交輝同紉青伯姊作：「翠羽啼殘玉階寂，小院清輝共高格；鄰家鐙火正喧闐，蕭鼓聲中話元夕。」（註一一）汪端初試啼聲，即暢達朗照，與諸兄伯姊之作，正照見善於諷詠，嚐於文藝之脫胎。

三、性格特質

（一）恬淡樸實

汪端生性好靜，好尚自然，淡泊富貴。幼年詩作中愛用靜字。茲舉數例以證之，納涼：「螢影動邊明，荷香靜中發；積水浸空庭，疎簾捲秋月。」池上：「小立曲池東，風　微波靜；新水鏡匳開，一樹桃花影。」（註一二）同諸兄伯姊詠春學：「寒意遲初燕，春聲靜早鴉。」（註一三）

田家一首中，言莊戶作息，鄉土純樸，真摯自然。詩云：「一夜梨花雨，田疇新水生；鄰家飯黃犢，荷銷出柴荊。婦子供晨饁，兒童話午晴；蕭蕭竹林外，布穀又催耕。」（註一四）

汪端因性淡泊，詩中好用竹林，表清境適意，爽朗無憂之情，如田家：「蕭蕭竹林外，布穀又催耕。」（註一五）為伯外祖梁山舟題畫山水：「林泉有高致，築室想他年。」（註一六）湘中弦：「竹枝聲裡月明多，湘女新妝豔綺羅。」（註一七）詩作中又嘗慕文人學士，不求榮利，隱居自適之志，陶元亮，杜樊川，王摩詰，其人其事，嘗現於詩作中。如秋夕次伯兄問樵韻：「菊荒彭澤冷，波遠洞庭秋。」（註一八）擬太白鳳凰臺置酒：「金陵鳳凰臺，畫檻雲霞浮；鳳凰去不返，終古長江流；置酒臨斯臺，不惜典綺裘；三山黛色濃，飛來落深甌；寒潮咽戰鼓，折戟沈蘆州；斟照送六朝，帝業成荒邱；彭澤曠懷抱，啟朝無煩憂；人生貴適意，豈待萬戶侯。」（註一九）為伯外祖梁山舟學士題畫山水：「清境知何似，樊川與輞川；人歸空翠外，秋到夕陽邊；萬木園涼影，孤雲化暝煙；林泉有高致，築室想他年。」（註二〇）

又於烏夜啼一詩中，呈現其善良惇厚之孝思，詠孝烏亦所以自許也：「烏心思反哺，繞樹最依依；不學梁間燕，春深各自飛。」（註二一）

汪端幼年性情恬適之薰育，實為日後性情及詩作曠古淡雅，清麗誠篤之奠基。如年長作題盛子昭山居圖：「人生只有山居好，幾人能向山中老；愛入名山願屢違，太息有山居不早；山中有村亦有田，山中有林亦有泉；山如太古日小年，山居自古多神仙。」又言：「湖上青山處處佳，不如歸隱清涼國。」（註二二）

（二）嗜書如癡

汪端早慧，能辨四聲，又得父母督教，七歲作春雪詩，見者驚嘆。又嘗賦紅蘭館題壁詩：「本為王者香，衣緋亦相稱；芳枝浥露酣，茂葉和煙潤；燕女吉夢繁，湘人晚妝靚；何如素心者，紉佩同心贈。」（註二三）識者以其為福慧雙修者。汪端之幼而能詩，乃習於詩書，嗜於勤研，及父母見背，更刻意為之，常終日處一室中，握唐人詩默誦，遇有得意處，則嗑然自笑，眾人以「書痴」（註二四）視之。汪端所閱典籍，涉之甚廣，精於史學。姨父許宗彥與之論史，嘗辭屈無以對戲呼之為端老虎。陳文述亦嘗以僻典考之，汪端皆應答流暢。汪端又精於星命之學，實可稱之閨秀才女。

（三）勤勉自勵

汪端幼受學於表伯外祖高邁庵明經之門（註二五），高邁庵以詩名，日日為之，耳提面命。汪端雖資質過人，然勤勉自勵，不稍懈怠，故能積漸腹笥，濬發靈府。師所指授，履行不違，由是學愈進，而能機軸自抒，獨樹風格。

第二節　失怙後之情景

一、思親情切

汪端母親梁夫人早卒，汪端幼失所恃，益以長兄汪初積勞，歿於維西（四川）軍營，汪端聞痛搏膺，淚落湯湯，舉家同感悲慟。汪端父性淡泊，好隱居，不屑名利官場，以詩禮傳家。子女幼時，嘗提攜郊荒，竟日出遊，興到則留題賦詩，使之頡頏才華，以為砥礪。後汪初官屬，與鄉遙隔，骨肉別離三年，竟傳惡訊以終。父汪瑜遭妻亡之噩，復受劇創於鍾愛嗣子之殤，不克育子女於一身，是以將汪端託撫於姨母梁楚生夫人，姨父許宗彥為嘉慶己未進士，官兵部員外郎，賢伉儷愛之如所生。

汪端失恃於幼年，後長兄歿於蜀，次兄滯功名而不遇，家運舛互。年十六時，又失椿庭，家遭劇變，寄養姨母家，然始終不忘親情，曾與外家尊長言母之舊事，為詩一首，以志哀慕，詩曰：「隱逸林和靖，神仙葛稚川；讀書餘別墅，結契有前緣；兄弟家聲重，勛名國史傳；慈親讌遊地，陟屺一淒然。」（註二六）此為於西湖葛林園作，園在葛嶺孤山之間，為汪端曾外祖文莊相國梁薌林與其兄梁蘐林，少時讀書之地，汪端與親友至此，言及其母，哀不自勝，乃作詩思念母親，發抒胸懷抑鬱。

汪端於所著自然好學齋詩鈔卷首言，七歲試筆為小詩，多經父點定，後從舊稿中檢得故紙，距失怙恃已十餘年，存尚可句讀者十六篇，皆十歲以前作，列之於卷首。並言「手澤猶存，彌增蓼莪之痛矣。」思情之情，感念之深，畢見於指間矣。

汪端父女情深亦可由陳文述西泠仙詠卷二中窺知一二，天潛小隱詠汪季懷詩，言及汪端父天潛翁托夢一事，足見愛女心切；或云夢境語與真事適逢巧合，推其因，亦不無親恩冥冥之眷顧也。其云：「道光癸未冬，余歸錢塘，寓西湖黃葉樓，夢君過余；言前生本紫宮侍書，以生平無過，得歸舊地，甚清暇；當從君至吳門，一視端也。次日顧君西梅過余湖樓，手一卷曰，此君親家汪君季懷天女散花小像也，存余家二十餘年，久欲歸其後人，檢之不得，昨忽得之案頭，而君適至，豈非數耶，故攜以奉君也。語以昨夢，互相歎詫，因攜歸付端供奉之。」詩云：「琴囊詩卷悟聞根，彷彿天潛老閉門；水榭鶴歸秋雨細，山樓猿嘯嶺煙昏；畫船客至談仙蹟，紫府人來記夢痕；是處芥瓶留丈室，左家嬌女解招魂。」由詩、文中彌見汪端父女深情，父雖已亡，心猶繫之，潸然讀者。由陳文述為詩，益增汪端所以思親之由也。

二、與姨母深情

汪端少年時，穎異神悟，觀書則解會，聽睹能暗疏，七歲始作詩，往往出佳句，聰慧過人，戚黨盛譽之。惜母卒於嘉慶五年庚申，汪端方八歲，梁氏姐妹中汪端母梁應銆與姨母梁德繩，情最深固，且外伯祖父山舟學士梁同書，於外祖父梁敦書卒後，對其子嗣，照撫如所生。及汪端失恃，每念其孤弱，乃命姨母梁德繩調護之。故而姨母梁德繩乃受委養護尚在嬰孺之汪端，汪端因而滿獲姨母噓寒問暖及衣食起居之照顧。又教之為詩，每加稱嘆，以為激勵。故汪端每思及母親舛運，憶起姨母之情，嘗言「恩比金城固」（註二七），足證其恩義情深也。

汪端依姨母，居住一年（註二八），處於優裕之庭閣院落，與表姐妹朝暮相攜，互為詩題吟詠。又視姨母為師傅，嘗以疑義，請姨母為之剖析。姨母為名門仕宦之閨才，又工詩，有文名，且居室古春軒，又饒藏書籍，汪端浸潤其間，充實腹笥，薰於春風綠樹，湖光美景中，不獨淑姿婷婷於外，益且文藝情愫，文學氣息，蘊育於中矣。

汪端與姨母常於閨中有應事應時之詩作，如古春軒賞紫牡丹和楚生姨母：「紫府仙人絕代姿，詩題花葉泛瓊巵；折腰恰稱煙絲障，賜佩初窺金鳳池；玉暖愁生吳苑夢，雲迴狂趁洛陽詞；休將閒色輕佳種，第一天香望氣知。」（註二九）落葉和楚生姨母二首：「日日階前掃未完，白雲放眼小庭寬；舞空有力風初緊，著樹無多響更乾；眠鹿易驚秋圃夢，棲鴉愁見曉霜寒；丹楓古驛斜陽冷，點筆題詩向石闌。」（註三〇）「商飆幾陣掠疎林，也似詩人訴不平；搖落洞庭秋水遠，飄零宮井客愁生；積來砌畔妨行屐，響到窗邊誤雨聲；賴有長松修竹在，尚堪同結歲寒盟。」（註三一）古春軒詠物二首和楚生姨母：「幾節玲瓏玉一枝，水鄉風味最堪思；洛妃素腕白於雪，王侍兒雪向晚涼；時虛心子靈心妙，入詩鄰女采從秋；浦上莫笑中無物，也學春蠶自吐絲。」（註三二），「三春花月事全非，尚有長條拂水齊；野渡人稀斜照冷，白門秋老夜烏啼；金城暮雨誰家宅，汴岸荒煙舊日隄；漠唱香山腸斷句，永豐坊裡草萋萋。」（註三三）孤山瘞蝶和姨母楚生夫人：「舊伴羅浮四百君，未忘花癖墮塵氛；魂依葛令丹砂井，影幻麻姑白練群；明月不生高士夢，春風應化美人雲；粉奩瘞罷清泉酹，愁對寒梅樹下墳。」（註三四）汪端因生活優閒，環境富裕，不愁生計，方可以文學諷詠，作為生活主題。生活恬靜適意，方有詠牡丹，吟落葉之作，就中尤以吟落葉一首中，表現生活步調之極愜意閒適，又因優閒，才可日日去掃階前落葉，故云「日日階前掃未完」。此外由於閨閣院落中，平靜無喧，而有嚮往遼闊外界之意，故云「白雲放眼小庭寬」，且於此有拉大空間距離之筆意，庭園本有限之地，因放眼遠望白雲，有擴大胸襟之高致，而使雲、庭於意象中只一線之隔，小庭乃成寬地。若生活不優裕，又怎從事心靈活動，詠吟諷頌。又云「著樹無多響更乾」，因週遭的寧靜安詳，方才顯得在枝上已無多葉，響聲颯颯。更因愜意暢然，方才有心思觀葉聽風。姨母嘗言汪端詩作：「論史多持平，頗合風雅趣。擬古攬荃桂，體物妙風絮。」（註三五）可參見其詠史、懷古之詩作。

嘉慶十三年戊辰，汪端方年十六，頓失椿庭，從此乃居畫樓，依紗幔，流連於綺閣南園，日讀詩書，育其學識。嘉慶十五庚午，汪端年十八，歸陳裴之。家宦居於蘇州，屆迎娶之時，姨母勉其當遵淑慎之德，當務蘋蘩之事。莫叫才名所據，而失婦工。對翁姑尤當敬慎順從，善盡孝道，衣食起居，使其合意，行事莫逆其心，貴在一家和睦。言曰：「寒溫奉席衽，其滑調七箸；紉綴夜鐙遲，盥櫛晨雞曙；使令宜敬承，意旨戒輕忤；所貴睦上下，但莫惑婢嫗。」（註三六）皆垂訓愛護之語。

陳裴之乃出於詩禮傳家之門，所著詩集，亦傳布甚廣，姨母盛讚汪端父之擇婿明識，祝福汪端夫婦之琴瑟和鳴，故勉之曰：「相攸善所歸，豈在盛奩具；芳辰愛景光，帷房樂恬豫；唱酬陶性情，琴瑟宛在御；梁孟曁飽恒，庶幾古賢慕。」（註三七）。自汪端八歲母卒，姨母乃朝暮念其歸宿，而年十八時，得適才子佳偶，雖了宿願，然難耐依依之情。有言曰：「畢我十年心，肇汝百年務；臨當牽衣別，且復須臾駐。」（註三八）

汪端歸寧之日，姨母臨別贈物，物物有含意，要在勉行壼德之教，並期白首偕老之締姻。詩云：「佩汝白玉珩，願汝節行步；衣汝紅羅襦，願汝思織作；勸汝安胡飯，願汝加餐餰；飲汝合歡觴，願汝保齡煦。」（註三九）關懷愛護之情，具於字裡行間，情感真摯。

汪端于歸後一年，嘉慶十六年辛未春日，返歸，探望姨母，臨別時，姨母於明湖設離筵餞別，並贈瓊瑤詞，深情畢見，汪端於明湖言：「再拜瞻慈顏，一笑江淹賦；浮雲思故岫，因風復回翥，秋燕辭杏梁，逢春復來寓；牽衣話離悰，語語出肝腑。……感念教育慈，長此心中注。」（註四〇）汪端於姨母之撫育，乃終生之感念感恩。姨母與汪端別情，於後詩中可見：「墨車以授綏，畫舫得津渡；佇立望去輪，輾轉不知處；感念何時平，釋此心神注。」（註四一）

俟後，汪端重過鑑園，有弔許周生姨丈一首，並呈之楚生姨母，以誌表慕感念。詩云：「落葉蕭蕭滿目愁，重來華屋愴西州；綠羅深徑閒棋局，紅藕荒地冷釣舟；載酒誰尋揚子宅，藏書空鎖謝公樓；瑣窗塵暗看遺墨，不過黃壚亦淚流。」（註四二）

「十年絳帳聽論文，薤露歌傳不忍聞；梨棗已看鐫舊稿，松楸曾未拜遺墳；青琴絃斷沉秋雨，玉篴聲哀隔暮雲；畫荻深宵鐙火冷，素幃珍重魏城君。」（註四三）

第三節 選婿締姻

一、親訪才子

汪端父汪瑜，性恬淡，具知人之識。聞陳文述之子陳裴之才華，於華秋槎之處，乃至吳親訪。陳文述，為嘉慶五年舉人，少負雋才，詩、詞、古文，俱工。曾任江南縣令，有政聲，才思雋永，從遊者，有吳門前、後、續七子。閨秀以詩詞受業，稱弟子者，亦有二十餘人。所著有碧城仙館詩鈔，頤道堂集。陳文述之子陳裴之，幼承庭訓，窮研文墨，受學於蕭子山，蕭子山與其兄蕭百堂，俱以文名，有婁東二蕭之稱。詩初喜學施翁山、蔣心畬、黃仲則三家，故其詩多清剛雋上之作，有春藻堂詩集。

陳裴之，繼承家學，治經與吟詠並，早歲蜚聲藝苑，嘗與吳中老輩及前後七子相倡和。蕭掄論其所作詩「根柢盤深，可覘蘊蓄。」（註四四）梁同書云：「余見孟楷澄懷堂全詩，昔人所謂情兼雅怨，體被文質，粲溢古今，卓爾不群者，於是乎近之，因之嘆季懷之見為不虛。」（註四五）阮雲臺曾過揚州，陳裴之邀遊焦山，題名賦詩，阮雲臺稱之「駿爽、沈雄，直摩明七子之壘。」（註四六）汪瑜至吳親訪，覽所著春藻堂初集詩，歎為雋才，得未曾有，即以次女汪端許字之。才之所惜，人而同之，汪瑜之卓識與愛才，由其為女，相攸善所歸得窺之。父子恩義，人倫常度，本乎至誠，出乎至性，汪端之許字，畢見父汪瑜，舐犢情深，鍾愛備至。

二、于歸之喜

嘉慶十五年庚午，汪端年十八，歸陳裴之，鶼鰈比肩，重親致歡，見者方之，金童玉女，戚黨傳為美談。陳裴之以名父之子，天性過人，承家學淵源，學識超越，所著更有西北水利諸議，一時名宿交相推許，名滿藝林。汪端之時，亦能杼軸文史，一洗閨閣纖穠之習，既得裴之為閨房之友，夫婦唱和，若琴瑟之和，若壎篪之諧。又得翁舅陳文述之喜愛及稱道，陳府一門，夫婦娣姒姊妹間，皆出風入雅，汪端爭奇角勝於紗廚鏡檻之際，雄視一時，諸人或為之退舍，張雲璈云：「君舅雲伯大令胸羅武庫視當世，鮮視許者，獨於其子婦，以為一家巨擘。」（註四七）陳文述推其子婦汪端，為陳門閨閣之冠，因授之以詩要，汪端得其指授，又與裴之昕夕相切磋，因而造詣，積漸而深。時人均不敢以尋常閨閣目之。

三、鶼鰈情深

陳裴之，汪端二人，門戶相宜，嘗引詩相娛為樂，可謂一等之締姻。汪端素讀翁舅陳文述之詩，既作羹湯，即啟行篋，呈所作稿本，乞加評誨，依依若侍慈父，文述亦深喜之，若得嬌女也。汪端與裴之，一燈雙管，拈韻分箋，每有所作，即呈於舅翁，乞為鑒定，以搏歡顏，日以為常。婚後育有二子，長子如意，名孝如，滿月遂夭。次子吉祥，初名孝先，後君葆庸，年十四，因驚於父之亡訊，遂失常度而不治。

第四節　汪端之婦德

一、事親至孝、續嗣為念

汪端自歸陳裴之後，生長子名孝如不幸，孝如方滿月即夭折。汪端哀慟欲絕，逾年生次子，名孝先，娩後又調養未當，故而孱羸多疾。

（一）孝感動天、舅翁病癒

嘉慶二十一年丙子，陳文述病危（註四八），汪端於佛前立誓，願長齋持經，繡佛三年，奉行眾善，並與夫陳裴之，日持觀音經若干卷，為禱於華元化先生祠，得賜方四十九劑，服之病始漸癒，而裴之夫婦，乃因而異處四年之久。

（二）染疾體弱、續嗣為念

汪端選著明詩初二集，聚書盈屋，夜手一編，每至雞啼，猶未就枕，乃得不寐之疾。汪端自慮，心耗體弱，不克仰事俯育。且陳門至裴之，皆為單傳，嗣續寡少，因而請託姨母高陽太君梁德繩、嫂氏中山夫人湯湘綠，徧訪賢淑。並請於舅姑曰：「作配高門，質沐慈愛，有逾顧復，比得醒疾，終夜不寢。醫云疾在心神，不加靜攝，將成怔忡。自問幼躭墳籍，疎曠鍼黹，十饋五漿，尤非所諳。雖重親高堂，矜其不逮，夙夜循省，心何以安。且堂上膝下，僅止公子一人，飴含抱孫，亦止孝先一人。螽斯蕃衍，宜求淑儷，以主中饋，俾端得安心，優游文史，以延孱弱之軀。」（註四九）又於祖翁奉政公、祖姑查太夫人前，再三言之，實可澈鑒其用心之良苦，用情之真摯也。

汪端於夫陳裴之前，亦曾言及此事，裴之堅卻，以為不可行曰：「常致書其姨母高陽太君，嫂氏中山夫人，為余訪置簉室，余堅卻之。嗣知吳中湘雨、佇雲、蘭語樓諸姬，皆有願為夫子妾之意，歷請堂上為余納之，余固以為不可。」（註五〇）陳裴之欲承繼父之志，不欲留名，風流薄倖；並以為納妾一事，當以能侍奉堂上，佐治內政，不容隨意為之。故言：「蓋大人乞祿養親，懷冰服政，十年之久，未得真除。相依為命者，千餘指；得以舉火者數十家。重親在堂，年逾七秩，恒有世途荊棘，宦海波瀾之感，余四踢槐花，輒成康了，方思投筆，以替仔肩。滿堂兮美人，獨與余兮目成，射工伺余，固不欲冒此不韙。且綠珠碧玉，徒多豔情，溫情定省，孰能奉吾老母者，采蘭樹萲，此事固未容草草也。」（註五一）

（三）汪端賢慧、孝親義重

汪端於祖翁、祖姑、翁姑、夫婿前，總是主張納妾，更徧託親戚，訪求佳麗，旨在奉於老親、輔於內事、繁衍嗣續。於此情形下，縱裴之無心為之，結果亦不免要納妾。適逢裴之於秦淮遇王紫湘，王氏名子蘭，舊名花蕊，字紫湘，一字畹君，小字桃根，秣陵人。王紫湘對陳裴之，早有所聞，並甚為傾慕，其一為愛才，其二為對裴之家庭之傾慕。言及愛才，陳裴之曾賦謝幼香五絕句（註五二）纏綿悱惻，早為王紫湘心怡贊嘆。故於會面之時，乃借幼香將嫁為題，迫令裴之，當面賦詩，實有意試之。陳裴之對客揮毫，振筆疾書，寫成四律。（註五三）王紫湘方確信陳裴之才筆穎異，乃決意委身事之。次言家世，陳裴之家世顯貴，一門風雅，足為人羨。王紫湘初識陳裴之，已深知其家世，絮絮而談。裴之問，何以知之，王紫湘言：「識之久矣」。（註五四）可知王紫湘自讀陳裴之贈幼香詩句後，乃已設法探究，其家庭狀況。並曾對陳裴之言：「夙聞君家重親之慈，夫人之賢。……」（註五五）又曾語於姐瑞蘭曰：「雲公子人品學問，有目共賞，毋俟鄙言，聞其傳家孝友，天性過人，此尤妹所怦怦心動者耳。」（註五六）由此三段語可明諸，王紫湘對陳裴之傾慕之情。王紫湘當時為年僅十九之少女，獨於擇人而事，竟審慎若是，足見明識過人，因而後處於陳門，大家族中，能使上下愛憐，絕無閒氣。

王氏姐妹共十人，除了排行第八，未字而卒，六、七兩人，適尋常人家，餘均為達官貴族之側室。王紫湘於同胞姐妹中，年華最幼，且通文墨之事，集眾姐妹之成。故當陳門長輩聞之後，乃云：「紫姬深明大義，非尋常金粉可比。」又有言：「紫姬詞翰，端曾一見之，尤非尋常金粉可比也。夫子乃稟命堂上……諏吉迎歸。」（註五七）所云皆嘉許贊佩之語。

二、秉性仁厚、待姬情深

汪端曾言其病時王氏之調護，至寢饋俱忘，感念甚深。云：「客冬余臥病殊劇。姬佇苦哺糜，含辛調藥，中宵結帶，竟月罷妝，余疾既瘳，姬顏始解，嗚呼賢矣！」（註五八）裴之母亦有言：「客冬端病頭風，手不能持匕箸，醫者云易傳染，語甚危。姬黎明起，不梳洗，不進飲食，先為大婦敷藥，餔糜，撫摩、抑搔，恒至深夜。衣不解帶者數月，端疾竟得以癒。」（註五九）汪端又曾為王氏作詩云：「寒閨侍疾夜遲眠，藥裡勞君細意煎；彩勝倦簪挑菜節，羅屏靜掩試燈天，解歌芳草朝雲慧，潔奉蘭羞絡秀賢，猶記江城砧杵動，春織疊雪擘吳綿。」（註六〇）汪端將紫湘，與古之賢妾朝雲，絡秀並列，以彰其賢慧。更憶紫湘為製綿襦，為調病體，不辭勞苦，無有倦怠，感懷切膚。

其後王紫湘因思親成病，又因調理未當，是以病不可抑。於陳門中尤得大婦汪端之憐愛，汪端見其病深，乃出歸省之計，一則返鄉養病，二則以了為生母掃墓心願。可見汪端與紫湘之深情。汪端曾作七律一首，以寄紫湘。送小雲姬人紫湘養痾白下一詩，末四句皆抒對紫湘之憐愛，及真情之流露。詩曰：「梅雨如絲暗畫樓，玉人扶病上扁舟。釧鬆皓腕香桃瘦，帶緩纖腰弱柳柔。五月江聲流短夢，六朝山色送新愁，勤調藥裡刪離恨，好寄平安水閣頭。」（註六一）紫湘依韻和所寄，寫成七律一首。自秣陵寄呈太夫人龔氏。詩曰：「風雨經春怯倚樓，空江如夢送歸舟，綿綿遠道花箋寄，黯黯臨歧絮語柔，閨福難消悲薄命，慈恩未報動深愁，望雲更識郎心苦，月子彎彎繫兩頭。」（註六二）紫湘寄語福淺命薄、思念兩繫，誰料竟為詩讖也。

汪端出歸省之計，旨在使紫湘療病，得以痊癒，然紫湘歸鄉後，雖一償思母之願，病卻無復起之色，終至病逝。紫湘生於嘉慶八年癸亥七月十四日，卒於道光四年甲申七月初四日，年二十有二。以其青春年華，於陳門之日，佐治內政，撫老育幼，敦睦親族，使人愛憐，更無閒語。病逝之後，陳門聞耗，莫不悲慟。

汪端與王紫湘真情誠篤。其後當紫湘於母家病卒後，汪端曾為詩及沉痛挽聯并寄裴之。書寄小雲金陵并柬紫湘詩云：「問君雙槳載桃根，殘月空江第幾邨，澹墨似煙書有淚，遠天如水夢無痕，晚風橫篴青溪閣，新柳丁烏白下門，更憶嬋嫣支病骨，背鐙擁髻話黃昏。」（註六三）陳裴之又依韻和之曰：「情根種處即愁根，紗澣青溪別有邨。伴影帶餘前剩眼，捧心鏡浥舊啼痕。江城楊柳宵聞笛，水閣枇杷晝掩門。首重闈心百結，合歡卿獨奉晨昏。」（註六四）汪端之送小雲姬人紫湘養痾白下詩、王紫湘依韻和所寄詩、汪端書寄小雲金陵并柬紫湘及陳裴之依韻和之詩，凡此四首七律詩，曹小琴女史讀之，歎為傷心透骨之作曰：「此二百二十四字，是君家三人淚珠凝結而成者。始知別賦、恨賦未是傷心透骨之作。」（註六五）汪端除以詩、文、哀辭，悼念紫湘，又令親生之子孝先，為之持服，素柬上亦用嫡子具名，妻妾間如此情重，實乃罕見。

第五節　向道問禪至終

一、向道問禪

陳裴之客死漢臯時，是時孤子葆庯，年方十四，聞父噩耗，驚悸成疾，遂失常度。汪端素性高邁，於九流家言道、釋諸書，均蔑視為不足學，及夫死子疾，如荼飲蘖，稍稍涉獵，亦如名士牢騷之結習也，所作皆單凫寡鵠之音，從金蓋閔真人言，日對遺像誦玉章經，至臨終不廢。

汪端奉道後，潛心修道，不務俗事，金石書畫等事亦絕，以為皆石火電光，過眼烟雲也。有詩云：「久悟繁華等逝波，年來學道補蹉跎。分明一片天花影，又逐浮雲眼底過。」（註六六）並自云：「余近年閉關學道，久謝筆墨，金石書畫等諸過眼烟雲矣。」（註六七）

汪端府中奉道者眾，其姪蘇孫葆魯及姪婦王筠芬均為奉道者。見於汪端於題姪婦王筠芬秉貞蓬島掃花小影：「前生曾往梯仙國，是處原為選佛場。」、「脩真不少雙飛侶，樊榭金庭暮靄蒼。」（註六八）

又釋道之詩見於汪端金雲門夫人畫白蓮花觀音像姪婦梯仙乞題云：「說法何妨偶現身，水天空曠月精神。今明南海窺真相，畢竟西方有美人，紫竹林中參慧業，白蓮花上證前因，雲門繪像梯仙奉，一卷心經淨六塵。」（註六九）凡此與道有關之詩共四十首。

汪端天資高縱，初於九流家言，斥為不足學，奉道後乃喜讀易。適夫亡子疾，舅翁老邁，期具一藝以為生計，乃取星命之學，竟「一夕通之」（註七〇）於納音衰旺生克，別有會心，以為讀易須從無易處，首在靜、虛二字之修持，其於易之心得見於題薛洞雲處士瑤潭讀易圖共六首。就其一言之曰：「乾坤原是易之門，姤復相尋互作根。讀易須從無易處，靜虛兩字是真言。」（註七一）

汪端中年奉道後，悟及貪嗔癡之害，曾言：「石火悟來無色相，人天懺盡有情癡。」（註七二）嘗語人曰：「名士牢愁，美人幽怨，都非究竟，不如學道。」（註七三）汪端道師閔小良，謂此數語言：「似從三教聖賢心坎中流出，足使世間聰慧男女，昏沉醉夢中，一齊猛省，真十六字金言也。」（註七四）陳文逑謂：「此心有感應，若合符節之言。真佛門清淨心，無染塵之士也。」（註七五）汪端之悟道，乃因其禮誦之勤，讀到書之博，除劉宇亮神仙通鑑外，竟覽道師閔小艮書隱樓之經籍，如呂祖金華宗旨、三尼醫世說、逑管窺功訣、張三丰元譚集、尹真人皇極開闢仙經、寥陽殿問答、王崑陽碧苑壇經、李泥丸洩天機天仙道、程寶則戒忌須知、李衡陽上品丹法節次、沈太虛大滌洞音天仙心傳。凡此籍於道要皆有闡發。閔小艮之修行，乃以誠意慎獨為體，濟物利人為用。所著三尼醫世功訣、天仙心法醫世元科，皆主性命雙脩。乃本之於沈太虛，頗具道家之淵源。又著金蓋心燈，至寫還原篇時，命汪端校讎，閔小艮常自誨之曰：「爾做事誠而堅，於道尚可成就。」（註七六）汪端與陳蘭雲、汪靜初所常參究者，為西王母女脩正宗、李泥丸女宗雙脩寶筏，此二書頗得黃庭內景之必要。

汪端深知大洞玉章經之功用，謂羅、三、藍、波四字足以包孕三千大千世界。故誦之專且勤，積數至數十萬卷之多。於病中嘗言：「余生寄死歸，亦無所苦，所自惜者，腹笥耳。記誦之學，自問不媿行秘書。」（註七七）

汪端法名心和。佛名達本。道名心澈。金姥瑤清賜名次瑤。飛祖妙香賜名菊香。後皈依觀音大士為桃源貞妙元君。汪端曾立願來生昌明道教，期於他日更受道籙及東華密部西竺心宗，而年未及待也。汪端常念師閔小艮之教誨：「慧光都自中和出，丹訣無過孝弟先。」（註七八）更於病中恍悟貪、嗔、癡、病口過，言曰：「嗔最重，初見其枝葉，後見其根株，六賊潛蹤，藏身甚固，去之甚難。所謂一心念嗔心起百萬障門開也。始知聖賢仙佛之不可及也。此後惟當親親睦之，冤親解之耳。端每覺世人泰而益驕，過而仍怙，心雖非之，以為無與吾事，而不知皆吾之鏡也。吾境亦垢而未盡拂拭也。」（註七九）

二、染疾至終

汪端自與陳裴之結褵後，連生二子，長子滿月即夭，悲戚欲橫，產次子後，調養欠佳，因而體魄始終孱弱。嘉慶廿五年，歲在庚辰，汪端著手編撰明三十家詩選一書，常晨昏不寐，勞心耗氣，以至長病在身，時方年廿八。道光六年，歲在丙戌，因聞夫客死漢皋，悲慟欲絕，病更加深，甚而難以親奠亡墳。然於此病際，尚日夜編定亡夫遺稿，以為紀念，以抒哀思。故病情非為無以好轉，反致益重。夫死時，惡訊至，子葆庸，乃驚悸成疾，失於常度。汪端夫死又逢子疾，編定遺稿、撫恤孤弱，因而孱羸終成固疾，時年卅四。親族中人勸其子葆庸取婦或納婢，以期嗣續綿延。然汪端出於禮教嚴謹、道德淳厚之家庭，自律免為喪天害理之事，更不忍誤人子女終身幸福，意欲待子稍癒後再議，遂因循至終。其識見及道德情操，實非庸俗婦人所可比擬者。汪端曾於病中於舅翁陳文述言曰：「中人之家，子弟但須訓謹。能事親敬長，即為佳嗣，不必聰明卓越也。翁以此語為然耶否耶？」（註八〇）汪端之以平常心，待之子嗣，實為卓識。且又賢孝親老，恐堂上憂嗣續難延，乃為此語，以寬老親。汪端疾革之時，招陳文述女陳苕仙至榻前曰：「吾人親筆數行，在枕函中，俟吾氣絕，取以呈翁，或不我違也。」（註八一）汪端為延續後嗣，病中念念不忘，巧思再三，成一手書，實為孝思感人。陳文述為作傳，感其義重情深，孝行足式。言曰：「彌留之際，復再三言之，既逝，親人取閱，乃遺囑一函，大意言身後，請以六房小叔艾生子葆和，與葆庸竝嗣為公子後。葆庸不娶無後，俟葆和將來有子與之，即是日夜間所書也。蓋慮舅翁過於曠達安心，無後而大宗致絕也。凡所與言，意至深也。」（註八二）

汪端遺言中，頗富道教意味。如病中留別師陳蘭雲、母管靜初兩夫人及小姑陳苕仙女弟之詩曰：「聚雪團沙感百端；天風吹我羽衣寒。一生惟有修行好，萬事無如懺悔難。青玉合鐫王妙想，黃金應鑄魏賢安。白頭翁已年衰矣，眠食應知著意看。」另口占告逝曰：「四十餘年了夙因，乞翁文字與傳神。華嚴法界波羅蜜，知我來朝去路真。」（註八三）又遺言曰：「吾耳勿為著環，將轉男身，身後為延戒律僧，禮大悲懺四十九日，以補生前佛懺所未足，蓋平日所禮，皆道家懺也。」（註八四）汪端過逝情景更富神祕色彩。陳文述曰：「語畢，白氣蜿蜒作，旃檀香氣，自臥室達於大門，經十三層屋而上昇，乃瞑目不語，若入大定。」（註八五）

汪端一代才女，生於乾隆五十八年癸丑正月十八日申時，卒於道光十八年戊戌十二月十八日寅時，享年四十六。有限之光陰，卻成其不朽之生命。立言者，手著自然好學齋詩鈔、明三十家詩選二書，殫精竭慮、汰漬存精，以成佳製。不恃為子嗣，標立典範，更為後學研審之際，益資考擬之據，實一功德也。立德者，于歸後，處外家尊親姐妹等，禮以待之，紛爭處，能予適時語，以排難解紛，助人解結。為嗣續計，為夫選妾，無妒之賢，識體之孝，婦德也。子顛癡，不使誤人，致獨身無子，以全節義，另以叔子孫代，以成嗣續，免於不孝，此節操道德，實足婦女式憑，亦且士人足資取法者也。

【附註】

註一　梁乙真清代婦女文學史。
註二　汪端自然好學齋詩鈔許宗彥序。
註三　自然好學齋詩鈔許宗彥序。
註四　自然好學齋詩鈔卷一第三首。
註五　自然好學齋詩鈔許宗彥序。
註六　自然好學齋詩鈔卷一。
註七　同註六。
註八　同註六。
註九　同註六。
註一〇　同註六。
註一一　同註六。
註一二　同註六。
註一三　同註六。
註一四　同註六。
註一五　汪端自然好學齋詩鈔卷一。
註一六　同註一五。
註一七　同註一五。
註一八　同註一五。
註一九　同註一五。
註二〇　同註一五。

註二一　同註一五。
註二二　自然好學齋詩鈔卷九。
註二三　同註二二卷一第九首。
註二四　同註二二許宗彥序。
註二五　同註二二陳文述孝慧汪宜人傳。
註二六　汪端自然好學齋詩鈔卷一。
註二七　同註二六卷二第一百一十首明湖飲餞圖。
註二八　同註二六卷二第一百一十一首原作題女甥汪端明湖飲餞圖。
註二九　同註二六卷一第一百廿八首。
註三〇　同註二六卷二第一五首。
註三一　同註二六卷二第一六首。
註三二　同註二六卷二第六十三首。
註三三　同註二六卷二第六十四首。
註三四　同註二六卷十第二七首。
註三五　同註二六卷二第一百一十一首。
註三六　同註三五。
註三七　同註三五。
註三八　同註三五。
註三九　同註三五。
註四〇　同註二六卷二第一百一十首。
註四一　同註二六卷二第一百一十一首。
註四二　同註二六卷四第十一首。

註四三　同註二六卷四第十二首。
註四四　同註二六蕭掄序。
註四五　同註二六梁同書序。
註四六　葉衍蘭清代學者像傳。
註四七　汪端自然好學齋詩鈔張雲璈序。
註四八　陳裴之香畹樓憶語第五〇八一頁。
註四九　龔玉晨紫姬小傳第五〇七五頁。
註五〇　陳裴之香畹樓憶語第五〇八一頁。
註五一　同註五〇。
註五二　同註五〇第五〇八二頁。金陵停雲主人，為其掌珠幼香託付終身，託晴梁史為媒，代宣芳悰，陳裴之賦詩五絕句以謝之。
註五三　同註五〇第五〇八三頁。
註五四　同註五〇第五〇八三頁。
註五五　同註五〇。
註五六　陳裴之湘烟小綠王瑞蘭題詞第五〇六七頁。
註五七　同註五六龔玉晨紫姬小傳第五〇七五頁。
註五八　同註五六汪端紫姬哀詞序第五〇七一頁。
註五九　同註五六龔玉晨紫姬小傳第五〇七六頁。
註六〇　同註五六汪端紫姬哀詞第五〇七二頁。
註六一　汪端自然好學齋詩鈔卷四第七十六首。
註六二　陳裴之香畹樓憶語第五〇九六頁。
註六三　汪端自然好學齋詩鈔卷四第七十七首。

註六四　陳裴之香畹樓憶語第五〇九七頁。
註六五　同註六四。
註六六　汪端自然好學齋詩鈔卷九第十五首題金雲門女士畫梅第五首。
註六七　同註六六序言。
註六八　同註二六卷十第八十六首。
註六九　同註二六卷十第一百五十四首。
註七〇　同註二六陳文述孝慧汪宜人傳。
註七一　同註七〇。
註七二　同註二六卷十第一百卅六首湘霞夫人來歸、翁大人營賓霞室以館之辱過余三玉香龕賦詩見贈奉答二首。
註七三　同註二六陳文述孝慧汪宜人傳。
註七四　同註七三。
註七五　同註七三。
註七六　同註二六卷十第一百五十七首閔小艮先生輓詩。
註七七　同註二六卷十第一百五十六首閔小艮先生輓詩。
註七八　同註二六陳文述孝慧汪宜人傳。
註七九　同註七八。
註八〇　同註七八。
註八一　同註七八。
註八二　同註七八。
註八三　同註二六卷十第一百六十三首。
註八四　同註二六陳文述孝慧汪宜人傳。
註八五　同註八四。

第四章

汪端明三十家詩選

第一節 編著明三十家詩選始末

一、編著動機

(一) 閱青邱集之啟示

汪端幼承庭訓，得溫柔敦厚之旨，並受業於表外祖高邁菴師，明經讀性。童年時，好兒嬉，塾課既畢，即爇芸弄蟻以為樂，父汪瑜以其年少不忍訶責，然熟稔其性，喜於觀詩，乃與之宋、元、明及當代人詩集，汪端閱過，僅留高青邱、吳梅村兩家集，餘則棄去；後更去梅村集留青邱集，父汪瑜問何故，曰「梅村濃而無骨，不若青邱淡而有品。」（註一）遂奉高集為圭臬。

後閱得青邱本傳，知洪武七年甲寅，高青邱年卅九時，蘇州知府魏觀以復舊治被劾死，高青邱等為魏觀闈文學，為撰上梁文，誣者竟視之以魏觀同黨，太祖乃降罪，高青邱與王彝皆罹其難。汪端見明太祖之殘害忠良，暴殄名儒，甚為不平，殷望其雖際遇困厄，而於文字，能免於淹沒塵牘之中。

（二）導正謬誤詩說

高青邱為明初詩作之代表，所為詩，大都擬古之作。四庫提要云：「其於詩，擬漢魏似漢魏，擬六朝似六朝，擬唐似唐，擬宋似宋，凡古人之所長，無不兼之，振元末纖穠縟麗之習，而返之於古，啟實為有力。……其摹倣古調之中，自有精神意象，存乎其間。」（註二）又云：「啟詩才富健，工於摹古，為一代巨擘。」（註三）高青邱作詩雖重摹擬，然漢、魏、六朝、唐、宋界限尚不分明，範圍仍廣泛。及至前後七子，繼承明初復古觀念，倡導文必秦漢，詩必盛唐，乃成為專重盛唐之派別。正式提出擬古主義相號召。前七子，以李夢陽、何景明為首，其理論一為文必秦漢，詩必盛唐。二為摹擬為創作文學的途徑。惜前後七子，恃才傲世，自吹自捧，把持文壇，互相標榜，相沿成習，所為詩，僅於形式技巧上，句摹字擬；終成捨本逐末之形式復古。汪端鑒七子之弊，又觀錢牧齋、沈歸愚之選本，推崇李夢陽，而貶抑高青邱，益為不平。於詩中曾對高青邱際遇，抒發不平之慨。如汪端瑤潭精舍洪濟真人像詩第三首曰：「識比長沙學更醇，可堪暴主忌才人。琴彈東市嵇中散，劍解南岡郭景純。碧落瓊碑書姓氏，朱陵火府鍊精神。天教歷盡文章劫，浩氣由來自有真。」（註四）又於此詩之序言中，明其編選明詩用意，在導正謬誤之詩說。言曰：「真人，明長洲高青邱先生也。先生品為醇儒，才為名世，幸全於偏霸之國，而不免於維新之朝。遭逢暴主，過不在先生也。後儒目論重五百年。端幼讀先生詩，選明詩初二集，以正諸家論詩之失，竝糾論古之謬。」（註五）

（三）誓願翻詩壇寃案

汪端及歸陳裴之後，夫婦唱和，並論詩作之優劣，日以為常。陳裴之受業於婁東詩人蕭樊村，汪端嘗囑裴之，問之以高李優劣。蕭樊村乃崇尚沈歸愚者，因是左袒李夢陽更甚。汪端為高青邱之積怨，凡十餘年之思，終不得解。乃誓願翻五百年詩壇寃案而後已，因以選明詩初二集也。

二、過程述略

汪端父汪瑜，本已多藏書於振綺堂。待汪端歸陳裴之後，舅翁陳文述又廣為搜購，並錄文瀾閣藏本以增益其腹笥。汪端得此恩寵，愈發憤進，於嘉慶廿五年庚辰，取明代之詩，甄綜抉擇，晨書暝寫，自劉文成，以迄夏節愍，為三十家詩選，釐為初集、二集，密思慎擇，殫精竭慮，耗三年而始竣，心神傷疲，而不寐之疾作，幸得妾室王紫湘之照撫，後稍癒。舅翁陳文述乃以千金集梓人刊行以慰之。

三、內容概要

（一）編輯方法

1.正選、附錄以別主客

汪端明三十家詩選，計分初集八卷、二集八卷，共十六卷。自劉文成以迄夏節愍，每卷於正選後，附錄同時諸家。如卷一劉基為正選，宋訥、詹同、胡翰、梁寅等家為附錄，以此別主客。汪端選詩主要以詩為憑依，若其人之勳業操行，有足以昌其詩，重其詩者，則仍列諸正選，以示激勵。凡附錄諸家，皆經精思慎擇，與正選或為昆季、或係師友、同里、齊名、或詩格相似、或出處相符，均附列之，以見淵源。以此作為取捨準則。舉凡就詩之比較足以峙美者，方採集之。凡例云：「若如南園五先生、閩中十才子、正嘉七子、四皇甫之屬，皆有取舍，此亦不敢因類濫列之意。」（註六）汪端選詩擇人，審慎若是，可以知矣。

2.擇人選詩、載以事略

汪端明三十家詩選，所選之人，以事略附之，列其文章、軼事、評詩之語及所著之書，以備覈核。此乃仿元遺山中州集、顧俠君元詩選、及朱竹垞明詩綜之例也。其意在知人論世，利於參考。然僅劉基一人，別於諸家，未載事略備考，因其勳業功績，已燦然史籍之中，汪端恐流於贅言之弊，故僅節錄出處大要。欲詳梗概，覽諸史冊可知也。

又汪端所以錄李夢陽者，其人其詩，汪端以為不足道，然因前後七子之名沿襲已久，李又居其首，為正非妄之論，乃錄之於初集中。如「唐十八學士之有許敬宗」、「南宋四將之有張循王」。（註七）

3.他評備列、末附己見

汪端於各家詩評，毀譽兼載。凡所論議，亦並存之，要在賅備。此乃仿明詩綜者二也。汪端去其偏憎私愛之論，但擇平允精當者存之。末且附己見論述，以正謬枉，以糾弊論。凡陳文述頤道堂集、陳裴之澄懷堂集、偶有論議，亦錄於事略之後，以備考焉。

（二）選詩等第

1.初集二集、流品分際

自古選詩皆言流品，梁鍾嶸詩品，分上中下三品。明高棅唐詩品彙，以初唐為開端，盛唐為正統，中唐為繼承，晚唐為餘響，共分「正始、正宗、大家、名家、羽翼、接武、正變、餘響、旁流」九等。汪端詩選亦復如是：計有初集、二集、正選、附錄，正為流品之別，等第之分。凡例言：「是選初集諸家，猶主盟之晉楚也。二集諸家，猶列國之宋、鄭、魯、衛也。附錄諸家，猶附庸之邾、莒、杞、薛也。後之覽者，平心綜覈，自見其才氣分量，實有不可移易之故。」（註八）汪端部居品別乃此由也。

2. 詩體八類、正選附錄

汪端詩選所錄體類計有：樂府、五言古詩、七言古詩、五言律詩、七言律詩、五言排律、五言絕句、七言絕句等八類。凡所選之人物，正選者舉詩為例者較多，附錄者選詩較寡。如初集卷一正選劉基，錄詩共九十四首。附錄為宋訥、詹同、胡翰、梁寅，選詩各為八首、十首、六首、九首。由是可知正選、附錄，所居之地位，實有主、副互映之效。茲將各卷正附選詩之數列如後，以茲佐證。

高啟為正選，詩有一百七十五首（卷二）。

李東陽為正選，詩有六十七首。附錄楊一清六首、邵寶九首、楊慎十四首（卷三上）。

李夢陽為正選，詩有四十首。附錄尹耕五首（卷三下）。

何景明為正選，詩有一百廿五首（卷四）。

徐禎卿為正選，詩有六十一首。附錄沈周九首、孫一元十五首（卷五上）。

謝榛為正選，詩有六十八首（卷五下）。

李攀龍為正選，詩有四十六首。附錄于慎行六首（卷六上）。

王世貞為正選，詩有五十七首。附錄吳國倫五首、梁有譽十二首、歐大任十一首、黎民表五首、王世懋五首（卷六下）。

陳子龍為正選，詩有六十首（卷七上）。

顧炎武為正選，詩有四十四首。附錄韓洽十三首、沈欽圻九首、刑昉十二首（卷七下）。

陸世儀為正選，詩有六十四首。附錄陳瑚十首、杜濬二十八首、徐夜五首（卷八上）

陳元孝為正選，詩有四十四首（卷八下）。

以上共計正選十三家，九百四十五首；附錄廿二人，二百一十二首（均包含於初集八卷中）。

貝瓊為正選，計五十二首。附錄劉永之十四首、甘瑾二十首（二集卷一上）。

張以寧為正選，計六十一首。附錄劉崧二十六首、郭奎十一首、劉炳十一首（卷一下）。

楊基為正選，計九十四首。附錄張羽二十七首、徐賁十四首、胡奎七首、王蒙七首（卷二上）。

袁凱為正選，計三十三首，附錄管訥十四首（卷二下）。

孫蕡為正選，計四十首。附錄李德九首、黃哲四首、邱濬十一首（卷三上）。

林鴻為正選，計五十四首。附錄高棅五首、王恭十七首、王偁九首、藍仁十二首、藍智二十九首、浦源八首（卷三下）。

李昱為正選，計三十四首。附錄淩雲翰六首、李延興八首（卷四上）。

程本立為正選，計三十六首。附錄郭登九首、劉績七首（卷四下）。

邊貢為正選，計六十九首。附錄顧璘九首、王廷相七首、公鼐九首（卷五上）。

皇甫汸為正選，計四十四首。附錄皇甫涍十八首、吳鼎芳三十二首、范汭十五首（卷五下）。

高叔嗣為正選，計四十首。附錄薛蕙七首、華察十四首、施漸六首、歸子慕十二首、李流芳二十首、錢澄之九首、張綱孫四首（卷六上）。

區大相為正選，計四十一首。附錄鄭明選六首（卷六下）。

徐熥為正選，計四十六首、徐㶿三十七首。附錄謝肇淛十五首、林章十四首、謝三秀十七首、居節九首（卷七上）。

曹學佺為正選，計三十五首。附錄程嘉燧二十四首、王翃二十七首（卷七下）。

鄺露為正選，計三十八首。附錄黎遂球九首、羅賓王七首（卷八上）。

夏完淳為正選，計四十六首。附錄魏學洢七首、劉孔和六首、吳騏二十三首卷八下）。

以上共計正選十七家，八百首，附錄四十八人，六百一十一首（均包含於二集，八卷中）。汪端明詩選計分初、二集，共十六卷，正選三十家，一千七百四十五首，附錄共七十人，八百二十三首。

（三）選詩準則

1. 以詩存人

汪端明三十家詩選編竣於道光元年辛巳，並於卷首作記夢一文。敘述明初開國，劉宋並稱，然是選首列劉基，而闕如宋濂之由：其一、因宋濂詩之工力不及其文之精純。其二、因汪端選詩之準則，乃以詩存人，而非以人存詩。若列宋濂於正選，未恰其位；若列諸附錄，又患輕褻，故汪端未將其列入選集。其三、不選宋濂時，因不論其事。雖未列入選集，然汪端特撰文於卷首，言明此事，選詩乃以詩存人為準，非有間於宋濂也。

2. 以清真為要

汪端選詩，以清真為要，不屑徘偽，不論派別。以為朱彝尊明詩綜，排斥程孟湯，乃門戶之見，不足取法。論人重在名節，詆斥讒佞。曹墨琴以為選明詩之二家：其一、朱彝尊明詩綜，選三千四百餘家，以論人為重。其二、沈歸愚之明詩別裁，以論詩為重。二書均為善本，然亦難免觸嚴濫之失。曹墨琴於汪端明詩選序文言汪端所選，論詩、論人，兼得兩家之美，而去其失。文曰：「今觀茲選，論詩，則務取清真，力刪徘偽。論人，則務崇名節，堅斥邪僻，洵能兼兩家之美，而去其失者。」又曰：「吾知茲選一出，實足以嘉惠藝林，裨補風化，而匪僅為閨閣傳書也。」（註九）汪端詩選所闡發者，實足後世研考者，增益識見，實有承先啟後之功也。

3.以史學相輔

汪端自幼博覽群籍，熟諳史學，於編著詩選一書，實有莫大助益。因其深具史學素養及論見，褒貶史事之疑，論證興亡之要，頗具一格。姨母梁德繩於汪端明詩選卷首前序文，言及此詩選可視為史論，並嘉其詩選可傳諸後世而不朽。文曰：

「茲集之選，雖曰詩選，實史論也。蓋前明三百年自高帝以馬上得天下，草菅文士。成祖以叔攘姪，芟薙忠良，中間奄人權相，望塵接踵，又以制義取士，詞章古文，無真知灼見。雖有前後七子主壇坫者，務以聲氣相高，文章之途，有市道焉。虞山蒙叟，列朝詩選富矣，冗雜無次序。小長蘆釣師，明詩綜較有次序，亦博而不精。沈歸愚明詩別裁，即明詩綜約選之沿襲，皆前人舊說，無足觀覽。今允莊所選以清蒼雅正為宗，一掃前後七子門逕，於文成，青邱、清江、孟載諸人，表章尤力，至於是非得失之故，興衰治亂之源，尤三致意焉。讀是書者，不特三百年詩學源流，朗若列眉，即三百年之是非得失，亦瞭如指掌，選詩若此，可以傳矣。」（註一〇）

4.以彰忠義節臣

汪端對於明之忠貞義行節士，將之列諸正選，以章節操，以光選集。汪端曰：「程節愍、陳忠裕、曹忠節、夏節愍、鄺湛若，皆前明忠義之士，詩亦專門名家，亟登正選，以光斯集。」（註一一）

汪端明詩選之作，登錄明忠烈義士詩者甚多，然尚有遺漏，故特為浩然正氣之士另錄一集，不備載於明詩選中。要以景仰其忠義也。曰：「至如孫忠愍炎、王忠文褘、方忠文孝孺、練忠肅子寧、于忠肅、王文成、楊忠愍繼盛、高忠憲攀龍、倪文貞元璐、盧忠肅象昇、史忠正可法、左忠貞懋第、劉忠介完周、黃忠端道周、瞿忠宣武耜、黃忠節淳耀、吳節愍易、陳忠簡子壯、陳忠烈邢彥、楊忠節廷麟、顯節愍咸正、梁節愍朝鍾諸公浩然正氣，本不以篇翰爭長，將另錄一集，以申仰止之意，茲集不更入選。」（註一二）

5.續編明詩選拾遺，以補闕略

另明人有全集無稱，而一篇獨絕者，置於續編明詩選拾遺，明三十家詩選概不備載。凡此有：「如王子宣宮詞、駱用卿淮陰廟、王季木項王廟、戴南枝嚴陵釣臺之屬，以及方外閨秀幽隱散佚之什，佳者不少。另有續編明詩選拾遺，以補闕略，茲集亦不備載。」（註一三）

（四）參閱、校籍者

1.參閱者

汪端明三十家詩選計分初、二集。編竣成書時，曾請諸業師、碩望及親族參閱並予評核，以糾謬誤，期以盡善而少陋也。凡參閱者有汪端業師高邁菴、陳裴之業師蕭樊邨、碩望名儒如楊蓉裳、舒鐵雲、王仲瞿、彭甘亭、姚春木、錢叔美等。舉凡親族者如：外伯祖梁山舟、姨丈許周生、舅氏梁玉繩、世父梁璐、伯兄汪初、仲兄汪潭等。

2. 校籍者

汪端詩選完稿付梓前，司選本校稿者，全為閨秀詩友，及閨閣親族，多達卅五人多。茲列如後：

初集校稿者：

孫雲鳳（卷一）、李佩金（卷二）、席佩蘭（卷三上）、歸懋儀（卷三下）、孫琦（卷四）、屈秉筠（卷五上）、廖雲錦（卷五下）、楊芸（卷六上）、陳德卿（卷六下）、湯繡蜎（卷七上）、汪筠（卷七下）、金芾（卷八上）、華雲之（卷八下）等負初集司校之責。

二集校稿者：

二集計分八卷，各分上下。原校稿者為管筠（卷一上）、席慧文（卷一下）、王鈿（卷二上）、王蕙芬（卷二下）、陳華娵（卷三上）、陳麗娵（卷三下）、王瓊（卷四上）、顧翎（卷四下）、汪嘉、錢佩（卷五上）、孫雲鵬、孫雲鴻（卷五下）、韓淑章、王德柔（卷六上）、黃之淑（卷六下）、許延礽、許延錦（卷七上）、黃巽、湯蘅（卷七下）、李素娵、李錦娵（卷八上）、王子蘭（卷八下）等負二集司校之責。

第二節　詩論例證

一、詩學立論

（一）清為詩之神

汪端對詩之見解，首在清字。以為詩須清，清為詩之神，不清者無神。論曰：「清者，詩之神也。王、孟、韋、柳如幽泉曲磵、飛瀑寒潭，其神清矣。李、杜、韓、蘇如長江大河，魚龍百變，其神亦未嘗不清也。若神不能清，徒事抹月批風，枯淡閒寂，則假王孟而已。」（註一四）無神之詩，不過浮泛之俳體，易動流俗，故汪端選詩之際，凡有夙負盛名，而實不能成家者，概從芟薙，以正雅音。凡因此，而不為之選詩者如汪廣洋，汪端曰：「汪朝宗詩，撰語鬆利，多流淺率。靜志居詩話載其佳句數十聯，要亦平平，且其人以依違胡惟庸獲罪，本非正人，更不足取。」（註一五）又如朱應登、殷雲霄之模擬李夢陽，多腐朽愚魯之作。汪端論曰：「朱升之、殷近夫，規撫空同，鈍　尤甚。」（註一六）王寵、王慎中、宗宦之詩汪端亦有所評論：「王履吉、王道思，襲顏光祿之貌，板重不靈。」（註一七）「宗子相慕太白之風尚，未得其形似，無論神理。」（註一八）祝允明、唐寅、王彥泓、馮班之詩風格，汪端論之曰：「祝、唐之俚俗、王馮之淫豔。」（註一九）公安派之三袁，於文學理論之反形式、反擬古，然風格、內容，流於輕佻狹隘汪端評其為「佻仄」（註二〇）如以上所列之詩家，不與汪端詩論相符，其詩不清無神者，概從略之。

（二）真者詩之骨

真、為汪端詩學理論之二。有言曰：「詩不可不清，而尤不可不真。真者詩之骨也。詩以詞為膚，以意為骨。康樂跅弛，故其詩豪邁。元亮高逸，故其詩沖澹。少陵崎嶇戎馬，故其詩沉鬱。青蓮嚮慕仙靈，故其詩超曠。後人讀之，想見其人性情出處，所以為真詩。」（註二一）真、為詩之骨，有真情之流露，方為至性至情上品佳作。汪端於詩選凡例，列舉諸家詩，以明其選詩，乃以此為品評準則，亦為其詩論之應用也。如不合真詩之例者，概不人選。凡此不合者如鄭善夫、王廷陳者，汪端皆斥之曰：「鄭少谷以學杜自命、拙直枯悴，不免詩囚之目。王雅欽猖狂邪僻，何異桑悅，詩亦　鼎之流，毋足娛玩。」（註二二）又如鍾惺、譚元春之竟陵體，用怪字，押險韻，文字顛倒，冷僻苦澀，詩意失真。汪端評其為「幽詭」（註二三）。以上所舉詩家，無非偽體之作，足以惑亂學人是以排於明詩選之外，以端風氣，正人心。

明永樂、成化間，詩壇有臺閣體、香奩體之盛行。崇尚歌功頌德、雍容華麗之應酬作。汪端言此二體興起並風行之由乃因：「孝陵、長陵，酷忌文士，殺戮太甚，大傷天和。以致百餘年間，風雅淪喪，讀書種子，從此斷絕。」（註二四）此期之詩人，作品多浮濫不實，應制之作。故汪端非但未將其入選集中，且更喻為詩壇之一大劫難。汪端曰：「永樂至成化之詩，三楊、解、故首倡臺閣體，如塵羹土飯，望而生憎。蘇秉衡、劉欽謨等，競為香奩體，則又搔頭弄姿，極盡媸態，詩道至此，實一大厄。」（註二五）此期之詩人，縱沉淪於糜麗詰屈中，然亦有污泥未染之蓮，如郭定襄、劉孟熙者。汪端曰：「二人氣骨稜稜，差強人意。」（註二六）雖未盡善，要以節行，士人式憑者也。

所謂清、真者，乃汪端選評詩家之要，亦為其理論所特重者。自言曰：「茲集所收，雖面目不一，要皆無悖於清真二字，優孟門戶之習，吾知免夫。」（註二七）

（三）獨幟詩風

汪端詩學見解，特重獨標風格之品，必自必一格方可表一己風韻。覽詩知人，亦能獨彰神采。曾言：「若乃生休明之世，而無呻吟。處衡泌之間，而恣談國是，則偽少陵而已。」（註二八）如屠隆、沈明臣、王叔承者，汪端評其無格，僅量多，實難補質之缺也。言曰：「屠長卿、沈嘉則、王承父，篇什最富，而沙礫盈前，無金可揀，雖多亦奚以為。」（註二九）

汪端以為詩當自成一格，獨幟詩風。此與宋姜夔詩說，及居易錄中云論畫之語，三者有相通附和之義。汪端曰：「宋姜白石詩說有云：一家之語，自有一家之風味，如樂之二十四調，各有韻聲，乃是歸宿處。模倣者，語雖似之，韻已無矣，雞林其可欺哉。又居易錄載，王茂京與漁洋論畫，於南唐推董源，於宋推巨然，於元推倪黃，於明推董文敏。謂諸家看是古澹閒遠，而中實沉著痛快，惟解人知之。漁洋以為其說可通於詩。此二則皆有至理深味，茲選去取，亦竊附此義焉。」（註三〇）

汪端於獨幟一格之詩論，重在恰到當處，移易不得，非如此不美者。欲有風格，必先窮覽群籍，收斂才華為要，杵磨成針，終可成氣。其論詩示蘇孫姪詩曰：「萬卷書中好細看，騁才容易斂才難。半甌春露千花釀，百鍊金一黍丹。賈島幽深何礙瘦，孟郊高古不妨寒。三生福慧倉山叟，筆孽誰迴大海瀾。」（註三一）汪端言：「吾鄉文體，土習隨園貫始敗之。」（註三二）此指末句筆孽也。

（四）詩作與理論相符

汪端論詩家，以為當理論與詩作配合，方為表裡一致。若非如此，論作各自分立，互不相涉，徒具空言，只落於形式而已也。汪端於蔣山卿、楊巍、李應徵、朱國祚等人，詩論與作品，難相和偕之論曰：「蔣子雲、楊夢山、李伯遠、朱兆隆，師法古澹，氣格亦完，而殊尠合作。」（註三三）汪端又於湯顯祖、徐渭、王穉登，排斥七子之論，及所作未能合於所發之論點。言曰：「湯臨川、徐文長、王百穀，排斥七子之非，皆有特識。惟臨川以詞曲名家，詩傷牽率。徐既失之粗野，王又病于纖穠，何其明于繩人，而味於鏡己也。」（註三四）汪端斥諸家，所言非所作，所作離所言者，終難登詩中雅正、入室名家也。

二、體類舉證

汪端於明三十家詩選一書中，言及詩之體類，並予以選擇登錄者有八類：（一）樂府（二）五言古詩（三）七言古詩（四）五言律詩（五）七言律詩（六）五言排律（七）五言絕句（八）七言絕句諸體。

茲舉明三十家詩選中，汪端所選人物及詩，以做理論與選詩準則之輝映，並依此八類舉證分述於後：

（一）樂府

汪端謂樂府之體，言簡意深，詞意內斂柔美，實為復古之漢魏作也。汪端曰：「語近情深，含蓄微婉，不必模範，漢魏而始，謂之復古也。」（註三五）

汪端所選樂府之體者，於明三十家詩選中，共有九人，茲依汪端所言正宗、變體之正、妄誕者三類述之。

1.樂府正宗

(1)劉基（伯溫）

汪端曰：「劉文成，鬱伊善感，欷歔欲絕，離騷之苗裔也。」（註三六）汪端謂劉文成樂府，乃借古題以詠時事，忠愛纏綿，長於諷諭，有一唱三歎之妙。其二鬼一篇，實離騷寓言之旨。汪端以為劉文成詩境獨到之處，乃在沉鬱二字，並喻唐以後詩家可當此二字者，惟有元遺山、劉文成兩人。

劉文成樂府（初集卷一）計有：夜夜曲、梁甫吟、望行人、走馬引、牆上難為趨行、隔谷歌、築城詞、寄宋景濂等。

夜夜曲：「冬夜恒苦長，夏夜恒苦短。短長相蔽虧，殷勤望推挽。紉茅作繩繩易斷，汲水作池池易旱。故鏡塵昏難照遠，故衣絮敝無新暖。西風嫋嫋吹桂枝，白露點苔黃葉滿。」（註三七）汪端評此詩為哀音古節。至於他詩亦各有所評。如評望行人曰：「低徊慘澹而無怨誹之意，此真風雅。」沈確士評梁甫吟曰：「拉雜成文，極煩寃瞶亂之致，此離騷遺音也。」（註三八）

(2)高啟（季迪）

汪端論高啟樂府曰：「高青邱，清華朗潤，秀骨天成，唐人之勝境也。」（註三九）汪端論高啟之詩眾長皆備，並盛譽其為明代學古而不著痕跡者第一人。論曰：「青邱詩，眾長咸備，學無常師。才氣豪健而不劒拔弩張。辭采秀逸，而不字雕句繪。俊亮之節，醇雅之旨，施於山林。江湖臺閣，邊塞無所不宜。有明一代，學古而化，不泥其跡者，惟此一人。」（註四〇）

高啟樂府（初集卷二）計有：悲歌、古別離、結客少年場行、鑿渠謠、築城詞、主客行、朝鮮兒歌、新絃曲、登陽山絕頂、張節母詞、贈金華隱者、白雲泉、雷雨護嬰圖等。汪端評白雲泉一首為「筆妙如環」，雷雨護嬰圖一首為「結意警動」。（註四一）

⑶何景明（仲默）

汪端論何明樂府為：「何大復，源於漢魏開寶，而能自抒妙緒。」（註四二）

何景明樂（初集卷四）計有：短歌行、獨漉篇、行路難、採蓮曲、俠客行、秋江詞、莫羅燕等。

⑷徐禎卿（昌穀）

汪端論徐禎卿樂府為：「徐昌穀六朝風度，嫻雅絕倫。」（註四三）

徐禎卿樂府（初集卷五上）計有：步出西閶吟、雜謠、從吳學士姪奎觀模米襄陽山水圖幷學士題識。

(5)謝榛（茂秦）

汪端論謝榛樂府曰：「謝茂秦小樂府，最為擅場。閨情邊塞，不減王少伯、李君虞之作。凡此數家自當為樂府正宗。」（註四四）

謝榛樂府（初集卷五下）計有：雜感寄都門舊知等。

汪端以為徐禎卿、謝榛二人詩，皆有特色。造詣卓越。然世多依舊說認同李夢陽造就徐禎卿，謝榛詩法李攀龍，故汪端錄徐禎卿、謝榛二人詩為一卷，合而論之，以明後學。於明三十家詩選卷五下論曰：「昌穀詩盡洗蕪詞，故澹遠清微，而色韻自古。茂秦詩不專虛響，故精深壯麗，而懷抱極和。雖當空同、滄溟聲焰大熾之時，為所牢籠推挽，參前後七子之席，然本色自存，究非德涵、敬夫、伯玉、子與輩叫囂癡重，隨人作計者比。是以昌穀始未輸心，而茂秦終且避面，宜其造詣皆卓爾不群也。今錄兩人詩為一卷，合而論之。世之拾前人唾餘，謂空同造就昌穀、茂秦羽翼滄溟者，亦可爽然悟矣。」

2.變體之正

汪端列舉李東陽、王世貞、陸世儀三人之作同屬此類。汪端論其樂府曰：「李西涯之詠史，王鳳洲之敘事、陸桴亭之激揚忠孝，則皆變體之正也。」（註四五）

⑴李東陽（賓之）

汪端選李東陽樂府（初集卷三上）計有：漸臺水、牧羝曲、卿勿言、十六州、安石工、花將軍歌、靈壽杖歌等。汪端於卷三上論李東陽詩曰：「醇正無疵，雖才情秀發未逮青邱、大復，而氣度雍容、風骨遒健，究不愧為詩家正宗。」

⑵王世貞（元美）

汪端選王世貞樂府（初集卷六下）計有：太保歌、尚書樂、欽䲹行、白蓮花、戰城南等。汪端論曰（初集卷六下）：「鳳洲才雄學富，樂府久為人所膾炙。」

⑶陸世儀（道威）

汪端選陸世儀樂府（初集卷八上）計有：梳頭吟、哀黃雀、新蒲綠等。

汪端論曰（初集卷八上）：「桴亭先生備體用之兼才，嗣程朱之絕學。其詩氣雄而不使氣，才大而不矜才。高古則孔檜秦松，純粹則渾金璞玉。昔孫器之評杜詩，如周公禮樂，後世莫能擬議。明代詩人當之無愧者，其唯先生乎。」又曰：「亭林以悲壯勝，桴亭以渾厚勝，在明季逸民詩中最為巨擘。如登岱華之顛，一覽眾山小矣。」

3.妄誕者

汪端曾論李攀龍之作品曰：「李滄溟撏撦剽擬，詞義艱晦，竹垞斥為妄人也固宜。」（註四六）汪端言李攀龍之樂府擬議，不能變化唐無古詩之謬，特申其妄。又於初集卷六論曰：「滄溟天資英邁實未易才，惜早年求名太急，沿獻吉之餘波，引鳳洲為同調，動以吾道，主盟自命。矜厲失平，浮誇不切，效之者叫呶成習，而真詩漸亡，遂與空同並為後人掊擊詬厲固其宜也。」

（二）五言古詩

1.劉基（伯溫）

汪端以為五言古詩類，於元代多纖弱華靡之作，對劉基之作倍加讚賞，評其為振衰起聵者，足比杜甫。言其五言古詩曰：「劉文成起而振之，醇古遒錬，抗行杜陵。」（註四七）汪端以為劉基之五古清蒼深厚，不屑摹古，自然雅正。

劉基五古詩（初集卷一）計有：送田生歸鄉、琴清堂詩等。

2.高啟（季迪）

汪端曰：「青邱得柴桑之真樸，輞川之雅澹，可稱異曲同工。他如張志道之宏朗、楊孟載之

蒼奇、林子羽追琢工秀，不在常劉以下。」（註四八）

高啟五古詩（初集卷二）計有：薊門行。張志道有題石仲銘所藏淵門歸隱圖（二集卷一下）等、楊孟載有秋夜言懷（二集卷二上）等。汪端謂孟載五古具韋柳之沖逸，韓蘇之峭拔。林章則卓犖有奇，可與諸家比擬。

3.一時俊秀

雍正至嘉慶年間，何景明、徐禎卿、皇甫汸、皇甫涍、高叔嗣，於五言古詩，皆一時才人，並駕齊驅。汪端曰：「大復骨重神寒。昌穀清聲古色。皇甫昆季，圭臬三謝。高子業，接跡曲江。此皆一時之雋，足相羽翼。」（註四九）

何景明五言古詩於（初集卷四）計有：艷曲一首。汪端言其天才高曠，體被文質。並曰：「五言擷三謝之菁英。」（註五〇）

4.隱逸詩人

汪端列為隱逸詩人者有：「華子潛、歸季思、吳凝父、李長蘅、錢飲光、張祖望、諸人規撫林壑，清曠絕塵，亦不媿隱逸詩人之目。」（註五一）

華察五古詩（二集卷六上）計有寄蔣子雲、和僅初移家湖上之作、五月望夜與諸君山中再酌等。

汪端論曰（二集卷六上）：「子潛詩風懷澄澹，自是韋柳門庭中人。惜神味差薄，變化亦少。譬如瑠璨水精，表裡瑩淨，溫潤之色，終遜琳琅也。」餘諸隱逸詩人，亦皆有代表作。

5.格獨佳作

顧炎武佳作多、陸世儀格詞獨特。汪端論曰：「若顧亭林，磊落英多。陸桴亭，雄深淵雅，則又獨闢門徑，前無古人矣。」（註五二）顧亭林五古詩（初集卷七下）有古隱士。因其學問博大精深，故能口舉其詞，心通其義，折衷定論，為通儒而兼王佐之才。汪端論其詩（初集卷七下）曰：「其詩憑弔滄桑，語多激楚。茹芝采蕨之志，黍離麥秀之悲，淵深樸茂，直合靖節，浣花為一手，豈宋谷音、月泉諸人所能伯仲哉。」陸世儀於初集卷八亦有代表作。

（三）七言古詩

1.高啟（季迪）

高啟七古詩（初集卷二）計有：采茶詞、春江行、征婦怨、姚烈婦等。汪端評其詩：「青邱沉鬱宕逸，兼太白杜韓之長。」（註五三）

2.貝瓊（廷琚）、張以寧（志道）

貝瓊七古（二集卷一上）計有：次韻鐵崖先生醉歌、穆陵行、己酉清明、送沱士霖歸天台、題董源寒林重汀圖、雁聲樓辭等。選張以寧七古詩（二集卷一下）計有：贈黃山如晦上人、題馬致遠清溪曉渡圖、閩關水吟、題綠繞青來巷、答豫章劉文若進士見贈井謝蘇昌齡徵君等。

汪端評此二家之七言古詩曰：「貝清江、張志道，鮮明緊健，頗近元遺山，虞道園二家。」（註五四）

汪端於二集卷一上評貝瓊之七古為「清新」。並言貝瓊在明初諸家中，品居劉基、高啟之下，餘家之上。而談藝家罕言及，故汪端選明詩，將貝瓊置於二集卷首，實闡幽之意也。又論王世貞、王漁洋、沈德潛等人尊何、李而貶抑明初詩人，實為訛誤。更言所以選貝瓊以下諸家之因乃在振聾啟聵，導正謬說。論曰（二集卷一上）：「王鳳洲藝苑巵言，搜羅宏富，而持論黨同伐異，頗傷偏駁。尊何李如泰山北斗，於明初諸人翦抑太過，實為乖謬。蓋元明之交風氣淳樸，諸文士皆篤學好修，敦厚恬澹，以干名為恥。當元季亂離，類多屏處，林泉觴詠自適。雖亦有四傑十子五先生諸稱，大抵皆他人品題，未嘗動以壇坫主盟自命。朝而標榜夕而排擊，如正嘉間之惡習也。及明祖開基忌才特甚，始則搜剔巖穴，務無遺材。後乃文字禍興，誅夷相踵。其僅免者，焚硯晦跡，惟恐人知，奚暇計身後名哉。……嗚呼諸人生遘法網之羅織，死受藝苑之譏彈，文人不幸至此極矣。雖鳳洲晚歲悔心漸萌，自謂少年盛氣之論，不足為憑，然亦未暇改正。王漁洋、沈歸愚諸公復循聲附和，導流揚波，孰謂非鳳洲之作俑哉。余選清江以下諸家時，因詳論之。古人可作，來者難誣，亦以為後之意氣罩人，媚顯凌幽者戒也。」

汪端論張以寧詩曰（二集卷一下）：「志道格兼唐宋諸體，皆清剛雋上。一洗元季纖縟之習。」

3.孫蕡（仲衍）

孫仲衍七古（二集卷三上）計有：白紵四時詞、織婦詞、長門怨、題蘇名遠畫竹、送翰林典籍張敏行之官西上、廣州歌、湖州樂、雲南樂、送高文質遊杭州、送都閫濟南省親至京還廣、次武昌、捕魚圖、往平原別高彬、次歸州、下瞿塘等。

汪端評其七言古詩曰：「孫仲衍學岑嘉州明雋清奇、善言風氣。」（註五五）

4.李昱（宗表）

李昱七言古詩（二集卷四上）計有：題畫鷺、處女吟此詩乃李昱當元季潛晦不仕，而以此詩寓志也。送顧仲明之常熟教授、匡山行為章三益作、題五馬圖、鴻門舞劍歌、題胡濟源聽泉樓等。

汪端評李昱七言古詩曰：「李草閣歌行學杜，材力馳騁，足以赴之，惜波瀾較少耳。」（註五六）雖不如杜甫之波瀾起伏，然蒼老樸質，汪端喻之為明代杭州詩人之冠冕。汪端論曰：「草閣詩，源流杜陵，七古力勁神完，縱橫如意，有駿馬下坡之勢。雖似失之太直，不如少陵波瀾起伏。而蒼渾樸老，真氣流行，斷非生吞活剝之比，明代吾杭詩人，以此為冠冕可也。」（註五七）

5.李東陽（賓之）、何景明（仲默）

李東陽七古詩（初集卷三上）計有：馮婕妤、四知歎、司農笏、養兒行、王凝妻等。汪端言其七古，乃出入於「少陵眉山」（註五八）之間。

何景明七古詩（初集卷四）計有：明妃引、易水行、古松行、津市打魚歌、歲晏行、漢將篇、懷舊吟贈阮世隆、隴右行送徐少參、同崔子送劉以正還關中、樂陵令行、吳偉江山圖歌、胡人獵圖歌、吳偉飛泉畫圖、畫魚、秋興等。

汪端論其七古曰：「宏正間，諸家多宗少陵，實自西涯啟之，而大復雄麗，尤為奇玉特殊。」（註五九）汪端言何景明之詩法杜甫，近其雄深豪邁之氣，喻之為前後七子之冠。論何景明七古曰：「七古及在京時律詩法杜之氣格，而不規橅字句雄深宕逸，時或近之。……前後七子自當以大復為冠，試取諸人詩，平心讀之自見矣。」（註六〇）

明末何景明以後，七言古詩之作者甚少，僅王世貞、李攀龍、陳子龍、夏完淳、陸世儀、陳元孝等人為代表。汪端評諸人之七古曰：「嘉隆以下，作者殊寡，鳳洲富健，尚欠安詳。滄溟浮囂，更不足取。其後陳忠裕、夏節愍、格古意新。陸桴亭，才氣無前。陳元孝，語能獨造，撐持末季，深賴此數公焉。」（註六一）

（四）五言律詩

汪端將所選明詩人之五言律詩作一總評曰：「文成俎豆少陵。青邱上法右丞，下參大歷十子。貝清江以溫厚勝。張志道以瑰麗勝。楊孟載以清新勝。袁海叟以秀潔勝。林子羽以精鍊勝。程節愍以雅正勝。大復于李、杜、王、岑均能神肖。昌穀嗣襄陽之清音。茂秦振嘉州之逸響，可稱極盛。王鳳洲、陳忠裕、夏節愍、桴亭、亭林、元孝，氣格沈雄，自是大家。而邊華泉、皇甫子循、高子業、區海目、酈湛若，趣味澄蔓，如清沆之貫逵，亦猶畫家逸品也。」（註六二）茲將汪端詩選中數位名家之五言律詩列舉如下：

1. 劉基（伯溫）

劉基五律（初集卷一）計有：秋思、發安仁驛、題朱孟章虞學士送別圖後、題山水圖、偶興、晨詣祥符寺、題太公釣渭圖、丙戌歲將赴京師途中送徐明德歸鎮江、不寐、望孤山作、古戍、有感等。汪端謂其：「悲涼激越，寄託遙深，足以希風少陵。」（註六三）

2. 高啟（季迪）

高啟五言律詩（初集卷二）計有：班婕妤、贈群上人、題陳生畫、陳氏秋容軒、雨中遣興、曉臥丁校書西軒、送謝恭、春申君廟、夜訪苣蟾二釋子因宿西澗聽琴、與劉將軍杜文學晚登西域、兵後出郭、送前進士夏尚之歸宜春、送舒徵士考禮畢歸四明、甘露寺、送張羽後夜坐西齋、送賈二進士歸省、客至喜姪庸至、題張靜居畫、喜呂山人見過江館、多夜喜逢徐七、歸鴉、送陳則、錢塘送馬使君之吳中、徐山人別墅、寄錢塘諸故人、雨齋書寄楊孟載、郊居、題雜畫等。

3.貝瓊（廷琚）

貝瓊五律（二集卷一上）計有：臨平道中、魏塘夜泊、龍泓洞、理公巖、呼猿洞、晚眺、題盛子昭畫、秋涇雨後、二月十三日初度、夜坐、亭林漫興、懷語溪舊業、暮春、次韻楊德中見寄、送吳鼎文同知赴安州等。

4.楊基（孟載）

楊基五言律詩（二集卷二上）計有：雨中效韋體寄道衍、初夏過寧真道院、滄浪波、長洲春、梧宮夜、雨中期袁宰不至、湘江道中懷王常宗、夜過市汊驛有懷幕中諸友、夏夜有懷、偶題、送王仲客之官上海、方氏園居、江村雜興、送句曲劉少府回楊州、立夏前一日有賦、岳陽樓、入永州、零陵、溪山小隱、晚過秋浦、湘中作等。汪端論其詩曰（二集卷二上）：「近體皆秀藻清潤，風度翛然。其絕人處，尤在才鋒英銳，神致俊爽，了無晦澀填砌之病。」

5.林鴻（子羽）

林鴻五律（二集卷三下）計有：送友人、留別周彥、為釋東旭詠白蓮等。汪端論林鴻之詩曰

（二集卷三下）：「子羽詩以扁盛唐為軌，以風格勝。擬之司空詩品，子羽如明漪見底、奇花初胎。」

6.程本立（原道）

程本立五言律詩（二集卷四下）計有：題李典儀雲東巷、許州、觀梅分韻、送景德輝教授歸越中、晚至晉寧州、建炎古槐等。汪端論程本立詩卓越獨特，而明詩別裁中僅錄二首，沈歸愚實難辭其咎。（二集卷四下）曰：「節愍為貝清江弟子，其詩才力足相伯仲。滇中諸作，尤奇警獨造，不特大節卓然也，歸愚別裁集僅錄二首，忽略之咎，安所辭哉。」

7.何景明（大復）

何景明五言律詩（初集卷四）計有：桃川、五平五仄體、辰溪縣、查城十五夜對月、峽中、雨霽、立秋寄獻吉、玉泉、送孫世其、懷沈子、登堅山寺、長安月、登釣臺、送李令赴宜城、送賈郡博之階州、送曹瑞卿謫尋甸、九日夜過劉以正別士奇、送彭總制之西川、送以道次君卿韻、秋夕懷曹毅之、皇陵、殿試宿張子淳郎中署奉和馬張二光祿喬直閣諸公、得王子衡贛榆書、關門、防寇、中秋無月、雁、蘇子遊赤壁圖、同敬夫遊至華陽谷聞歌、登樓鳳縣作、武關、照烈廟等。

8.徐禎卿（昌穀）

徐禎卿五言律詩（初集卷五上）計有：倡家詠效何遜、古意、彭蠡、在武昌作、送友人還吳、訓邊太常於燕山見憶之作、登支硎山樓遲遊侶、長陵西望泰陵、嘉禾道中、送周夢良令臨朐、駕出南郊退簡邊喬二太常、贈羅浮山人、途次、山中、送友、月、逢蠻使語、寄杭東卿、送耿晦之守湖州、送盛斯徵赴長沙、簡唐伯處等。

9.王世貞

王世貞五言律詩（初集卷六下）計有：偶成、十七夜月獨坐、陵祀、題東臯隱居、送張虞部伯啟左遷常州別駕、亂後初入吳舍弟小酌、庚戌秋有約吳峻伯不就賦此、登太白樓、陪段侍卿登靈巖絕頂、寄答峻伯、送顧舍人使金陵還松江、義士李國卿歸骨長山哭以送之、過冶泉、富陽至桐盧道中等。汪端論其詩曰（初集卷六下）：「五律鑑鏘沈厚，亦無愧盛唐。然其氣象凌厲，堂廡宏闊，長於敘事。而模山範水，蕭散閒適之致，特其所短。故雖晚慕白蘇之風，終未能神詣也。」

10.顧炎武（亭林）

顧炎武五律（初集卷七下）計有：寄門傅處士土堂山中、訓王處士九日見懷之作、一雁、龍門、嵩山等。

（五）七言律詩

汪端論七律曰：

文成激昂悲慼。青邱超妙清華。足稱兩雄並峙。貝清江、張志道、楊孟載、林子羽、程節愍、甘彥初、張來儀諸家，功力純熟，詞句葱蒨，均堪媲美。渾雅則推西涯。秀朗則推大復。爽健則推茂秦。滄溟雖高華精麗，而用字雷同，易取人厭。昔人嘗集其江湖乾坤，落日浮雲，秋色風塵，中原吾輩。等字為詩戲之。故非惡謔。鳳洲雄闊，惜乏深思。未云貴品。陳忠裕、夏節愍，珍詞繡句，雅練莊嚴。亭林、桴亭、元孝，開闔渾涵，龍驤虎步，並為絕調。此外邊華泉、徐惟和兄弟，曹志節、程孟陽諸家，圓秀娟妍，得衷合度，要皆不失為名家也。（註六四）

茲將汪端詩選中數位名家之七言律詩列舉如下：

1. 劉基（伯溫）

劉基七律（初集卷一）計有：東飛伯勞歌、鳴雁行、班婕妤、題松下道士攜琴圖、次韻追和音上人、會稽、仍用韻酬衍上人、感興、丙申歲十月還鄉作、贈西岩道元和尚、次李子庚韻、聞猿有感、漫成、愁感代哭、次韻和石末公聞海上使命之作因念西州愴然有感、感懷、題山水圖為寶林衍上人作、次嚴上人韻、秋夕、和衍上人韻、即事、秋感等。汪端論其七律曰（初集卷一）：「悲涼激越，寄託遙深，足以希風少陵。」

2.高啟（季迪）

高啟七律（初集卷二）計有：、猛虎行、寒夜泛湖至東舍、晚登南岡望都邑宮闕、奉天殿進元史、送沈左司從汪參政分省陜西汪由御史中丞出、清明星館中諸公、金陵喜逢董卿併送還武昌、送葉判官赴高唐時使安南還、送鄭都司赴大將軍行營、謁甫里祠、送何記室游湖州、江上寄丁校理昆季、聞朱將軍戰殁、送滎陽公行邊、登涵空閣、辭戶曹後東還始出都門有作、吳城感舊、送宋孝廉南康葬親得亡友周履道記室在繫所詩次韻、喜聞王師下蜀、送倪賢良歸吳門、闔閭墓、西塢、宿張氏江館、送李使君鎮海昌、寄倪隱君元鎮、次韻西園公詠梅、早春寄王行、暫宿行營舟中、岳王墓、送梅候赴錢塘、上巳有懷、次韻金文學送弟往海上、寒山寺送別、送顧軍咨等。

3.貝瓊（廷琚）

貝瓊七律（二集卷一）計有：送愚上人歸越中井簡奎方舟長老、送王克讓員外赴陜西、寄內弟陸熙之、即事、經故內、錢塘秋夕、雨中書懷、讀胡笳曲、春思、蜀山圖、送莫彥英赴賓州上林丞、送楊九思赴廣西都尉經歷、送詹同文承旨還鄉、次韻方文敏秋興、送馬伯溫之廣西、殳山隱居夏日、送朱質夫赴寧遠知縣、二月一日病中口號、寄陳性天等。汪端論其七律曰（二集卷一上）：「七律工麗者，方駕道園。」

4.李東陽（賓之）

李東陽七律（初集卷三上）計有：和韻答友人、送攸縣陳醫官、直沽夜泊、桑園阻風、江南雨和寶慶韻、寄彭民望、興顧天錫夜話和留別韻、送桑民懌訓導泰和、和韻寄答陳汝礪掌教、寄莊孔暘、西山、南囿秋風、早發滄州，與錢太守諸公遊岳麓寺席上作、用韻答郡國寶、與趙夢麟諸人遊甘露寺、九日渡江、重經西涯、春興、病中言懷、哭內弟劉釗、泛南池有懷南溪聖公、厓山大忠祠、寄莊定公、用韻答邃菴、寄莊孔暘、清明等。汪端論其七律曰（初集卷三上）：「七律清逸流麗，工於使事最近劉夢得。」

5.何景明（仲默）

何景明七律（初集卷四）計有：寄李空同、武昌聞邊報、長安驛、兵陽、月潭寺、安莊道中、病後、吹笛、七月、月潭寺、華容弔楚宮、溪上、答雷長史、八日王宗哲宅見菊、送雷長史、寄黔國公、送張國賓進萬壽表還、劉德徵上陸還有贈、送劉養和侍御謫金壇、得獻吉江西書、送韓大令新都、送施聘之侍御、鰣魚、送衛進士推武昌、懷寄邊子、送陸舍人使吳下、送秦豫齋南歸領教安仁、送徐主事還金陵、輞川、送胡承之北上、秋日雜與等。

6.謝榛（茂秦）

謝榛七律（初集卷五下）計有：送王侍御按河南、病懷、秋日懷弟、送謝武選少安犒師固原因還蜀會兄葬、暮秋郊行偶述、送李給事元樹奉使雲中諸鎮、送客遊洞庭湖、夜話李孺長書屋因懷迺翁左納言、除夕吳子充諸人集旅寓感、初春夜同梁公實宗子相賦得聲字、楊參軍次山歸自古北口、秋夜對月書寄友人等。

7. 陳子龍（人中）

陳子龍七律（初集卷七上）計有：經王粲墓、長安雜詩、甲戌長安元日、李司馬萍槎先生贈詩勉以世事兼許文筆恩恩奉酬聊存知己之感、錢塘東望有感、送方爾止還金陵將歸皖桐、送張玉笥中丞擢河道少司空隨召陛見、楊州、初出都門、送吳轡穉司李桂林潼關、登神山仙館同惠朗勝時作、重游弇園、從軍行等。汪端論其詩曰（初集卷七上）：「忠裕詩襟懷宏邁，天骨開張，立赤幟為雅宗，挽狂瀾於既倒。諸體皆鎔鑄古調，而神理自存。……集中七律最為擅場，然著色太濃處，未免大陸才多之累，茲錄其意格渾雅者。」

8. 陸世儀（道威）

陸世儀七律（初集卷八上）計有：贈石敬巖將軍、寄確菴時方歸蔚村、夜雨宿吳門即事有感兼呈李灌溪先生、至婁因賦一律以誌思慕、次桓移居胥山之麓自名胥江草堂索贈、喜宋子猶從海上歸賦贈、萬卷樓同扶九甫草夜飲、次韻答歸元恭、同葛瑞五遊吾谷、清明、和許南村新成書屋、重陽後一日含綠堂雅集、過陸退菴村居、和袁景文白燕詩、辟疆園畫社即席分韻、過梁溪東林書院舊址、憶家園桃樹、龍津春漲、五日龍津觀競渡、出鄱陽泛大江作等。

9. 邊貢（廷實）

邊貢七律（二集卷五上）計有：元日次欒江中丞韻、春日王監察天宇過訪留酌、除夕述懷奉次類庵宗伯之韻、寄華文遠、坐上次韻贈朱叔之、答欒江王大理再用前韻、用韻贈五松月、寄嘉定章太守、七夕有懷、次韻殷石溪遷居、劉子斋尹王子孟宣許攜家醞相過草堂薄暮不至次杜子登高韻以嘲、聞台峰舟過清源不遂瞻奉短詩寄懷、新莊道中即事次章柳庵郡守韻、送陳靜齋南歸、筐山道中留別親故、送趙主簿兼柬同年呂稽勛仲仁、齊河館中阻雨與二三君子宿別、次韻贈別羅子文同年、次韻送都玄敬、水關東北泛舟晚造斋尹別業、同欒江定齋茂卿登明遠樓、宴鄭氏園亭、再至居庸、題陳氏水閣、自潼口入襄陽道中值雨復霽、歸寺、九日、謁文山祠、送曹水部等。汪端論其詩曰（二集卷五上）：「近體秀整婉約，有盛唐遺韻，足以肩隨仲默。」

10. 程嘉燧（孟陽）

程嘉燧七律（二集卷七下）計有：富陽桐廬道中早春即目寄吳中朋舊、因舍弟歸東山中親知、歲暮懷孫履和李茂修、寄莊將軍、鶯脰湖道中值雨、李洋河舟中、送曹丈江行之六合、春盡感懷、重赴六合道中旅懷、同聞師鮑谿父登北高峰宿絕頂僧舍、雨中晚發臨安雙谿道中作、病中送履和兼懷李茂修、閶門訪舊作、雨中同茂初閑孟過子薪村居等。汪端選程嘉燧之詩，乃因虞山明詩選毀譽失實，以致朱彝尊、邵子湘、沈歸愚等人評程詩為卑劣不足取。汪端錄其詩，意在湔雪前事，以見論詩如論史，而得以昭信千古也。

（六）五言排律

汪端言五言排律曰：「惟亭林擅勝，餘皆絕少名篇，故所收從略。」（註六五）

顧亭林五言排律（初集卷七下）計有：謁夷齊廟、天壽山、秋雨、王官谷、述古、邢州、廣昌道中、過矩亭拜李先生墓下、歲暮、介子推祠、懷人、高漸離擊筑、祖豫州聞雞、禹陵、井陘、華山等。

（七）五言絕句

汪端評五言絕句曰：「青邱、昌穀、華泉、茂秦，並得王韋之髓。王子衡、徐惟和、范東生、林初文，亦有佳製。此外殊寥寥矣。」

茲舉八家詩依次記之。

1.高啟（季迪）

高啟五絕（初集卷一）計有：古詞、阿那瓌、楊柳枝、淵源堂夜飲、為外舅周隱君題畫、西寺晚歸、得家書等。

2.徐禎卿（昌穀）

徐禎卿五絕（初集卷五上）計有：鳳鳴亭、月軒、香圃、古意、土城等。

3.邊貢（廷實）

邊貢五絕（二集卷五上）計有：送馮侍御允中還郴、題子立扇頭、西園、冬至上陵等。

4.謝榛（茂秦）

謝榛五絕（初集卷五上）計有：行路難、塞下曲、都下別張志虞、潞陽曉訪馮員外汝言、秋閨、春雪登樓、東園秋懷等。

5.王廷相（子衡）

王廷相五絕（二集卷五上）計有：春草謠、初見白髮、宮怨、秦川雜興、閬中歌等。

6.徐熥（惟和）

徐熥五絕（二集卷七上）計有：送王玉生、漂母祠、客中寒等。

7. 范汭（東生）

范汭五絕（二集卷五下）計有：贈楊孝父、曉發、響屧廊、游弁山、送彥平游嶺南等。汪端論曰（二集卷五下）：「東生詩思清迴如朗玉孤桐自中天律，上法王孟韋柳，下亦不失為南宋四靈。」

8. 林章（初文）

林章五絕（二集卷七上）計有：宮怨、寄情、秋思、送別等。汪端論曰（二集卷七上）：「初文詩陶冶未精時，露灑率然，在閩派中能以偏師制勝，頗覺卓犖有奇。唯以激昂自負，罔識藏器，待時見嫉，壬人卒填牢戶惜哉。」

（八）七言絕句

汪端論七言絕句曰：「文成、青邱、志道、孟載、劉子高、張來儀、劉仲修、王安中並有唐人風度。而海叟神味雋永。仲衍自然明秀，尤為本色當行。西涯、大復朗朗有致。昌穀學王龍標。滄溟學李太白，格高韻絕，咸臻極境。徐惟和兄弟、曹忠節、程孟陽、王介人、范東生、謝在杭、林初文諸人，措詞婉雅，綽有餘妍，斯可與劉賓客、鄭都官把臂入林耳。」（註六六）

茲將汪端詩選中數位名家之七言絕句列舉如下：

1.劉基（伯溫）

劉基七言絕句（初集卷一）計有：有感、絕句漫興、有感、送賈思誠、和王文明韻、次韻和石末公見寄、過蘇州、送鮑生之閩中等。

2.高啟（季迪）

高啟七言絕句（初集卷二）計有：涼州詞、楚妃歎、聞舊教坊人歌、秋柳、秋夜同周著作宿婁浦、送陳秀才還沙上省墓、吳宮詞、秦宮詞、讀儀秦傳、宿蟾公房、風雨早期、題趙魏公馬圖、宿圓明寺曉起、吳王井、消夏灣、春日漫興、柳塘飛燕圖等。

3.袁凱（景文）

袁凱七言絕句（二集卷二下）計有：題吳宮衰柳圖、淮東逢張十二信、楊州逢李十二衍、寄三江王六秀才、重過黃渡有感、石頭城晚望、淮西夜坐、李陸泣別圖、過潯陽諸故人攜酒蘇臺錢別醉歸海上賦寄等。汪端論曰（二集卷二下）：「絕句不著議論，餘韻悠然有朱絃疏越之致。」汪端選詩斥其所短，而錄其所長，以避詩家評論之偏頗。

4.孫蕡（仲衍）

孫蕡七言絕句（二集卷三上）計有：寄王彥舉、秋閨思、闕門書所見、龍江夜泊、王孫圖、四皓圖、出蜀、松、山居寄靜上人、過揚州、訪某駙馬不遇題壁等。

5.李東陽（賓之）

李東陽七言絕句（初集卷三上）計有：過直河驛待明仲舟不至、二絕、清明等。

6.徐禎卿（昌穀）

徐禎卿七言絕句（初集卷五上）計有：從軍行、望行人、塞上曲、送蕭若愚、安南歌、送方山人、流聞、將發夏口、春思、偶見、題扇、楚中春思、濟上作、西宮怨、弔徐姬詩等。

7.李攀龍（于鱗）

李攀龍七言絕句（初集卷六上）計有：塞上曲送元美、明妃曲、寄襲勗、送子相歸廣陵、郡齋同元美賦、懷明卿、春日聞明卿之京為寄、輓王中丞、贈梁伯龍、送明卿之江西、送劉戶部之湖廣等。

8.范汭（東生）

范汭七言絕句（二集卷五下）計有：松陵舟中遲友人、荊溪、遇俞獻父、泖上送吳凝父、暮春閒居、滇中詞、峴山晚歸、春日訊吳允兆、板橋曲等。

【附註】

註一 陳文述孝慧汪宜人傳。

註二 四庫提要。

註三 同註二。

註四 汪端「自然好學齋詩鈔」卷九，第一～八首。

註五 同註四，卷九，第三首。

註六 汪端明三十家詩選凡例。

註七 同註六。

註八 同註六。

註九 汪端明三十家詩選，曹墨琴序。

註一〇 同註六，卷首前梁德繩序。

註一一 同註六，頁六。

註一二 同註六，頁六。

註一三 同註六，頁六。

註一四 同註六，頁四。

註一五 同註六，頁五。

註一六 同註六，頁五。

註一七 同註六，頁五。

註一八 同註六，頁五。

註一九 同註六，頁五。

註二〇　同註六，頁五。
註二一　汪端明三十家詩選凡例，頁四。
註二二　同註六，頁五。
註二三　同註六，頁五。
註二四　同註六，頁五～六。
註二五　同註六，頁五。
註二六　同註六，頁五。
註二七　同註六，頁四。
註二八　同註六，頁四。
註二九　同註六，頁四。
註三〇　同註六，頁四。
註三一　汪端「自然好學齋詩鈔」，卷十第一百二十首。
註三二　同註三一。
註三三　同註六，頁五。
註三四　同註六，頁五。
註三五　同註六，頁二。
註三六　同註六，頁二。
註三七　汪端明三十家詩選，初集卷一，頁六。
註三八　同註三七。
註三九　同註六，頁二。
註四〇　汪端明三十家詩選，初集卷二高啟，頁五。
註四一　汪端「明三十家詩選」，初集卷二高啟，真三五。

註四二　同註六，頁二。
註四三　同註六，頁二。
註四四　同註六，頁二。
註四五　同註六，頁二。
註四六　同註六，頁二。
註四七　同註六，頁二。
註四八　同註六，頁二。
註四九　同註六，頁二。
註五〇　汪端「明三十家詩選」，初集卷四。
註五一　同註六，頁二。
註五二　同註六，頁二。
註五三　同註六，頁二。
註五四　同註六，頁二。
註五五　同註六，頁二。
註五六　同註六，頁二。
註五七　汪端「明三十家詩選」，二集卷四下。
註五八　汪端「明三十家詩選」，初集卷三上。
註五九　同註六，頁二。
註六〇　同註五八，初集卷四。
註六一　同註六，頁三。
註六二　同註六，頁三。
註六三　同註五八，初集卷一劉基。

註六四　同註六，頁三。

註六五　同註六，頁三。

註六六　同註六，頁四。

第五章

汪端詩作之歸納與風格

第一節　汪端詩之歸納

汪端所著詩篇，集於其自然好學齋詩鈔一書中，全書共分十卷，計一千一百三十八首（註一）。依其詩篇性質，可區分為題畫詩、題集詩、弔輓詩、和詩、贈答詩、同作詩、病中留言詩、讀書有感詩、題壁詩、詠史詩、懷古詩、紀事詩、與道教有關之詩、寄興詩共十四類。茲依次歸納說明介紹於後（註二）。為明確瞭解汪端詩作中，各文體分類情形，及各類詩所佔全集之比重，故將統計結果列表於後，以供參考。

一、以性質歸納

汪端詩作統計表

詩別＼數目＼體裁	雜言詩	五言古詩	七言古詩	五言絕句	七言絕句	五言律詩	七言律詩	總計
題畫詩	3	7	5	5	163	17	64	264
題集詩		2	3		32	4	106	147
輓詩	1	2	1		25		44	77
和詩	1		1		19	3	23	47
贈答詩		1			7	3	57	68
同作詩			1	1	1	1	7	11
病中作詩					1		1	2

汪端詩作統計表

詩別 ＼ 體裁 數目	雜言詩	五言古詩	七言古詩	五言絕句	七言絕句	五言律詩	七言律詩	總計
讀書有感		1			2	12	4	19
題壁詩						1	4	5
詠史詩					52	1	14	67
懷古詩		8			15	8	28	59
紀事詩					4		31	35
禪詩	3						35	38
雜類	13	8	7	18	83	23	151	303
合計	21	29	18	24	404	73	569	1138

（一）題畫、題壁類

1. 題畫詩（共二百六十四首）

題畫詩 區分 卷號 ＼ 體裁 數目	雜言詩	五言古詩	七言古詩	五言絕句	七言絕句	五言律詩	七言律詩	合計
1				1	11	5		17
2	1		1				8	10
3		1			19	2		22
4				4	10		7	21
5		5			25	3	13	46
6							2	2
7					12	1	8	21
8	1	1	1		21	1	13	38
9			3		22	4	9	38
10	1				43	1	4	49
小計	3	7	5	5	163	17	64	264

卷一計十七首（內含五絕一首、五律五首、七絕十一首。）
五絕：題琴河女史屈宛仙畫白蓮。
五律：為伯外祖梁山舟學士題畫山水、為大姑蕚仙題畫四時仕女。
七絕：為伯姊紉青題幽篁坐月畫巷、為仲絢女弟題畫、題湘綠小影、題趙子固畫、自題畫蘭、題孫碧梧畫芙蓉小幅、題畫。
卷二計十首（內含七律八首、雜言詩一首、七古一首。）
七律：題秦良玉畫像、題蘼蕪香影圖後。
雜言：姑大人命題花海扁舟圖。
七言：題蕊宮十二花史圖。
卷三計二十二首（內含五古一首、五律二首、七絕十九首。）
五古：題蘋香女史采藥圖。
五律：題畫、題蔣錦秋夫人自寫石谿漁婦圖。
七絕：為小姑苕仙麗娵題女士畫、題曹墨琴夫人寫韻軒圖、題問樵畫蘭、題申江張筠如夫人姊妹合寫雜花小幅題宋徽宗雙燕圖、題佩珊蘭皋覓句圖。
卷四計二十一首（內含五絕四首、七絕十首、七律七首。）
五絕：題山水小景。
七絕：題蘭陵女冠王清微空山聽雨圖、題沈太夫人蕅鄉銷夏圖、題許宜芳女史輕舟出峽圖、題吳門顧畹芳女史畫冊。

七律：題琴川席道華夫人隱湖偕隱圖、題徐比玉夫人花卉遺冊、題吳飛卿女史畫菊、題龔素山舅氏凝祚三生同聽一樓鐘圖、題陳妙雲女史所臨唐碑後、題閒閒樓圖。

卷五計四十六首（內含五古五首、五律三首、七絕廿五首、七律十三首。）

五古：題畫、題佩仙夫人聽香讀畫圖。

五律：題西泠女士吳蘋香飲酒讀騷圖小影、題夜紡授經圖。

七絕：畫蘭曲四章題韻香畫蘭長巷、題補梅圖、題范湘磬女士畫紈扇美人贈蘋香、題畫為養志姪孫作、題采石夫人白雲洞天圖、題張雲裳鄧尉探梅圖、題飛卿填秋花蛺蝶畫扇。

七律：題顧畹芳夫人紅豆書樓圖、題顧畹芳畫冊、題滄浪亭圖、題繡山舅氏梅花香裡送扁舟圖、題畫山樓圖、題鳳池弟秋窗夜讀圖、題石鶴笙茂才鑑湖秋泛圖、題怡珊姊三十學書圖、題程孟陽遺像、題寒檠永慕圖、題正宜姪女眠琴綠陰圖。

卷六計七律二首。

七律：題王椒畦先生畫、題練川張令嫻夫人玉笙吹月和松聲圖。

卷七計二十一首（內含五律一首、七絕十二首、七律八首）

五律：題奚鐵生處士遺畫

七絕：題李扶雲夫人小影、題畫梅、題河東君小像詩意有未盡更題三絕、題采石夫人春山圖、題采石畫蝶、自題蘿月山房圖。

七律：題畫、題又邨從姪柳暗花明又一邨圖、題錢叔美舅氏松壺畫贅、題河東君小像、題西泠秋泛圖、題吳門翁繡君夫人自寫百花長巷、題練川王藹初夫人倚樓人在月明中圖、題少洪姪春江花月夜圖。

卷八計三十八首（內含雜言詩、五古、七古、五律各一首、七絕二十一首、七律十三首。）

雜言：題吟釵圖後。

五古：題孫花海惜虛春起早圖。

七古：題劍秋從叔除夕祭硯圖即呈叔母陳心壺夫人。

五律：題秋聲館圖。

七絕：題空房對月圖、題苣林方伯仿禹鴻臚卜居圖、葉瓊章自寫雙美圖、翁朝霞夫人以自寫白雲圖索題率賦二絕、題顧西梅丈追摹奚鐵生先生像、題畫、題明女士林天泰山水小冊、花蘂夫人小影無逸女士仿仇十洲本。

七律：題循陔園圖、題漢江歸棹圖、書汪少海大令心知堂詩集後即題出棧圖、題松壺先生畫梅、題吳仙芝夫人寫韻樓詩後即題羅浮舊夢圖、燈窗梧竹圖詩、又題小山叢佳圖、題韓蘄王飛來峯建翠微亭拓本、吳門陳無逸女士自寫三松七子圖金碧樓臺綺羅人物渲染極工圖中七人皆榕皐先生女弟子也爰題二律、題陸琇卿夫人梅花小影、又題琇卿玉山紀遊圖。「卷九計三十八首（內含七古三首、五律四首、七絕二十二首、七律九首。）

七古：題盛子昭山居圖、題松壺子龍門茶屋圖、題許雲林表妹湖月沁琴圖。

五律：題五湖漁舍圖、題又村姪所藏河東君粧鏡、題玉惕雲女史畫竹。

七絕：題金雲門女士畫梅女士王仲瞿先生繼室也、題薛洞雲處士瑤潭讀易圖、吳江淩母素脩淨業常語家人云荷花開謝菊花黃吾當歸去果於九月而歿子葦裳繪圖乞詩、題曇影夢痕圖為孫氏表甥女作、題河東君月隄烟柳畫卷、王仲淑女士春墅饁耕圖。

七律：題少海大令孤山雪霽圖、翁大人以文林承所繪老子出函谷關圖供奉瑤潭精舍命題、陸宣公墓栢重青繪圖徵詠、題蘭雲師道裝小像、題爽卿夫人采芝圖夫人蘭雲師女弟也、張令嫺夫人月勝秋齋圖、題練川話舊圖、題黃鶴山樵畫溪閣閑棋圖、吳郡韓君菊坪工繪事性好善以放生為事秋日坐水濱遇獲蟹者輒買而置諸深潭一日得白色者瑩澈如玉視常蟹倍巨置諸瑤潭繪圖乞詠。

卷十計四十九首（內含雜言詩、五律各一首、七絕四十三首、七律四首。）

雜言：滁山吟館行題魏滋伯廣文行看子。

五律：題楊閨卿女史思瞻圖。

七絕：題吳節婦漏屋茹冰圖並柬令娣顧螺峯夫人、題梁蕉屏表兄垂綸圖、題暖姝夫人脩梅小影、題玉壺山人畫竹西女子小影、題畫、題貞玉夫人遺照、題黃鶴山樵仙山秋瀑圖用原韻、題明徐幼文山水行看子、題吳江楊雪湖高士像、吳門謝竹君處士嘗得唐雷氏琴宋包孝肅遺硯以顏其齊繪圖徵詩、題虎山尋夢圖、題陳雲門襲子女扇頭畫蘭為吳江蒯夫人如青作時雲門官吳興協鎮、題臥梅圖、表妹許雲林自京師以太清福晉聽雪圖索題為效花蕊夫人宮詞體書八絕句應之。

七律：翁繡君夫人重繪百花長巷顏曰群芳再會圖索題、題姪婦王筠芬秉貞蓬島埽花小影、金雲門夫人畫白蓮花觀音像姪婦梯仙乞余題詩。

汪端自然好學齋詩鈔中，題畫詩自卷一至卷十共計二百六十四首。其中有雜詩三首、五古七首、七古五首、五絕五首、七絕一百六十三首、五律十七首、七律六十四首，就中以七絕為數最多，七律次之。

2.題壁詩（共五首）

五律：紅蘭館題壁（卷一）。

七律：虎邱白公祠題壁（卷二）。碧霞元君成道留別諸玉女書黃華洞壁、唐明皇偕羅公遠月中聽霓裳羽衣曲題廣寒宮壁、江采蘋殉祿山之難留題樓東壁上（以上卷十）。

以上題壁詩共有五律一首、七律四首，計五首。

題壁詩				
區分	數目／體裁	五言律詩	七言律詩	合計
卷號	1	1		1
卷號	2		1	1
卷號	10		3	3
小計		1	4	5

(二)題集、觀書類

1.題集詩(共一百四十七首)

區分	卷號	雜言詩	五言古詩	七言古詩	五言絕句	七言絕句	五言律詩	七言律詩	合計
題集詩	1							2	2
	2			1		4		1	6
	3			1					1
	4							36	36
	5			1			1	13	15
	6		1					3	4
	7		1				1	14	16
	8					12		15	27
	9					10	1	8	19
	10					6	1	14	21
	小計		2	3		32	4	106	147

卷一計二首。

七律：題元遺山集、題范文如女史晚翠樓遺稿。

卷二計六首（內含七古一首、七絕四首、七律一首。）

七古：題生香館詞後即呈琴河李晨蘭夫人佩金。

七絕：書碧霞元君玉印拓本後。

七律：題汪水雲詩集。

卷三七古一首：題瘞琴銘後。

卷四計三十六首。

七律：題袁竦筠女史翦湘遺稿、題表外祖張仲雅簡松堂集後即答賜題拙選明三十家詩之作末章兼寄裘叔表舅氏襲廣陵、題陳其年婦人集、選明三十家詩成各題一律於後、題沈采石夫人畫理齋詩集。

卷五計十五首（內含七古一首、五律一首、七律十三首。）

七古：玉笥生歌題元張思廉詩集後。

五律：題雲裳和高青邱梅花詩後。

七律：為蘭因集賦四律、題張雲裳女史錦槎軒詩集、丙戌季夏席怡珊姊招集瑤草珠華閣話舊論心悲喜交至歸後賦三律紀事即題其詩集後、題彩鸞女士詩集、題澄懷堂遺集後。

卷六計四首（內含五古一首、七律三首。）

五古：題仲兄蒨士印禪室印譜後。

七律：讀松陵朱沁香夫人珠來閣遺集即題綠窗待月圖并書所寫梵經墨蹟後二首、題婁東女士張韻芬寫生小冊。
卷七計十六首（內含五古一首、五律一首、七律十四首。）
五古：題小米姪松聲池館勘書圖冊。
五律：題鄭板橋詩集。
七律：題舒鐵雲先生瓶水齋詩集後、題王仲瞿烟霞萬古樓詩集後、題婁東黃紉蘭夫人詩集、題吳澹川南野堂集、題邵夢餘先生鏡西閣集、書青邱文集中南宮生傳後、書王常宗彝文集後、讀高青邱集感題四律、題秣陵陳友菊夫人望雲軒詩集即答見贈之作、己丑孟多余校刻湘綠嫂氏蘭雪軒遺詩一卷既為之序復題於後即用前韻。
卷八計廿七首（內含七絕十二首、七律十五首。）
七絕：書鏡西閣集後。
七律：讀婁東陸佩蘭夫人赤城吟稿題後、書東吳香輪姊即題曉仙樓詩集後、書顧劍峯寸心樓詩集後、即事書澄懷堂集後、書鸚鵡簾櫳詞稿後、辛卯仲秋晤小米姪於吳門閱所梓列女傳集註玉臺畫史二書題後并引、題貝葉書五福德經後、讀方正學遜志齋集題後。
卷九計十九首（內含五律一首、七絕十首、七律八首。）
五律：姪壻王少輔綜其母程太夫人淑行乞家翁作傳並乞為詩。
七絕：題又村姪新鐫元趙仲穆待制手書遺稿後、高湘筠夫人以陳葆文女士自書十二闌干詩遺墨索題率成三絕即柬湘筠、題春明本事詩後。

七律：題芝龕記、書錢武肅王寶正四年磚搨本後。

卷十計二十一首（內含五律一首、七絕六首、七律十四首。）

五律：又題雙桂花樓詩鈔。

七絕：讀吳興徐湘生太夫人古香齋詩題後、姪婦梯仙以母氏戴蘭莊夫人遺稿乞題為賦二絕。

七律：題錢塘曹曹村茂才詩文集、題湘人詩、閱近人詩集有感題後、題趙雲松甌北集後、讀鐵雲仲瞿兩先生所譜樂府感賦、嘉慶庚辰季多余與澄懷分題消寒雜詠未及存稿今冬偶於故紙堆中檢得二首紙墨殘缺因足成之附存於此以志雪鴻之感、題翁大人花月滄桑錄讀金蓋心燈敬題陳樵雲先生傳後、敬書翁大人蓮花筏後。

以上題集詩共一百四十七首，其中有五古二首、七古三首、七絕卌二首、五律四首、七律一百零六首。以七律為數最多，七絕次之。

2. 觀書有感詩（共十九首）

卷一計一首。

五古：讀賈誼傳卷五計二首。

七律：讀李義山集、讀賈長江集卷七計二首。

五律：讀許用晦丁卯集、讀謝皋羽集。

卷八計兩首。

七絕：讀嘉定侯記原雲督都紀會書後。

卷九計十一首。

五律：讀文中子、讀關尹子、讀魏伯陽參同契、讀譚紫霄化書、讀陳虛白規中指南、讀瑩蟾子畫前密意、讀張紫陽青華祕文。

七律：讀閔小艮先生所著書。

以上讀書有感詩共十九首。其中五古一首、五律十二首、七律四首、七絕二首，以五律最多。

讀書有感詩

區分／數目／體裁	五言古詩	五言律詩	七言律詩	七言絕句	合計
卷號 1	1				1
卷號 5			3		3
卷號 7		2			2
卷號 8				2	2
卷號 9		10	1		11
小計	1	12	4	2	19

（三）同作、贈答詩

1. 贈答詩（共六十八首）

區分	卷號	雜言詩	五言古詩	七言古詩	五言絕句	七言絕句	五言律詩	七言律詩	合計
贈答詩	1					1		2	3
	2						2	6	8
	3					2		3	5
	4						1	5	6
	5					4		15	19
	6							3	3
	7							4	4
	8							9	9
	9		1					3	4
	10							7	7
	小計		1				3	57	68

卷一計三首（內含七絕一首、七律二首）。
七絕：征人怨寄問樵兄蜀中。
七律：重至西湖寄紉青姊、寄怡珊姊。
卷二計八首（內含五律二首、七律六首。）
五律：庚午暮春余自武林至吳門怡珊將之越見過話別賦此送之、寄懷怡珊姊金華。
七律：秋日池上書寄紉青、寄紉青青浦、琴河歸佩珊夫人過余白環花閣酌酒焚蘭言歡竟夕且出示所著繡餘續草因書四律於卷首奉答見贈之作。
卷三計五首（內含七絕二首、七律三首。）
七絕：秋夜寄佩珊。
七律：新秋書寄佩珊、寄湘綠武林、秋夜答王采仙夫人見寄之作。
卷四計六首（內含五律一首、七律五首。）
五律：京口王碧雲夫人竹淨浣桐二女士均以詩寄贈賦此答之即步原韻。
七律：答金壇吳飛卿女史見寄之作、送小雲姬人紫湘養痾白下、書寄小雲金陵并柬紫湘、寄黃耕畹女史廣陵、寄呈逸珠從姑母。
卷五計十九首（內含七絕四首、七律十五首。）
七絕：翠雨軒即事有作寄小雲。
七絕：梁溪女冠韻香見過碧城仙館賦此贈之、答小雲北上見寄之作即用原韻、蘋香來吳寓居虎山賦此寄贈、雲裳蘋香過余環花閣賦贈、送蘋香歸錢塘并寄雲裳、贈吳飛卿姊、答怡珊姊、蘋香以詞見寄賦此荅之、寄小雲湘中、小雲暫歸吳門省親甫旬餘即赴楚中賦此送別、贈菊因。

卷六計七律三首。

七律：寄怡珊姊即用春暮雨中韻、菊因于歸詩以示之、贈吳門陳靈簫夫人。

卷七計七律四首。

七律：得蘋香姊書并讀見寄新詞數闋有哀猿冷雁之音感采葛折梅之意挑鐙賦答撲筆泫然、暮秋對菊賦寄耕畹姊、戊子仲冬續刻自然好學齋新作二卷告成感賦即書寄怡珊蘭上飛卿耕畹諸姊。

卷八計七律九首。

七律：贈胡雲雙夫人、立春前一日夜坐環花閣聽雪書寄閨友、歲暮得曹墨琴夫人書賦答見寄之作、讀雲間王綺思夫人挹翠軒詩賦寄、秋日寄呈翁大人漢皋、己丑仲夏余敬繪宋潛溪高青邱兩先生像祔祀頤道堂佛龕西室晨夕中瓣香之敬三載於茲矣今秋菊泉致奠侑之以詩、山陰陳蘭雲見訪碧城仙館元談永日披豁塵衷賦呈二詩。

卷九計四首（內含五古一首、七律三首。）

五古：答問道者。

七律：蕊珠華藏聽蘭雲師譚道貽華陽蔡玉生女士觀成、呈繡山舅氏。

卷十計七律七首。

七律：王子高偕周瑤英遊芙蓉城柬東坡乞詩、九華仙館贈靈簫姊、答家至山二兄阜見寄之作、寄呈查春山、湘霞夫人來歸翁大人營賓霞室以館之辱過余三玉香龕賦詩見贈奉答二首。

以上贈答詩共六十八首，其中五古一首、七絕七首、五律三首、七律五十七首，以七律最多，七絕次之。

2.同作詩（共十一首）

同作詩				
體裁＼數目＼區分	卷號 1	卷號 3	卷號 4	小計
七言古詩	1			1
五言絕句	1			1
五言律詩	1			1
七言絕句		1		1
七言律詩	2	2	3	7
合計	5	3	3	11

卷一計五首（內含七古、五絕、五律各一首，七律二首。）
七古：上元夜雪月交輝同問樵蒨士兩兄紉青伯姊作。
五絕：秋夜同伯姊紉青玩月各占一絕。
五律：家大人命同諸兄伯姊詠春雪。
七律：湖心亭晚眺同王蘭上姊作、春妝曲同湘綠作。
卷三計三首（內含七絕一首、七律二首。）
七絕：秣陵古蹟分賦同小雲作。
七律：佩珊書來以詩稿囑為點定題一律歸之同小雲作、天下大師墓同小雲作。
卷四計七律三首。
七律：早春環花閣即事同小雲作、弦秋館夜坐同小雲作、小雲過紫姬厝所見秋海棠盛開倚聲寫哀余亦繼作。
以上同作詩共十一首，其七古、五絕、五律、七絕各一首，七律七首。

3.和詩（共四十七首）

卷一計廿一首（內含五律一首，七絕十七首，七律三首。）
五律：秋夕次伯兄問樵韻。
七絕：春暮次湘綠嫂韻、反游仙詩和山舟外伯祖、柳枝詞和伯兄問樵。
七律：秋夕次蒨士兄韻、殘月和席怡珊姊、古春軒賞紫牡丹和楚生姨母。

卷二計七律十首。

七律：詠古四首和琴河歸佩珊夫人懋儀、落葉和楚生姨母、古春軒詠物二首和楚生姨母、喜晤怡珊姊酌酒夜話即次見贈原韻。

卷三計十六首（包含五律二首、七絕十四首。）

五律：小雲作王巡檢詩輒為和之、冬夜次小雲韻。

七絕：春夜和小姑苕仙韻、論宮闈詩十三首和高湘筠女史。

卷五計七律二首。

七律：娑羅花詩和潘榕皋先生原韻、蕉花和竹堂太史原韻。

卷八計三首（內含雜言詩一首、七絕二首。）

雜言：玉帶還山詩。

七絕：西湖看雪和翁大人作。

卷十計九首（內含七古一首、七律八首。）

七古：和羅浮道士古丈夫洞草堂詩。

七律：玉泉飯魚和席怡珊姊、孤山瘞蝶和姨母楚生夫人、西溪笋和許雲林表妹、翁大人北上因病南旋有時紀事敬和原韻、三潭蒓和吳蘋香姊、種菊和翁大人韻、白紫清真人於蕊珠壇贈翁大人楹帖有詩誌謝眷屬皆有和章端亦敬和一首。以上和詩共四十七首，其中雜言一首、七古一首、七絕十九首、七律廿三首、五律三首，以七律最多，七絕次之。

區分	卷號	雜言詩	五言古詩	七言古詩	五言絕句	七言絕句	五言律詩	七言律詩	合計
和詩	1					17	1	3	21
	2							10	10
	3						2		2
	5							2	2
	8	1				2			3
	10			1				8	9
	小計	1		1		19	3	23	47

（四）輓詩、禪詩類

1.輓詩（共七十七首）

卷一計八首（內含七律一首、七絕七首。）

七律：南屏弔張忠烈公墓。

七絕：方家峪鳳凰泉上弔南宋劉賢妃墓、梅莊園弔梁紅玉。

卷二計六首（內含五古一首、七絕二首、七律三首。）

五古：哭伯兄問樵。

七絕：經問樵書舍有感。

七律：檢問樵遺稿、作伯兄輓詩成復題于後、西溪弔厲樊榭墓。

卷三計七古一首。

七古：落星岡弔李太白。

卷四計廿五首（內含五古一首、七律廿四首。）

五古：族姑惠娵輓詩。

七律：重過鑑園弔許周生姨丈竝呈楚生姨母、南湖弔張功甫、南屏山居弔太白山人孫太初、天竺弔寇萊公侍兒蒨桃墓、德壽宮弔朱憲聖吳后、梅花嶼弔小青、智果寺弔明女士楊雲友墓、石湖別墅弔范致能、錦樹林弔卞玉京墓、過丹陽丁卯橋弔許渾、竹西亭弔杜樊川、哭湘綠、紫湘詞。

卷五計七律五首。

七律：滄浪亭弔蘇子美、鸚鵡洲弔禰正平、輓吳仙芝女史、輓江淑芳夫人、丁亥季冬十有六日為小雲小祥之辰以淚和墨書。

卷六計七律二首。

七律：虎邱弔劉碧鬟墓、讀逐鹿記弔陳友諒妃桑氏。

卷七計七律一首。

七律：輓張蒔塘先生。

卷八計七律一首。

七律：輓采石夫人即題讀畫圖後。

卷九計十七首（內含雜言一首、七絕十六首。）

雜言：清湘樓詩弔衡陽凌烈婦。

七絕：完顏惲太夫人輓詩十六首。

卷十計七律十一首。

七律：輓張韻芬娣、輓石竹堂太史、輓龔孅仙處士、庶祖姑舒玉真夫人輓詩、登靈巖姑蘇臺訪館娃宮遺址弔西施作、閔小艮先生輓詩。

以上輓詩共七十七首，其中雜言一首、五古二首、七古一首、七絕廿五首、七律四十八首。以七律最多。

輓詩						
卷號（區分／數目／體裁）	雜言詩	五言古詩	七言古詩	七言絕句	七言律詩	合計
1				7	1	8
2		1		2	3	6
3			1			1
4		1			24	25
5					5	5
6					2	2
7					1	1
8					1	1
9	1			16		17
10					11	11
小計	1	2	1	25	48	77

2.病中留言詩（共二首）

卷十計二首。

七絕：口占告逝。

七律：病中留別本詩陳蘭雲慈母管靜初兩天人並小姑茗仙女弟。

病中留言詩

體裁／數目／區分	卷號 10	小計
七言絕句	1	1
七言律詩	1	1
合計	2	2

3.與道教有關之詩（共卅八首）

卷九計十八首（內含雜言二首、七律十六首。）

雜言：附青邱先生祔祀葆元堂禱、警化孚佑帝君呂祖疏。

七律：瑤潭精舍禮洪濟真人像詩、黃素黃庭經相傳扶桑大帝君命暘谷神仙王傳南嶽魏夫人夫人口授楊羲所書者平遠山房石刻中有此本偶臨一過賦此、乙未元夕桃源貞妙元君飛祖誕辰有降乩懷月樓二詩、邱祖長春本傳重為付梓誌之顛末、妙香天室禱雪詩。

卷十計廿首（內含雜言一首、七律十九首。）

雜言：懷仙閣送翁大人入都。

七律：重遊金鼓洞、錢塘馬秋藥太常抵掌八十一吟凡二十題兼少陵咏古堯賓遊仙而作此詩家遊戲神通也偶得此冊於陔華堂因加推廣以待和者亦二十首維摩示疾文殊偕諸弟子往問說法天女散花維摩作偈、帝釋平阿脩羅作偈、老子著道德經畢西行將入流沙留示尹喜、黃帝重入空同上廣成子、碧霞元君成道留別諸玉女書黃華洞壁、穆天子瑤池讌羅留別西王母、莊周夢為胡蝶醒而有作、紫玉成烟吳王敕群臣賦詩志輓、客遊華山遇秦宮人毛女、徐福入海求仙留別始皇、費文偉乘黃鶴降荀叔偉賦詩相贈、盧山邯鄲夢醒回道人示之以詩、李騰空入廬山尋蔡尋真、吳彩鸞寫唐韻畢偕文簫跨虎入西山、唐宮人送盧道遙還嶺南、謝自然海外歸來入天台山訪司馬子微、六月二十四日雷祖誕辰恭賦二律書三玉香龕新刊雷霆玉經後。

以上與道家思想有關之詩共卅八首，其中雜言三首、七律卅五首，以七律數量為最多。

禪詩

區分／數目／體裁	雜言詩	七言律詩	合計
卷號 9	2	16	18
卷號 10	1	19	20
小計	3	35	38

（五）詠史、懷古類

1.詠史詩（共六十七首）

卷一計七絕十二首。

七絕：讀史雜詠。

卷二計四十一首（內含五律一首、七絕四十首。）

五律：秋夜讀史。

七絕：讀晉書雜詠。

卷三計七律六首。

七律：詠史、南都遺事詩。

卷八計七律三首。

七律：詠史。

卷十計七律五首。

七律：讀明史議禮事有感、論古偶存五首。

以上詠史詩共六十七首，其中五律一首、七絕五十二首、七律十四首，以七絕最多。

詠史詩				
區分／數目／體裁	五言律詩	七言絕句	七言律詩	合計
卷號 1		12		12
卷號 2	1	40		41
卷號 3			6	6
卷號 5				
卷號 8			3	3
卷號 10			5	5
小計	1	52	14	67

2.紀事詩（共卅五首）

卷一計七律一首。

七律：夷門歌。

卷六計七律卅首。

七律：張吳紀事詩、齊雲樓址弔張吳殉難諸妃嬪宮女、自題張吳紀事詩後。

卷七計七絕四首。

七絕：梁苣林方伯為漢伯鸞先生建祠於吳門賦此紀事。

以上紀事詩共卅五首，其中七律卅一首、七絕四首，以七律為數最多。

紀事詩				
區分／數目／體裁	卷號 1	卷號 6	卷號 7	小計
七言律詩	1	30		31
七言絕句			4	4
合計	1	30	4	35

3.懷古詩（共五十九首）

卷一計廿二首（內含五古、五律各八首，七律六首。）

五古、五律：擬古。

七律：鳳凰山弔南宋故宮、闔閭墓、館娃宮。

卷三計十九首（內含七律八首、七絕十一首。）

七律：吳大帝陵、阮嗣宗墓、王元公墓、謝太傅墓、西浦是杜蘭香遇張碩處、郭文舉書臺、覆舟山是宋武帝破恒元處、謝靈運墓。

七絕：雞鳴埭是齊武帝射雉處、鍾山草堂、莫愁湖、沈休文故宅、張麗華祠、徐騎省故宅、半山亭王荊公故宅、宋妃祠。

卷五計七律一首。
七律：楚中詠古敬和頤道堂集中作屈原宅。
卷六計七絕四首。
七絕：讀十國春秋弔前蜀昭儀李舜弦。
卷七計七律十二首。
七律：元遺臣詩。
卷八計七律一首。

懷古詩	區分＼數目＼體裁	五言古詩	五言律詩	七言律詩	七言絕句	合計
卷號	1	8	8	6		22
	2					
	3			8	11	19
	4					
	5			1		1
	6				4	4
	7			12		12
	8			1		1
	9					
	10					
小計		8	8	28	15	59

七律：古意。

以上懷古詩共五十九首，其中五古、五律各八首，七律廿八首，七絕十五首，以七律為最多。

（六）雜類（共三百零三首）

卷一計五十七首（內含雜言二首、五古四首、七古二首、五絕五首、五律十四首、七絕十六首、七律十四首。）

雜詩：將進酒、烏棲曲。

五古：擬太白鳳凰臺置酒、君子行、鳴雁行、黃葛篇。

七古：水仙花歌、擬溫飛卿曉仙謠。

五絕：烏夜啼、詠陳琳、納涼、池上、螢。

五律：田家、西湖葛林園作、班倢伃、紫騮馬、漁家、過太湖、送伯兄問樵之官蜀中、谿上、秋聲閣、怡雲樓、何處堪消暑、靈隱寺晚歸經湖上作、游金鼓洞、蕉廊。

七絕：潛山隱几樓待雨、湘中弦、明鏡曲、塞下雨、月夜過垂虹橋、吳江道中歸舟、仙姥墩、過臨平作、湖上書所見、擬唐人塞上曲。

七律：秋日泛湖、秋雁、秋鐙、秋日懷伯兄問樵都下、寒江、寒月、寒鴉、寒雲、燕、表忠觀、韜光寺、天竺、洪忠宣祠、廢瑟詞。

卷二計廿六首（內含雜言四首、五古三首、七古一首、五絕二首、五律三首、七絕五首、七律八首。）

雜詩：隴頭水、琴娘曲、銅雀瓦硯歌、秋江詞。

五古：東門行、新秋有懷蘭上姊、辛未春日返棹武林賦呈楚生姨母即用賜題明湖飲餞圖原韻。

雜類詩 區分／卷號　數目／體裁	雜言詩	五言古詩	七言古詩	五言絕句	五言律詩	七言絕句	七言律詩	合計
1	2	4	2	5	14	16	14	57
2	4	3	1	2	3	5	8	26
3	2		2			10	18	32
4	3			1	1	13	24	42
5			1	6		5	24	36
6			1			9	7	17
7	1					2	6	9
8				2	5	9	21	37
9	1	1		1		2	8	13
10				1		12	21	34
小計	13	8	7	18	23	83	151	303

七古：行路難。
五絕：陽春曲、淥水曲。
五律：折楊柳詞、聞雁有懷紉青、過橫塘。
七絕：春夜、七夕詞、夜坐。
七律：初夏、中宵、靈隱寺、春夜詞、憶西湖。
卷三計卅二首（內含雜詩二首、七古二首、七絕十首、七律十八首。）
雜詩：薛瀫湖古劍歌、謝文節公古琴歌。
七古：當窗織、珍珠河。
七絕：長信秋詞、邊詞、紅拂圖、環花閣聽雨、偶得二首、池上新柳、白秋海棠、夢筆驛。
七律：秋日登陸園湖樓、送佩珊歸申江、襄陽曲、冬日送王蘭上姊歸湖州、皋橋感孟德曜事、丙子孟陬上旬與小雲夜坐以澄懷堂集自然好學齋詩互相商榷偶成二律、猛虎行、牧羊詞、杜圻山訪范少伯故宅、妙嚴臺是梁武帝女妙嚴公主葬處、丁丑人日感舊作、春曉曲、寄題良常山、青溪小姑祠、百尺樓、元武湖、舊院。
卷四計四十二首（內含雜詩三首、五絕一首、五律一首、七絕十三首、七律廿四首。）
雜詩：孫節母詩、饑鴿行、歸鶴篇。
五絕：舟抵吳門口占一絕。
五律：憶廣陵寓齋竹。
七絕：雨中過蘭陵、廣陵元夕詠綠萼盆梅、紅橋銷夏詞、吳門柳枝詞、山塘晚歸、春暮、月夜坐香畹樓作。
七律：葛嶺、蘇公祠、龍井謁秦少游祠、水磨頭用姜白石、鐵治嶺楊廉夫讀書處、西馬隆訪句曲外史張伯雨故居、寶康巷訪朱淑真故居、西溪神仙宮訪宋女真魏無瑕棲隱處、段家橋訪黃皆令故居、寄題陸放翁快閣、梁笑謂倪元鎮祠、游倚虹園、吳門寒食追悼從姊靜宜、上巳雨中作、聞西湖重修林和靖祠墓紀之以詩、王節母詩、秋夜聞絡緯聲、秋柳、香腕樓送歸燕、環花閣見新雁、秋雨書感、仲秋夜聞落葉聲、洞庭龍女祠。
卷五計州六首（內含七古一首、五絕六首、七絕五首、律廿四首。）
七古：秦溝粉黛磚視歌。
五絕：封臂吟為吳母徐太夫人作。
七絕：朱貞女詩、初冬病中作。
七律：詠桐、詠萍、呈石竹堂太史、七夕送怡珊姊之處、環花閣夜坐言懷、擬沈雲卿古意、對盆菊有感、芙蓉、廣陵九月群花競開詩以誌感、宋玉墓、賈太傅祠、諸葛武侯故里、鹿門山龐德公故居、黃鶴樓、瀟湘、寒夜讀書感興、斑竹、叢蘭、木蘭花、杜鵑。
卷六計十七首（內含七古一首、七絕九首、七律七首。）
七古：曇陽子十八體篆書心經石刻歌。
七絕：折雨中牡丹供小雲靈几感賦、初夏蘿月山房即事效放翁體、書所見、閱丁令威事感賦焚寄小雲。
七律：春暮雨中作、見燕至、悼鸚鵡、吳宮雙玉祠墓詩、山塘新建柳依依祠、支硎山訪宋朱尚書億女白蓮花夫人墓、乘魚橋訪元都萬戶張瓊姿四夫人楊氏故宅。

卷七計九首（內含雜言一首、七絕二首、七律六首。）

雜言：程孝女詩。

七絕：初冬作、初夏郊行即日。

七律：榕泉先生重瓊林詩、閱高邁養師遺畫感賦一詩、小雲嘗與余合選簡齋心畬甌北三先生詩手錄存行篋中今冬檢理遺書偶見此本感題於後、許烈婦詩、先大人芥瓶丈室散花圖遺照存顧丈西梅茸紫菴二十年矣、乙酉歲、翁大人回杭西梅以歸之、因題四詩卷首、付端供奉於自然好學齋、今冬病起、展拜焚蘭、敬賦短篇、以誌霜露之感。

卷八計卅七首（內含五絕二首、五律五首、七絕九首、七律廿一首。）

五絕：盤溪秋泛。

五律：飛來峯、冷泉亭、西泠道中見杏花、望湖樓、湖上雙塔。

七絕：林秋孃詞、泛舟三潭作、夢中作、雨後、聞鐘。

七律：庚寅春仲自吳返棹舟中書所見、重至西湖作、寒閨病趣圖為湯德媛女士作、玉壺園是宋腳王劉光世別業、紫陽庵感王守素事、登吳山大觀臺望江作、庚寅新秋即事、武林王貞女詩、庚寅孟冬二十七日紀夢詩、讀翁大人雪夜聞雁有懷西事之作、冬夜感懷、感事、奉菱圖為金節母作、辛卯元旦試筆、送春、秋夜聽雨。

卷九計十三首（內含雜言一首、五古一首、五絕一首、七絕二首、七律八首。）

雜言：涵真閣對雪效三體詩。

五古：邯鄲才人嫁為斯養卒聞家翁言揚州近事有感而作。

五絕：涵真閣對雪效三體詩。

七絕：涵真閣對雪效三體詩、玉女窗即事。

七律：仙人塘在盤門外是漢蔡經故里塘水味極清冽居民取以釀酒云麻姑丹砂水也、寒花呈靜初夫人、妙香天室借心貞心恆禮懺、慈珠花藏聽蘭雲師並爽卿夫人彈琴、碧城仙館聽香輪姊說劍、得小米姪書知浚湖之役同人議於阮公墩建樓營榭喜西泠增一名勝也作詩記之、吉孝女詩、憫桃詩。

卷十計卅四首（內含五絕一首、七絕十二首、七律廿一首。）

五絕：蘿月山房冬夜口占。

七絕：感事、偶書、丁酉七夕立秋前一日也偶成小詩、蓉湖楊蕊淵夫人琴清閣詩甚清麗未付梓稿不知。

七律：題方正齋夫人書山舟外伯祖重賦鹿鳴詩後、雲華夫人主治巫山佐禹治水命侍女凌雲華授記、蘋香姊移居南湖宋張功甫玉照堂遺址也俗竹古梅清曠殊絕近乃潛心玄學禮誦精勤余旋里過之論道甚契值呂祖誕辰相與禮懺於虛白樓賦詩記事、夜坐與蘋香論畫次首賦呈松壺舅氏於野鷗莊、夏夜、翁大人有松壺畫卷凡十餘種劇所寶愛為無賴子竊去售諸賈肆翁以妙畫通靈銀杯羽化烟雲過眼未能忘情賦憶畫詩以寄意余惜名繪之不可復得而惡竊者之無良也詩以紀之、蘇孫姪秋賦歸適舉一子賦此示之即贈三姊王雪清夫人、水仙廟池放雙鯉、小浮山人得天台猿翁大人勸放於靈鷲賦詩紀之端亦步韻、天台老猿為小浮山人攜至靈隱寺尋呼猿洞一夕忽化去山人以古甕為龕置之三潭印月亭下著歸真龕記徵詩、初冬涵真閣晚眺、論詩示蘇孫姪、拙政園今為平湖吳菘圃相國別業公子婦彭恭人近受道法於蘭雲師恆遣箇輿相迓為言池館之勝因賦此詩、木瀆女真觀是女冠江雲城脩道成真處雲城吳江人為龍門第八代律師呂雲隱室先雲隱證道茲觀屋宇華好而自王霞樓後嗣派無人慼而題之、前詩意有未盡復賦一首即柬妙香天室諸同志、自警。

以上雜類詩共三百零三首，其中雜詩十三首、五古八首、七古七首、五絕十八首、五律廿三首、七絕八十三首、七律一百五十一首，以七律為數最多，七絕次之。

綜上統計，汪端所作七律有五百六十九首、七絕四百零四首、五律七十三首、五絕廿四首、五古廿九首、七古十八首、雜詩廿一首。共計一千一百卌八首。

二、以對象歸納

（一）題畫詩

汪端與當代閨秀文士多有詩篇往復唱和，題畫詩中對象之眾，除自寫題畫詩外，有題戚族、前輩、明朝人物、同輩、道友、畫友、袁枚女弟子、碧城女弟子、士人之圖、畫、畫冊、碑墨等詩作，足證其交遊廣闊，不局限於閨友之類。茲歸納汪端題畫詩中不同對象，共為九類如下：

1.以戚族為題畫對象者：

伯姊韌青、伯外祖梁山舟、表妹林仲絢、嫂湯湘綠、大姑陳華娵（以上卷一）。姑大人（卷二）。小姑陳麗娵、兄汪問樵（以上卷三）。舅龔素山（卷四）。舅龔繡山、姪孫養志、姪女正宜（以上卷五）。舅錢叔美、姪少洪（以上卷七）。從叔劍秋、叔母陳心壺、伯梁茝林、顧西梅丈（以上卷八）。從姪又邨（卷七、卷九）。表妹許雲林（卷九、卷十）。表甥女孫靜蘭、翁大人陳文述（以上卷九）。表兄梁蕉屏、姪婦王筠芬（以上卷十）。

2.以前輩閨秀為題圖對象者：

曹墨琴、蔣錦秋、張筠如（以上卷三）。沈太夫人、席道華、徐比玉（以上卷四）。佩仙夫人、采石夫人（以上卷五）。張令嫺（卷六）。李扶雲、翁繡君（以上卷七）。王藹初、翁朝霞、吳仙芝、陸琇卿（以上卷八）。袁爽卿（卷九）。暖姝夫人、貞玉夫人、陳雲門、蒯如青、翁繡君（以上卷十）。

3.以明朝人為題畫對象者：

河東君（卷七）。林天素（卷八）。徐幼文、楊雪湖（卷十）。

4.以同輩閨秀為題書之對象者：

許宜芳、陳妙雲（以上卷四）。范湘磬、席怡珊（以上卷五）。孫花海（卷八）。王惕雲、金雲門、王仲淑（以上卷九）。楊閨卿（卷十）。

5.以道友為題書畫之對象者：

王清微（卷四）。方外韻香（卷五）。陳蘭雲（卷九）。

6.以畫友為題畫對象者：

顧畹芳（卷四、卷五）。陳無逸（卷八）。顧螺峯（卷十）。翁繡君（卷七、卷十）。

7.以詩友中為袁枚女弟子者為題畫對象：

屈宛仙、孫碧梧（以上卷一）。歸佩珊（卷三）。

8.以詩友中為碧城女弟子者為題畫對象：

吳蘋香（卷三、卷五）。吳飛卿（卷四、卷五）。張雲裳（卷五）。

9.以文士為題畫對象者：

趙子固（卷一）。石鶴笙、程孟陽、顧子羽（以上卷五）。王椒畦（卷六）。奚鐵生（卷七）。汪少海、松壺子（以上卷八、卷九）。盛子昭、薛洞雲、陸淵如、韓菊坪（以上卷九）。魏滋伯、謝竹君、陳竹士（以上卷十）。

（二）題集詩

題集詩中凡題詩篇章者、道書拓本、磚搨本者、題銘文者、題遺稿者、題文集者、題詩集者六類。茲敘於後並併歸所屬同類之詩：

1.題詩篇章者：

題湘人詩（卷十）、題雲裳和高青邱梅花詩後（卷五）。

2.題道書拓本、磚搨本者：

書碧霞元君玉印拓本後（卷二）、題仲兄蒨士印禪室印譜後（卷六）、書錢武肅王寶正四年磚搨本後（卷九）。

3.題銘文者：

題瘞琴銘後（卷三）。

4.題遺稿者：

題范文如女史晚翠樓遺稿（卷一）。題袁踈筠女史翦湘樓遺稿（卷四）。題澄懷堂遺集後（卷五）。讀松陵朱沁香夫人珠來閣遺集即題綠窗待月圖并書所寫梵經墨蹟後二首（卷六）。己丑孟冬余校刻湘綠嫂氏蘭雪軒遺詩一卷既為之序復題於後（卷七）。題又村姪新鐫元趙仲穆待制手書遺稿後、高湘筠夫人以陳葆文女士自書十二闌干詩遺墨索題率成三絕即東湘筠（以上卷九）。妊婦梯仙以母氏戴蘭莊夫人遺稿乞題為賦二絕（卷十）。

5.題文集者：

書青邱文集中南宮生傳後、書王常宗彝文集後（以上卷七）。辛卯仲秋晤小米姪於吳門閱所梓列女傳集註玉臺畫史二書題後、題貝葉書五福德經後、讀方正學遜志齋集題後（以上卷八）。姪壻王少輔綜其母程太夫人淑行乞家翁作傳並乞為詩（卷九）。讀金蓋心燈敬題陳樵雲先生傳後、敬書翁大人蓮花筏後（以上卷十）。

6.題詩集者：

題元遺山集（卷一）。題生香館詞後即呈琴河李晨蘭夫人、題汪水雲詩集（以上卷二）。題表外祖張仲雅簡松堂集後、題沈采石夫人畫理齋詩集、題陳其年婦人集、選明三十家詩成各題一律於後（以上卷四）。玉笥生歌題元張思廉詩集後、題蘭因集、題張雲裳女史錦槎軒詩集、丙戌季夏席怡珊姊招集瑤草珠華閣話舊論心悲喜交至歸後賦三律紀事即題其詩集後、題彩鸞女士詩集（以上卷五）。題婁東女士張韻芬寫生小冊（卷六）。題小米姪松聲池館勘書圖冊、題鄭板橋詩集、題舒鐵雲先生瓶水齋詩集後、題王仲瞿烟霞萬古樓詩集後、題妻東黃韌蘭夫人詩集、題吳澹川南野堂集、題邵夢餘先生鏡西閣集、讀高青邱集感題四律、題秣陵陳友菊夫人望雲軒詩集即答見贈之作（以上卷七）。書鏡西閣集後、讀婁東陸佩蘭夫人赤城吟稿題後、書東吳香輪姊即題曉仙樓詩集後、書顧劍峯寸心樓詩集後、即事書澄懷堂集後、書鸚鵡簾櫳詞稿後（以上卷八）。題春明本事詩後、題芝龕記樂府四首（以上卷九）。又題雙桂花樓詩鈔、讀吳興徐湘生太夫人古香齋詩題後、題錢塘曹曹村茂才詩文集、閱近人詩集有感題後、題趙雲松甌北集後、讀鐵雲仲瞿兩先生所譜樂府感賦、題翁大人花月滄桑錄（以上卷十）。

（三）弔輓詩

弔輓詩用軌詩凡分輓親族、先輩詩人、時人、先輩仕女、賢妃、烈婦、同期女詩人七類。茲歸類記之如後。

1. **輓親族者：**哭伯兄問樵、檢問樵遺稿、作伯兄輓詩成復題於後（以上卷二）。重過鑑園用許周生姨丈故呈楚生姨母、族姑惠娵輓詩、哭湘綠、紫湘詞（以土卷四）。丁亥季冬十有六日為小雲小祥之辰以淚和墨書（卷五）。輓張韻芬娣、庶祖姑舒玉真夫人輓詩（以上卷十）。

2. **弔先輩節士、詩人者：**南屏用張忠烈公墓（卷一）。西溪弔厲樊榭墓（卷二）。落星岡弔李太白（卷三）。南湖弔張功甫、竹西亭弔杜樊川、南屏山居弔太白山人孫太初、石湖別墅弔范致能、錦樹林弔卞玉京墓、過丹陽丁卯橋弔許渾（以上卷四）。滄浪亭弔蘇子美、鸚鵡洲弔稱禰正平（以上卷五）。

3. **輓時人者：**輓張莳塘先生（卷七）、輓石竹堂太史、輓龔嬾仙處士、閔小艮先生輓詩（以上卷十）。

4. **弔先輩仕女者：**梅莊園用梁紅玉（卷一）、德壽宮弔宋憲聖吳后、天竺弔寇萊公侍兒蒨桃墓、梅花嶼弔小青、智果寺弔明楊雲友墓（以上卷四）。讀逐鹿記弔陳友諒妃桑氏（卷六）。登靈巖姑蘇臺訪館娃宮遺址弔西施作（卷十）。

5. **弔賢妃者：**方家峪鳳凰泉上弔南宋劉賢妃墓（卷一）。

6. **弔烈婦者：**清湘樓詩弔衡陽淩烈婦（卷九）。

7. **輓女詩人者：**輓吳仙芝女史、輓江淑芳夫人（以上卷五）。虎邱弔劉碧鬟墓（卷六）。輓采石夫人即題讀畫圖後（卷八）。完顏暉太夫人輓詩（卷九）。

（四）同作、贈答詩

1. 和詩

和詩大抵為汪端與兄、嫂、伯祖、姨母、夫、翁舅等親人之和詩，及與閨友、士人、道士之和詩。茲歸其為四類如後。

(1)和親族者：秋夕次伯兄問樵韻、春暮次湘綠嫂韻、反游仙詩和山舟外伯祖、柳枝詞和伯兄問樵、秋夕次蒨士兄韻、古春軒賞紫牡丹和楚生姨母（以上卷一）。落葉和楚生姨母、古春軒詠物二首和楚生姨母（以上卷二）。小雲作王巡檢詩輛為和之、冬夜次小雲韻、春夜和小姑茗仙韻（以上卷二）。西湖看雪和翁大人作、和莅林方伯玉帶還山詩（以上卷八）。孤山瘞蝶和姨母楚生夫人、西溪笋和許雲林表妹、翁大人北上因病南旋有詩紀事敬和原韻、種菊和翁大人韻、和翁大人謝白紫清真人楹帖詩（以上卷十）。

(2)和閨友者：殘月和席怡珊慧文姊（卷一）。詠古四首和琴河歸佩珊夫人、喜晤怡珊姊的酒夜話即次見贈原韻（以上卷二）。論宮闈詩十三首和高湘筠女史（卷三）。玉泉飯魚和席怡珊姊、三潭蓴和吳蘋香姊（以上卷十）。

(3)和士人者：娑羅花詩和潘榕皋先生原韻、蕉花和竹堂太史原韻（以上卷五）。

(4)和道士者：和羅浮道士古丈夫洞草堂詩（卷十）。

2.贈答詩

贈答詩凡分贈答親族、閨友、女冠、士人、問道者五類。茲歸納如後。

(1)贈答親族者：征人怨寄問樵兄蜀中、重至西湖寄紉青姊（以上卷一）。秋日池上書寄紉青、寄紉青青浦（以上卷二）。寄湘綠武林（卷三）。送小雲姬人紫湘養疴白下、書寄小雲金陵并柬紫湘、寄呈逸珠從姑母（以上卷四）。翠雨軒即事有作寄小雲、答小雲北上見寄之作即用原韻、寄小雲湘中、小雲暫歸吳門省親甫旬餘即赴楚中賦此送別（以上卷五）。秋日寄呈翁大人漢皋（卷八）。呈繡山舅氏（卷九）。答家至山二兄見寄之作、寄呈查春山先生（以上卷十）。

(2)贈答閨友者：寄怡珊姊（卷一）、庚午暮春余自武林至吳門怡珊將之越見過話別賦此送之、寄懷怡珊姊金華、琴河歸佩珊夫人過余白環花閣的酒焚蘭言歡竟夕且出示所著繡餘續草因書四律於卷首奉答見贈之作（以上卷二）。秋夜寄佩珊、新秋書寄佩珊、秋夜答王采仙夫人見寄之作（以上卷三）。京口王碧雲夫人竹淨浣桐二女士均以詩寄贈賦此答之即步原韻、答金擅吳飛卿女史見寄之作、寄黃耕畹女史廣陵（以上卷四）。蘋香來吳寓居虎山賦此寄贈、雲裳蘋香過余環花閣賦贈、送蘋香歸錢塘并寄雲裳、贈吳飛卿姊、答怡珊姊、蘋香以詞見寄賦此答之、贈菊因（以上卷五）。寄怡珊姊即用春暮雨中韻、菊因于歸詩以示之、贈吳門陳靈簫夫人（以上卷六）。得蘋香姊書并讀見寄新詞數闋有哀猿冷雁之音感采葛折梅之意挑鐙賦答、暮秋對菊賦耕畹諸姊、戊子仲冬續刻自然好學齋新作二卷告成感賦即書寄怡珊蘭上飛卿耕畹諸姊（以上卷七）。贈胡雲雙夫人、立春前一日夜坐環花閣聽雪書寄閨友、歲暮得曹墨琴夫人書賦答見寄之作、讀雲間王綺思夫人挹翠軒詩賦寄、山陰陳蘭雲夫人現訪碧城仙館元談永日披豁塵衷賦呈二詩（以上卷八）。蕊珠華藏聽蘭雲師譚道貽華陽蔡玉生女士（卷九）。九華仙館贈靈簫姊、湘霞夫人來歸翁大人營賓霞室以館之辱過余三玉香龕賦詩見贈奉答二首（以上卷十）。

(3)贈答女冠者：梁溪女冠韻香見過碧城仙館賦此贈之（卷五）。

(4)贈答士人者：王子高偕周瑤英遊芙蓉城柬東坡乞詩、已丑仲夏余敬繪宋潛溪高青邱兩先生像祔祀頤道堂佛龕西室晨夕申辦香之敬三載於茲矣今秋菊泉致奠侑之以詩（以上卷八）。

(5)贈答問道者：答問道者（卷九）。

3.同作詩

同作詩為汪端與兄、姊、夫、嫂及閨友，據同一詩題而作之詩。茲歸為同親族作、同閨友作二類以記之。

(1)同親族作者：上元夜雪月交輝同問樵蒨士兩兄紉青伯姊作、秋夜同伯姊紉青玩月各占一絕、家大人命同諸兄伯姊詠春雪、春妝曲同湘綠作（以上卷一）。秣陵古蹟分賦同小雲作石屋山是歐冶鑄劍處、佩珊書來以詩稿囑為點定題一律歸之同小雲作、天下大師墓同小雲作（以上卷三）。早春環花閣即事同小雲作、弦秋館夜坐同小雲作、小雲過紫姬厝所見秋海棠盛開倚聲余亦繼作（以上卷四）。

(2)同閨友作者：湖心亭晚眺同王蘭上姊鈿作（卷一）。

（五）懷古詩

懷古詩凡分懷名勝、古蹟、人物三類。茲歸納記於後。

1.懷名勝者：

西浦是杜蘭香遇張碩處、覆舟山是宋武帝破桓元處、雞鳴埭是齊武帝射雉處（以上卷三）。

2.懷古跡者：

(1)詠故宮者：鳳凰山弔南宋故宮、館娃宮（以上卷一）。

(2)詠書臺、草堂、湖者：郭文舉書臺、莫愁湖（卷三）。

(3)詠昔人故宅者：半山亭王荊公故宅、沈休文故宅、徐騎省故宅（以上卷三）。楚中詠古敬和頤道堂集中作屈原宅（卷五）。

(4)詠祠堂者：張麗華祠、宋妃祠、楚中詠古敬和頤道堂集中作賈太傅祠（以上卷三）。

(5)詠陵墓者：闔閭墓（卷一）。吳大帝陵、阮嗣宗墓、王元公墓、謝太傅墓、謝靈運墓（以上卷三）。

3. 懷人者：

讀十國春秋弔前蜀昭儀李舜弦蜀主王衍（卷六）。元遺臣詩（卷七）。

汪端自然好學齋詩鈔作品中，依詩作之對象歸納，已如前述。其餘未歸納者，諸如病中留言詩、與道教有關之詩、讀書有感詩、題壁詩、詠史詩、紀事詩等。因對象與前所列者相同，均不外為對親友、文士、祠、館、及歷史人物、事件之吟詠，故從而略之。

第二節　汪端詩之風格

汪端對詩之見解，首重清字，主張詩須清，不清者無神，故認清為詩之神。其次主張詩不可不真，真者詩之骨，認為詩以詞為膚，以意為骨。汪端亦強調對稱和諧，表裡如一。力求詩作與詩論相符。尤為要者，汪端特重獨幟詩風，認為能恰到當處、移易不得，方為真善。汪端詩作獨幟詩風，茲分別自汪端之寫景、抒情、記事、議論詩作中，欣賞其獨特之詩風。

一、清真詩風

汪端於詩作自然好學齋詩鈔中，題畫詩有二百六十四首，佔全集一千一百三十八首之五分之一強。以其數量而言，可謂居核心地位。汪端寫作獨具清真風格，於題畫詩中甚多，另於其餘類別之詩亦甚多，茲分寫景、抒情、記事三類所代表之風格以言之。首以題畫詩中寫景類以明於後。

（一）寫景類

題琴河女史屈宛仙畫白蓮：「娟娟弄珠人，秋水濯仙骨。可望不可親，銀塘浸涼月。」（註三）

此詩展現在秋夜裡，娟娟秀麗之嬌女，於月光反照池面之銀塘邊，閒賞灌浸於秋水中可遠觀而不可褻玩之仙骨君子花。將人、物、景均刻畫出神態，以珠表白蓮，賞玩白蓮者乃娟娟嬌態，秋夜月色分外明，以致波光反照而成銀塘，白蓮浸潤於秋水之中，蓮為君子花，故言可遠觀而不可褻玩，全詩呈人、時、景、物合一之畫境。表現出汪端寫景詩作詩風清幽貞靜之特色。

為大姑萼仙題畫四時仕女：「芳蘭如靜女，娟娟被遙岑。美人揚修蛾，獨撫金徽琴。湘皋碧雲遠，楚樹春江深。善手彈清商，中有騷人心。右春」「淺碧迴塘雨乍過，文鴛夢穩晚涼多。珊珊玉骨清無汗，花氣如煙透越羅。右夏」「碧雲暮合瓊樓靜，露砌吟蛩秋夜永。金粟微飄羅袂香，月華流照瑤釵冷。詠罷臨春玉樹歌，疎星幾點度斜河。澄波膽寫驚鴻態，別有瑤號影娥。右秋」「鵲鑪煙影嫋雲絲，春到南窗小玉知。欲仿楊娃新粉本，一庭香雪坐調脂。右冬」（註四）。

此詩陳述畫中春夏秋冬四時仕女體態、肌膚、容貌、動作及神情。春女詩描繪美人靜好娟秀之容貌，娥眉輕揚之神情，獨伴琴瑟、善彈曲調之體態動作，展現出春來女思之情緒。夏女詩呈現雨後之夜晚，靜女步於園中景，珊珊玉骨與如煙花氣正相映覽者賞之若有臭覺之美。秋之詩已然四時變化朗然而見，至冬之詩再度言紅粉嬌媚及多往春至之景。此四詩描繪仕女四季中，妝扮、嬌態之不同，汪端於此人物畫象，寫實之細膩，實具女性纖細真摯之觀察力。

類此直描詩，單述畫中實景，而無意境潤飾，由詩句而知畫中人物景象者，歸為寫景一類。尚有如卷一：

為伯姊紉青題幽篁坐月畫卷：「石徑蕭森夜氣清，攜琴獨坐聽秋聲。娟娟涼影侵衫子，寒玉梢頭月正明。」夜氣清、聽秋聲，呈現清靜、安詳夜晚。娟娟涼影、寒玉月明，予人寒漪侵衫，月華如練美景意象。全詩雖直描景色，卻表現汪端寫作描繪之真誠。

為仲絢女弟題畫：「何處菱舟有篴音，涼煙半抹澹遙岑。水邊臺榭無人到，落日亂蟬風滿林。」（卷一）此詩將讀者領入一薄霧濛濛、孤舟待泛之崖岸，此為空間景象。又菱舟示人以秋來食菱角之時間裡。此時、空之顯現，在柔美、清幽中傳達給讀者，使人感受此意境尤為深刻，實汪端獨有功力處。

題孫碧梧雲鳳畫芙蓉小幅：「掩映丹楓倚晚葭，半江秋色豔明霞。芳叢不向春風發，應避人間富貴花。」（卷一）此詩寫丹楓臨秋霞之美豔，為直敘景物之代表作。扣緊寫實之筆，呈現真實之象。

類此之詩尚有如：題畫（卷一）。題畫、題蔣錦秋夫人自寫石谿漁婦圖（卷三）。題山水小景、題許宜芳女史輕舟出峽區、題沈太夫人蕅鄉銷夏圖、題吳飛卿女史畫菊、題陳妙雲女史所臨唐碑後、題閒閒樓圖（以上卷四）。題畫山樓圖、題畫、題佩仙夫人聽香讀畫圖、畫蘭曲四章題韻香畫蘭長卷、題補梅圖、題范湘磬女士畫執扇美人贈蘋香、題畫為養志姪孫作、題飛卿姊秋花蛺蝶畫扇、題顧畹芳夫人紅豆書樓圖、題顧畹芳畫冊、題滄浪亭圖、題正宜姪女眠琴綠陰圖（以上卷五）。題婁東女士張韻芬寫生小冊、題練川張令嫻夫人玉笙吹月和松聲圖（以上卷六）。題又郵從姪柳暗花明又一郵圖、題西泠秋泛圖、題采石夫人春山圖、題采石畫蝶、題少洪姪春江花月夜圖（以上卷七）。題莅林方伯仿禹鴻爐卜居圖、葉瓊章自寫雙美圖、題畫、題明女士林天素山水小冊、題循陔園圖、題漢江歸棹圖（以上卷八）。題五湖漁舍圖、題又村姪所藏河東君粧鏡（以上卷九）。題梁蕉屏表兄重綸圖、題暖姝夫人脩梅小影、題玉壺山人畫竹西女子小影、題畫、題貞玉夫人遺照、題黃鶴山樵仙山秋瀑圖用原韻、題明徐幼文山水行看子、題臥梅圖、表妹許雲林自京師以太清福晉聽雪圖索題為效花蕊夫人宮詞體書八絕句應之（以上卷十）。此類詩尚有如題壁詩中寫景者：紅蘭館題壁（卷一）。虎邱白公祠題（卷二）。碧霞元君成道留別諸玉女書黃華洞壁、唐明皇偕羅公遠月中聽霓裳羽衣曲題廣寒宮壁、江采蘋殉祿山之難留題樓東壁上（以上卷十）。

（二）抒情類

題畫詩中寫景兼抒意境者，茲舉例如後。

題湘綠小影：「銀荷花暗篆煙銷，庭樹商聲卷夜濤。秋雨絲窗涼似水，玉人扶醉讀離騷。」（註五）此詩之特色在不言愁，而愁自現。全詩所用花暗、煙銷、商聲、夜濤、秋雨、涼似水等，充滿晦暗、抑鬱之情懷。末句扶醉讀離騷一語，無異愁緒之詮釋。以此作結，貫穿全詩，雖不見愁字，而愁情朗然可見。此乃汪端借景抒情，托物寓意之寫作手法，全詩之善於言情，不著一字，盡得情境，此其風格也。

題蘋香女史采藥圖（註六）：「東風吹綠巖，澹學修蛾色。紫芝春始生，瑤草秀堪摘。美人課雙鬟，幽尋入蘿薜。筠籃貯靈荄，鴉嘴劚深碧。輞川老畫師，尺素摹婉嫿。初疑慕玉姜，超舉麗羽翮。詎知嬋嫣姿，志行比金石。姑昔嬰沈疴，愛心廢寢食。不惜玉雪膚，杯羹晉靈液。真宰無定權，惟恃一誠格。牀簀起姑患，里閭誦婦德。嗟余失怙恃，髫齡悲罔極。八載事舅姑，視余猶弱息。姑衰體多病，媿未嫺婦職。中饋拙餴饎，夜窗曠組織。披圖起遐慕，願訪宣文宅。楞伽嵐翠深，天平雲影白。采藥延親年，相從歸仙跡。」此詩首言畫中美人採藥情景，次言憂心姑疾，杯羹親侍。末言祈得仙藥，以延舅姑年壽。汪端孝思由是而見。其抒情之真摯，實感人至深。

為伯外祖梁山舟學士題畫山水（卷一）：「清境知何似，樊川與輞川。人歸空翠外，秋到夕陽邊。萬木圍涼影，孤雲化暝煙。林泉有高致，築室想他年。」

題趙子固畫：「月明解佩見湘皋，幽怨王孫託彩毫。何似西村橋畔路，濁醪晞髮誦離騷。」「天水蒼涼失舊基，萋萋芳草夕陽時。鷗波亭外寒梅發，兄是南枝弟北枝。」「一翦疎花曉露含，三閭春恨冷湘潭。託根無地東風裡，更有遺民鄭所南。」（卷一）

類此之詩尚有如：自題畫蘭（卷一）。題曹墨琴夫人寫韻軒圖、題申江張筠如夫人姊妹合寫雜花小幅、題宋徽宗雙燕圖（以上卷三）。題蘭陵女冠王清微空山聽雨圖、題吳門顧畹芳女史畫梅、題琴川席道華夫人隱湖借隱圖、題徐比玉夫人花卉遺冊、題蓮素山舅氏三生同聽一樓鐘圖

（以上卷四）。題采石夫人白雲洞天圖、題程孟陽遺像（以上卷五）。自題蘿月山房圖、題奚鐵生處士遺畫、題李扶雲夫人小影、題畫梅、題畫、題錢叔美舅氏松壺畫贊、題吳門翁繡君夫人自寫百花長卷、題練川王藹初夫人倚樓人在月明中圖（以上卷七）。題孫花海惜花春起早圖、題劍秋從叔除夕祭硯圖即呈叔母陳心壺夫人、題秋聲館圖、題空房對月圖、翁朝霞夫人以自寫白雲圖索題率賦二絕、題顧西梅丈追摹奚鐵生先生像、題漢江歸掉圖、書汪少海大令心知堂詩集後即題出棧圖、題松壺先生畫梅、又題小山叢桂圖、題陸秀卿夫人梅花小影、又題琇卿玉山紀遊圖（以上卷八）。題盛子昭山居圖、題許雲林表味湖月沁琴圖、題玉惕雲女史畫竹、題薛洞雲處士瑤潭讀易圖、王仲淑女士春墅饁耕圖、題少海大令孤山雪霽圖、題蘭雲師道裝小像、題爽卿夫人采芝圖、張令嫺夫人月勝秋齋圖、題練川話舊圖、題黃鶴山樵畫溪閣閑棋圖、題河東君月隄烟柳畫卷（以上卷九）。滌山吟館行題魏滋伯廣文行看子、題楊閨卿女史思瞻圖、題陳雲門襲子女扇頭畫蘭為吳江蒯夫人如青作時雲門官吳興協鎮、金雲門夫人畫白蓮花觀音像姪婦梯仙乞余題詩（以上卷十）。

由人、物、地、景而抒情者尚有如後：

1.懷人

秋日懷伯兄問樵都下（註七）：「秋聲先入愁人耳、目送行雲有所思。吟興已隨涼露警，素懷只許菊花知。那堪塞雁行分後，正值庭梧葉落時。最憶長安羈旅客，西風席帽獨哦詩。」此詩中愁人耳、有所思、吟興、素懷、那堪、最憶、獨哦等字，均呈現懷人之情。汪端藉秋日葉落、秋聲寂寥，而襯托出懷兄之情，真摯情感，與景象描寫之清幽相融合，為寫意清幽、懷人真切之抒情詩。

類此之詩尚有班倢伃（卷一）、新秋有懷蘭上姊（卷二）、冬日送王蘭上姊歸湖州（卷三）、孫節母詩（卷四）、封臂吟為吳母徐太夫人作（卷五）、閣丁令威事感賦寄小雲（卷六）、程孝女詩（卷七）、林秋孃詞（卷八）、吉孝女詩（卷九）等。

2. 詠物

螢（註八）：「熠熠隨紈扇，熒熒拂畫楹。立身吾羨爾，處暗亦能明。」此詩以熠熠、熒熒之疊字法，寫出螢之體，閃耀靈活，使人生羨。汪端於詠物之際，抒己羨螢暗裡自明之情。此詠物寄興，抒情真誠。

秋鐙（註九）：「蟋蟀啼殘竹徑煙，碧檠紅穗弄餘妍。蘭膏照夢清如水，菊影依惟瘦可憐。遠岸漁歸無月夜，長門雁度已涼天。玉蟲似與新霜約，同墮疎鐘曉角前。」此詩以蟋蟀點出秋日。蘭膏照夢清如水，與菊影依惟瘦可憐，有清幽孤峭感。遠岸漁歸無月夜，與長門雁度已涼天，呈現秋夜寂寥景象。末聯以蛾蟲擁火自焚，以抒世事矛盾難解之情。

類此之詩如秋雁、紫騮馬、水仙花歌（以上卷一）、折揚柳詞（卷二）、薛瀫湖古劍歌（卷三）、饑鷄行（卷四）、詠桐、詠萍（以上卷五）、悼鸚鵡（卷六）、閱高邁菴師遺畫感賦一詩（卷七）等。

3. 記地

秋聲閣（註一〇）：「高閣掩疎窗，秋聲何處入。霜高嗁雁哀，月冷疎磪急。明河夜耿耿，萬木自蕭瑟。此時還獨吟，吟聲太清絕。」此詩藉吟詠秋聲閣之景，抒寄孤寂清絕之感。

重遊金鼓洞（註一一）：「我如野鶴又飛來，雲樹依然感到灰。水帶浮花凄澗壑，山銜夕照賸樓臺。玉清手蹟諸天護，金蓋心燈此地開。施與琅函勤供奉，茅著紫氣接蓬萊。」此詩寫金鼓洞之景。會燬於火，而未曾修復，閔小艮曾修道於此。全詩以飛來野鶴始，而終於紫氣茅菴，使人深感仙道脩心之地，深遂曠達而清靜。

類此之詩如怡雲樓、韶光寺、洪忠宣祠（以上卷一）、東門行（卷二）、秋日登陸園湖樓（卷三）、雨中過蘭陵（卷四）、山塘新建柳依依祠（卷六）、飛來峯（卷八）等。

4. 寫景

谿上（註一二）：「谿流清且曲，新月一彎碧。雜花覆波明，游禽泛煙夕。芳靄侵羅裳，離離早春色。翹首思故鄉，飛雲去無跡。」此詩言溪流如新月，曲折而清碧，雜花與游禽泛於其上，增添視覺鮮明生動感。汪端寫此春曉光景，泛起已懷鄉真情。

類此流露懷鄉真情者如田家、過太湖、湖上書所見、秋日泛湖、漁家、何處堪消暑（以上卷一）、春夜（卷二）、舊院（卷三）、春暮（卷四）、初冬病中作、寒夜讀書感興（以上卷五）、書所見（卷六）、雨後（卷八）、感事、夏夜（以上卷十）等。

5.懷古

鳳凰山弔南宋故宮（註一三）：「萬樹長松鳳闕開，山靈曾識翠華來。晉朝南渡衣冠盛，周室東遷父老哀。清霧亭荒古柳，碧琳堂圮繡殘苔。登臨有遊人屐，閒弔紅羊劫後灰。」此詩詠南宋故宮，昔時興盛之景，因時過境移，只餘枯柳荒亭、殘苔毀圮，徒增遊人慨嘆興衰異變。頷聯「晉朝南渡衣冠盛，周室東遷父老哀。」晉朝南渡、周室東遷為境轉之對。衣冠盛、父老哀為哀、樂之對比。頸聯「清齋亭荒髡古柳，碧琳堂圮繡殘苔」寫清齋亭、碧琳堂二處之斷垣殘景，荒髡、故圮、古柳、殘苔更加強故宮悲涼情景，不復昔日之隆盛美觀。此汪端記故宮景之懷古詩，於緬懷舊地時，亦抒發有感世事變遷之滄涼清寂。

館娃宮（註一四）：「翠黛輕顰霸業休，館娃故址野花秋。玉琴響絕臺空在，香徑苔生月自留。山色不知人事改，柳絲猶學舞腰柔。越王宮殿斜陽裡，一樣寒煙鎖暮愁。」全詩透出事過境遷之蒼涼蕭瑟。霸業休、野花秋、玉琴響絕臺空在、香徑苔生月自留、人事改、鎖暮愁等字句，一一訴盡人生如戲之哲理。表現淒清寂寥之抒情詩風。

楚中詠古敬和頤道堂集中作賈太傅祠（卷五）：「絳灌功高盡老成，治安何意出書生。免教削國同晁錯，空使懷沙用屈平。聖主有恩容小謫，才人無祿誤浮名。秋風一掬梁園淚，流入湘江澈底清。」全詩為賈誼生平經歷訴不平，借秋風愁人表哀感。為之一掬同情淚。此詩懷人不離抒情，抒情繫之詠史事，尤見汪端寫情有據之真，抒情慷慨哀怨之清幽詩風。

闔閭墓（註一五）：「百尺寒泉冷夜臺，虎山秋樹黯蒼苔。門開閶闔啼烏歇，事往艅艎戰骨哀。劍氣尚褫秦政魄，霸圖可仗伍胥才。英雄陳迹消磨盡，賸與遊人弔劫灰。」汪端憑弔昔人英雄往事，感嘆縱有秦政魄、伍胥才，亦只落得遊人弔劫灰之境。由詠陵墓懷古，而興名利功過，過眼烟雲慨嘆。全詩抒情之格清鬱寫真。

類此懷古抒情詩尚有如雞鳴埭是齊武帝射雉處、郭文舉書臺、鍾山草堂、莫愁湖、沈休文故宅、徐騎省故宅、半山亭王荊公故宅、張麗華祠、宋妃祠、吳大帝陵、阮嗣宗墓、王元公墓、謝太傅墓、謝靈運墓（以上卷三）。

6. 懷人

丁丑人日感舊作（註一六）：「回首懽悰似隔生，玉梅花下淚縱橫。又逢翦綵傳觴節，不盡悲離感逝情。雲棧路遙魂獨返，灘江水闊雁孤征。更憐穗帳雙雛泣，冷月酸風泖上城。」此詩為汪端重逢佳節，憶及嘉慶十年乙丑人日，汪端年方十三，與兄姊聚集草堂，極詩酒之樂。十二年後嘉慶二十二年丁丑人日時，汪端長兄汪問樵，已因故病逝蜀中。仲兄汪蒨士薄游桂林。姊汪紉青則歿於同年秋時。汪端逢令節，觸緒生悲，乃成感舊一律。全詩念兄姊之情，表現寫真之詩風。

讀十國春秋弔前蜀昭儀李舜弦蜀主王衍（註一七）：「湘水哀弦響暮霞，杜鵑嘸斷錦城花。君王才遜黃奴俊，殉國蛾眉似麗華。」此詩記李舜弦工詩善畫，後唐莊宗遣郭崇韜伐蜀，蜀主王衍勢蹙出降，李舜弦恐見辱，遂自殺。事見十國春秋及程史茅亭客話舜弦貞操。汪端以為其志行節操迴出，而古今詞人，鮮有詠詠者，故為詩以表章之。

元遺臣詩（註一八）全詩計詠十二人。汪端因讀元末詩人集，感其忠義，以為諸人文學超邁宋之谷音、月泉諸人，乃各為賦一律。汪端選遺臣之例為：「雪林、鐵崖、梧溪、玉笥等前已有詩，及不死於明者槩闕焉。」（註一九）。

詩中述生平事蹟者如：

詠顧瑛（註二〇）：「金粟仙人紫綺裘，西園雅集草堂秋。香圍翠褒花飛盞，醉寫烏絲月滿樓。僧帽儒衣逃世感，殘山賸水故宮愁。新詞擘阮談天寶，白首臨濠祇淚流。」顧瑛，字仲瑛，一名德輝，江蘇崑山人。年卅始折節向學，好客輕利，與倪雲林、楊鐵崖為深交。曾築玉山草堂園池，花木書畫，聲伎之盛，甲於天下。嘗與高士俊流倡和觴詠，而彙為玉山名勝集。又編所得歌詩為草堂雅集。首聯中所言乃草堂群友宴飲賦詩之盛事。後因避淮張據吳，乃隱嘉興之合溪，逢母喪乃歸綽溪，斷髮廬墓，誦經以報母自稱金粟道人。首句中所言金粟仙人紫綺裘，乃自稱之言。頷聯所言乃斷髮有感而發。元至正末，顧瑛子元臣立功而為水軍副都萬戶，顧瑛亦因而受封為武略將軍飛騎尉錢塘縣男。明洪武初，因子元臣為元故官，故父子乃同行遷徙臨濠，曾自題小像曰：「儒衣僧帽道人鞋，到處青山骨可埋。還憶少年豪俠興，五陵裘馬洛陽街。」頸聯所言乃出世脩道，感山水故宮今非昔比傷情之嘆。顧瑛另有天寶宮詞，洪武二年卒，歸卒綽墩，有玉山璞稿。末聯二句前所寫之天寶宮詞，後為悲徒臨濠傷懷以終老之情。

詠丁鶴年（註二一）：「君亦仙人丁令威，滄桑城郭怨斜暉。上林過雁驚霜信，中夜啼烏慟雪衣。賣藥韓康貧可樂，辭家許邁老何依。高蹤不受青城箭，湘水雲孤自在飛。」丁鶴年，字鶴年，西域人，居武昌。年十八，淮兵襲武昌，乃奉母走鎮江。母歿後，鹽酪不入口達五年之久。後又避走越江，潛跡海濱，授徒賣藥以自給。嘗以家世仕元，不忘故國。晚年廬于父墓長齋奉經。永樂中卒，楚憲王刻其詩文行世，名海巢集。汪端之詩首聯乃嘆漂泊滄桑，心事惟隨雁北飛。頷聯言母歿守喪五年之烏鳥情及漂泊海濱，授徒賣藥營生事。頸聯嗟嘆年邁無依。末聯言臣不二主，故國情濃之思。

詠錢惟善（註二二二）：「鼓瑟湘靈句欲仙，松陵倡和義熙年。草堂共識廬鴻宅，茶具聊隨范蠡船。秋水紫鱸圓泖月，寒濤白馬曲江烟。子雲樂府平原筆，同占蓴鄉好墓田。」錢惟善，字思復，錢塘人。至正中秋試，據枚乘七發引而為羅剎江賦，因之得名，遂號曲江居士，官至副提舉。後退居吳江不仕，有詩感時事云：「笠澤水寒魚尾赤，洞庭霜落樹頭紅。」又云：「漢史丁公那及齒，陶書甲子不知年。」後又移居華亭，洪武中卒。與楊鐵崖、陸宅之同葬千山，人稱三高士墓，有曲江老人集。

類此懷人兼及詠史事，並抒懷興嘆者尚有詠吳訥、徐舫、鄭玉、周砥、王翰、張昱、伯顏、戴良（卷七）等。詠王冕一首尤在取信王冕之完節以終，斥明保越錄所言，為明祖軍前畫策之不足信。此徵實評論之詩也。另古意一首（卷八）亦為懷人之詩。

（三）記事類

此類記事詩凡所記者均史事，茲舉例如後。

為小姑苕仙麗娵題女士畫八首中之第一首（註二二三）：「翠褒天寒寫折枝，芙蓉湖水照明姿。北宮處子今無恙，七十頭銜女畫師。」此詩乃言毘陵孝女唐素，因父無子，乃守身不嫁，日售畫以養老親，年七子，有司奏旌之。第二首：「韋平門弟擅清華，霽月凝香護碧紗。重向南樓摹粉本，半庭殘雪玉梅花。」此詩言錢九英摹擬曾祖母南樓老人畫梅，頗得其筆意。錢九英乃錢香樹尚書女孫。南樓老人乃錢香樹尚書之母。

第三首：「然脂妙筆繼宣州，鶴市埋香冷玉鉤。留得芳姿團扇本，六朝璧月也生愁。」此詩記金雲門女士。餘者尚有分別記敘駱佩香、孫碧梧、屈宛仙、王玳梁、黃耕畹之詩。

題秦良玉畫像：「盛鬋豐容百戰身，生綃省識洗夫人。兵傳白桿弓刀肅，捷奏紅厓草木春。燕頷誰能回日月，蛾眉惜未畫麒麟。鳳凰山色青如黛，曾與平陽玉帳鄰。」、「赤眉青犢日縱橫，一騎紅妝獨請纓。羞共彈娘矜跪，肯容徵側擅威名。花明劍閣朝傳箭，潮落巴江夜洗兵。愁絕當時征戰地，美人虹散暮雲平。」、「繡幰英風重百蠻，勤王萬里入長安。白狼河北留軍壘，丹鳳城南起將壇。召見臺恩鄭重，論兵全蜀事艱難。錦袍曾是思陵賜，天地烽煙倚劍看。」、「桃花叱撥老征鞍，廿載烽塵戰血斑。已見國殤悲弟姪，那堪劫火慘河山。英雄兒女傳青史，鼓角風雲動玉顏。石硅他年合祠廟，靈旗時颭白雲間。」（註二四）此四首七律記載忠州人秦良玉之英雌事蹟。秦良玉為明宣撫使馬千乘之妻，明天啟、崇禎年間，以一紅妝美人，討伐流寇，常立大功，巾幗英雄，不讓鬚眉。首章言其從容神態，百戰弓刀，屢戰皆捷，駐紮石硅鳳凰山，與敵對立。次章言流賊日熾，婉嫿紅妝，獨自請纓，傳箭洗兵之威武。三章言秦良玉曾戍兵大凌河，又曾駐兵於京師城南四川營陣，論兵全蜀，只為忠君報國。末章言其二十載烽塵血戰，眼見劫火慘山河、毀同胞，乃振兵英雄兒女，而締造出傳名青史之英勇佳績。

題蘼蕪香影圖後：「黃土何年葬綠珠，落紅香絮繡平蕪。留仙館圮辭春燕，花信樓空泣夜烏。縞袂偷生殊阿紀，玉顏殉主有清娛。尚書若解捐簪黻，應共垂竿老尚湖。」、「堂開半野足風流，墨妙茶香麗句留。綺閣新妝評玉蕊，畫簾春雨寫銀鉤。捐軀世競誇毛惜，忍死人猶歎沈侯。地下未忘家國恨，月明還共七姬遊。」、「北里妝成舊擅名，南都羅綺盡銷沈。金丸影散黃華卷，貝葉香埋錦樹林。慷慨獨君完大節，蒼涼有冢傍遙岑。何時徑泛琴河棹，拂水橋西結伴尋。」、「鳴琴初暇正殘春，攜酒禺陽酹夕曛。夜雨久荒江令宅，豐碑重勒褚公文。夢中環佩留新詠，畫裡湖山冷暮雲。不數西菴當日事，秋宵憑弔子霞墳。」（註二五）此四首七律，汪端所記為嘉慶十五年庚午，舅翁陳文述訪得河東君之墓，於虞山之麓，立即為之植樹、立石碣，並修復傾圮樓館，以追悼思念之。又命諸人為作銘、記、書、圖等。曰：「梅史譔銘，子瀟作記，爽泉書丹，吳竹虛為圖，曼生題卷首曰蘼蕪香影。」（註二六）此記陳文述銳志修復零落之古跡於隱逸、神仙、名士、美人之意也。此陳文述為隱逸名士之墓，重整修復，並為題詩文、作圖畫，汪端和翁之好，因以題詩紀事。類此記為美人修墓建祠事之詩尚有如：

題蘭因集：「鄭家嬌婢解吟詩，和靖風流想見之。遺址誤尋高菊磵，前身應是謝芳姿。踏青春訪瓊姬墓，飛白宵題玉女碑。更乞茂漪書一過，簪花楷法妙臨池。」、「焚餘詩草返生香，遺集真應號斷腸。齊國淑妃原著姓，蔣家小妹是同鄉。鏡湖桃葉鷗盟遠，畫閣梅花鶴夢涼。最憶橫波摹小影，眉樓一角寫斜陽。」、「又見楊娃小印紅，容華才筆麗驚鴻。叢殘著錄留湖上，輕薄姻緣說意中。謝逸畫圖寒翠晚，汪端潭水夜星空。依然智果西頭路，絕勝仙霞萬點楓。」、「碧城壇坫久名家，多少蛾眉禮絳紗。仙子玉鑪三澗雪，美人湘管一枝花。隔湖香冢秋飛蝗，映水紅樓晚噪鴉。更訪吳宮雙玉墓，牡丹廳畔竹陰斜。」此四首七律在紀汪端舅翁陳文述，於智果寺西，為明朝女士楊雲友修墓。又於孤山修菊香、小青兩女士墓，為建蘭因館於巢居閣西，館之上為夕陽花影樓，樓左為綠陰西閣，以祀小青。右為秋芳閣，以祀菊香。陳文述妾管靜初為作西湖三女士墓記，又為賦西湖詩，有「若把西湖比西子，西湖原是美人湖」句，陳文述因以此自號「美人湖長」（註二七）。此墓修竣，陳文述徧徵題詠，搜羅甚富，編徵詩名為蘭因集。汪端所寫此四首七律，言及此翰墨因緣，又首章提及朱竹姹、葉燮、毛稚黃皆曾親訪。諸九鼎曾為寫墓誌。曹墨琴夫人曾為書勒石。末句簪花楷法妙臨池，乃詠菊香運筆生花之妙意也。次章言紫雲于歸會稽馬髦伯，遠居孤山。以映因懷念而追憶顧眉生所繪小青小影。三章言謝彬曾繪楊雲友及林天素之小像，楊雲友、林天素亦曾客居於汪然明之春星草堂。後楊雲友死，林天素乃歸閩中。此詠楊雲友也。末章言陳碧城門下多閨閣詩人，實因其提倡之力，又好訪名士美人古跡，以懷古修祠為題，多方徵詩，以成詩集。末句提及訪吳宮雙玉墓，乃陳文述為修瓊姬、紫玉之墓，於虎邱塔院之牡丹廳下一事。瓊姬乃吳王闔閭女亦名滕玉又作勝玉。紫玉為吳王夫差女，亦名小玉。

題夜紡授經圖：「才望蕭思話，丹青顧凱之。斷機寒漏急，畫狄夜鐙知。雙鳳鳴梧後，孤鸞舞鏡時。殘縑應世守，共仰郝鍾慈。」同題另一首：「最憶蕭夫子，春風舊講堂。憂時餘涕淚，憎命歎文章。澹墨奚囊在，寒烟宰樹荒。撫孤悲絡秀，家範重傳芳。」（註二八）此詩記敘陳裴之師蕭子山事。蕭子山少失恃，承母訓導有加，勤奮力學，與兄蕭百堂，皆以文名，有婁東二蕭之稱。後母卒，因追念遺教，屬人繪圖，珍藏家室中。嘉慶廿三年蕭子山歿，留一遺孤，陳裴之因感佩師訓，月周濟之，俾望成立。此汪端題圖詩中所紀之事，因以明本末因緣。

又如題西泠女士吳蘋香飲酒讀騷圖小影：「蜀國黃崇嘏，唐宮宋若莘。美人原灑落，詞客最酸辛。修竹難醫俗，芳蘭不媚春。江潭寫秋怨，憔悴楚靈均。」（註二九）吳藻嘗撰飲酒讀騷圖，所為樂府，又名「喬影」，此詩記名閨秀謝絮才繪男裝圖，對圖飲酒讀騷，一孋胸中不平之氣。此詩乃寓意於此。

如前所述以畫題故事為主之題畫詩尚有如：題張雲裳鄧尉探梅圖、題繡山舅氏梅花香裡送扁舟圖、題鳳池弟秋窗夜讀圖、題石鶴笙茂才、題怡珊姊三十學書圖、題寒檠永慕圖、題河東君小像、題小米姪松聲池館勘書圖冊、題吟釵圖後并序、花蘂夫人小影無逸女士仿仇十洲本也、題吳仙芝夫人寫韻樓詩後即題羅浮舊夢圖、燈窗梧竹圖詩、題韓蘄王飛來峯建翠微亭拓本、吳門陳無逸女士自寫三松七子圖（以上卷七）。題金雲門女士畫梅、吳江凌母素脩淨業歿後子葦裳繪圖乞詩、題曇影夢痕圖、翁大人以文休承所繪老子出函各關圖供奉瑤潭精舍命題、陸宣公墓栢重青繪圖徵詠、吳郡韓君菊坪得巨蟹置諸瑤潭繪圖乞詠（以上卷九）。題吳節婦漏屋茹冰圖並柬令娣顧螺峯夫人、題吳江楊雪湖高士像、吳門謝竹君處士嘗得唐雷氏琴宋包孝肅遺硯以顏其齋繪圖徵詩、題虎山尋夢圖、翁繡君夫人重繪百花長巷顏曰群芳再會圖索題、題姪婦王筠芬蓬島掃花小影（以上卷十）等。

汪端記銘文中故實之詩如：題瘞琴銘後（註三〇）詩云：「春深鶴市靡蕪綠，香冢千秋瘞寒玉。松聲謖謖月明中，猶作天風海濤曲。雨冷煙凄夕復晨，居人耕野得貞珉。豔名此日空留石，仙蛻何年已化雲。玉人家傍吳趨里，姑射豐神謝紈綺。合與清卿署小名，芳懷澹似胥江水。花氣濛濛撲畫蘭，秦箏趙瑟厭頻彈。愛他太古琴聲靜，當作同心女伴看。芻尼早接銀潢渡，彥先才擅南金譽。百子幃中卻扇詩，七香車畔和婚賦。乍埽修蛾寶鏡開，琉璃硯匣九雛釵。桂華都荔房中樂，珍重攜將綠綺來。墨會靈簫饒韻事，椒銘菊頌俱明麗。鬟影春風盡日看，長卿偏解絲桐意。茶煙風裡弄清商。颯颯秋聲玉指涼。彈到雲深煙水碧，夜明簾外即瀟湘。垂楊含露緗桃笑，璧月團圞雙影照。豈料關雎靜好音，竟成別鵠淒涼操。翠水微波絳節迎，紅蕖霜下落無聲。綺窗芳樹韋公歎，蓋匣金釵元相情。人去樓空暮雲碧，七條絃上芳塵積。更有金泥一卷經，銀鉤香冷烏絲格。草長紅心葬翠蛾，子荊撰誄痛如何。蘭亭玉匣同歸去，錦瑟華年付逝波。碑陰親勒珍珠字，人天相見知心契。回首唐家顯慶年，蘇臺花月悲遺事。真娘墓上落紅飛，紫玉墳邊夕照微。一樣吳門埋玉地，桂旗蘭佩武邱西。」此詩為嘉慶初年，吳門人掘地所得之古墓中石刻文，及二篇銘文。此銘文成於唐高宗顯慶三年八月一日，距今已千餘年。此詩所言之事乃言莊凝，長於絲桐，年廿四時，歸顧升。伉儷情篤，年卅五時，罹娩難，遽亡。顧升因感念妻之恩情，以其所愛之琴殉葬，並書心經刻於碑陰。汪端讀銘文後有感於顧升、莊凝夫婦之情深，乃為題詩以記此事。

又如選明三十家詩成各題一律於後（卷四）初集為劉文成、高青邱、李文正、李空同、何大復、徐昌穀、謝茂秦、李滄溟、王鳳洲、陳忠裕、顧亭林、陸桴亭、陳元孝作一律。二集為貝清江、張志道、楊孟載、袁海叟、孫中衍、林子羽、李草閣、程巽隱、邊華泉、皇甫百泉、高子業、區海目、徐惟和興公兄弟、曹石倉、鄺湛石、夏玉樊等各作一首七律。末為羅浮山人作一首七律作結。汪端編者明三十家詩選完竣後，為所選之三十位詩家，各題一首七律以紀事體行之。如題高青邱一詩，因沈歸愚明詩別裁於高啟頗加排抑，汪端不以為然，故抒於詩中，以言其非公論也。詩云：「青山此郭舊詩壇，秋水吳淞把釣竿。沙鳥帶聲煙外過，汀花弄影月中看。夢回金殿浮雲蔽，弦絕瑤琴白日寒。莫信隱侯輕月旦，一編冰雪替人難。」（註三一）。又如題李東陽一首：「憾樹蚍蜉不自量，楚雲湘水麗篇章。生前東閣人才聚，身後西涯草木荒。朋黨難傾裴晉國，中涓亦重郭汾陽。空餘白髮門生在，高閣聽松淚數行。」（註三二）。此詩首言王九思、張芹等之才力如蚍蜉之不自量，次及人世滄桑冷暖，生前之門庭若市，與身後之門可羅雀，成鮮明之比，末句以李東陽所提拔之得意門生邵寶，所作聽松閣上哭涯翁句為結，以言李東陽歿後之悲涼，僅邵寶一白髮門生，淚下詩句中。

小雲作王巡檢詩輒為和之（註三三）：「聞昔王巡檢，英名薄暮雲。卑官當小驛，壯氣作三軍。錫誄縣賁父，成神蔣子文。石橋嗚咽水，父老說遺勳。」此詩記呂堰驛守王翼孫，雖位卑職輕，然氣壯三軍，與流寇敵，城陷身亡。雖壯烈成仁，英勇氣概，足為後世典範，而勳名永傳後世也。

辛卯仲秋晤小米姪於吳門閱所梓列女傳集註玉臺畫史二書題後（註三四）：「花散維摩玉女愁，雙鸞乘霧蘂宮秋。繙來彤史遺芳集，憶到青山寫韻樓。續竹歌殘雲斂彩，稠桑夢覺月沉鉤。蕙叢才德柔之慧，元相哀詞賦未休。」、「伯鸞家世女相如，通德門庭舊賜書。佳偶論文追管趙，大家集注邁秦徐。寫從瀹茗挑燈後，編自零膏冷翠餘，王氏青箱今在否，西州有淚渺愁余。」、「滴露調螺畫掩門，畫禪奩豔細評論。煙雲供養春無跡，縑素淒涼夢有痕。翡翠裙邊魂魄在，珍珠船裡姓名存。寒閨病輒徵新詠，倩影亭亭玉不溫。」、「胥江秋露下蒹葭，小阮相逢鬢欲華。新夢湖山冷楓葉，故居池館瘦梅花。散風奩闕悲金盌，伴月香銷澹碧紗。銀漢紅牆休感怨，玉臺雙管盡名家。」此詩前二首所記為汪端姪小米，為前室梁無非，整理其所編祖梁諫庵、伯祖梁夬庵校中壘列女傳本，並輯補曹大家、虞貞節、綦母邃三家傳註之僅存者。後二首，為記小米後室湯德媛，性愛書法，於古今宮閨善畫者，皆能鑒別精審，惜早逝未有成書。小米為搜羅軼事，共得數百人，而編輯成玉臺畫史若干卷。汪端為此四律以記此二書成書緣由，而小米於其二室之情，亦可由能修其未竟之緒，遂其嗜古之心，而見其惓惓深情。

汪端曾編纂元明逸史，汪端何以作此書，汪端曾言：「因青邱先生之故，深有憾於明祖之殘暴，感張吳君相之賢為不可及也。謂張吳與明祖並起東南，以力不敵，為明所滅。不能併其體賢下士，保全善類之良法美意而滅之也。且曹太妃之賢，楚國公兄弟、駙馬潘左丞之忠，劉夫人、隆安公主、七姬之烈，金姬之脫屣塵滓，列代正統所希有也。有昇天曹位上清者矣，不可謗也。世人墨守舊說，以成敗論人，由未見載籍耳。因節錄明史，蒐採逸事，以稗官體行之，曰元明逸史，凡十八卷。」（註三五）

（一）說文繫傳考異四卷、附錄一卷

觀其著作動機為①見於南唐徐鍇所作說文繫傳考異四十卷，年久散佚之故。②鄭樵通志所載已亡二卷。③李燾所作五音譜序，蒐訪多年，僅得七八闕卷，誤字無從訂正。其後雖有傳本，而其中第廿五卷，終不可得。④據王應麟玉海，宋石已無完帙。明代錢曾號富於藏書，而讀書敏求記中竟稱為「驚人秘笈」。方以智號精於小學，而通雅稱「楚金所繫」亦皆遺失。

說文繫傳本已罕有傳本，又因歷來好事者秘相傳寫，魚魯滋多，以至於不可句讀。因此汪憲乃以所見影宋抄本，參以今本說文及旁證所引諸書，證其同異，訛者正之，不可解者並存，以俟核正。末有附錄一卷，為諸家評論繫傳之詞，以成此書。（註三二）

考異之鼻祖經典釋文以下，沿流而作者頗眾，然韻書、字書節目繁碎，汪憲作此書，能縷析舊文，由首至末訂舛午，而彙為一編，可謂勤於校定舛謬者。

（二）列女傳一卷

觀其序中所述寫作動機，起於乾隆廿三年戊寅，廿四年己卯間，汪憲為官刑部，每遇節烈案件，常念彼等微賤巾幗，因不肯受辱於人攜手調語之輕蔑，而毅然重節蹈義，不顧輕生，此民間嫠婦守志之行，足以媲美士君子特立不回之概。因之汪憲常撫案三歎，嘉其志而高其風，心殷然

（二）遠祖公行誼對汪端之啟示

汪華本性不慕富貴、淡泊權勢，後與劉琮入潮音洞修道成真。汪華善行義舉，流澤廣被子孫，後嗣因而蒙受福蔭，賢達備出，富盛貴顯不絕。後人為之建廟於吳山，汪端每至杭，必往拜謁。神仙通鑑有汪華傳載。逝後，陳文述將其事蹟補入西泠仙詠。汪端與遠祖汪華同為正月十八日生，因而有揚祖光、述祖德及承先啟後之使命感。

二、祖父汪憲

詠張士信（註三八）詩云：「枕戈十月守孤城，帶甲頻年事遠征。威望也同姚碩德，驕奢莫誚馬希聲。西風黃葉桃花塢，夜月紅妝細柳營。裂絹雲林容不殺，當時愛士亦深情。」

張士信，為張士誠季弟，降元，授同知行樞密院事，履典重兵，守淮安，後移鎮杭州，張士誠稱號為丞相。元至正二十六年，明師圍姑蘇，張士信率眾堅守，至正二十七年於城上中砲身亡。

張士信雖以驕逸致敗，然守城十月，士卒爭先致死，絕無二心者，乃其能收攬人心招延文士為之用，如陳敬初。又甚惜才愛才，如倪雲林之忿裂畫絹而竟得士信全其生，其重士得民，士卒效之，死守抗明之事可證。此詩首聯言堅守孤城，奮戰十月及經年征戰事。頷聯詠其威德如後蔡開國君主姚萇弟姚碩，驕逸如五代馬希之態勢。頸聯記士信行軍亦擁婢妾隨從之事。末聯言倪雲林裂絹之事，因士信愛才重士，而保全其命。於此七律一首，縮影張士信之經歷、操守、性情，待人處世之則，可為後世引一考覈稽征之途也。全詩紀事體中夾抒情詠嘆，使史事富於生命靈活於詩中。

詠陳基（註三九）詩云：「早傳封事為蒼生，書記陳琳有盛名。蓮幕飛揚頻草檄，玉堂慷慨每談兵。忠唐不讓羅昭諫，入洛原非陸士衡。想見青鎧修史夜，白頭簪筆淚縱橫。」

陳基，字敬初，浙江臨海人。少受業於元侍講黃溍，因其薦而授經筵簡討。曾為人草擬諫書，多陳時政之失，元順帝欲降罪，乃引疾歸奉母，寓吳教授為生。後淮張起參張士信軍事，又參太尉府軍事，張士誠稱王，陳敬初力諫不聽。明欲官之，使修元史，乃以老病辭歸。張士誠與明交兵之時，檄文皆出陳敬初之手，語多指斥，及明祖大誅，以廉謹獲免。明洪武三年卒，有夷白齋集。前四句言為官奉檄，旨在為蒼生福祉。後四句言諫士誠未遂，及修元史，感事一掬辛酸淚。詠俞同僉（註四〇）詩云：「金陵萬騎困高郵，淮水悲笳咽不流。智比孝寬防玉壁，義同胡則守江州。經年雀鼠孤城盡，百口烽煙一哭休。草昧君臣能殉節，盧龍嚮導恨田疇。」

俞同僉，名庭芝，為張士誠守高郵，元至正廿五年，明太祖命徐達帥將取淮東圍高郵，俞同僉堅守不下。後太祖命馮勝為督軍以代徐達。至正廿六年，同僉遣人詐降馮勝，馮勝信以為真，遭指揮康泰率兵千人入城，俱被殺。明祖怒，召馮勝、徐達增兵攻克之，城陷，同僉被殺，舉家皆殲，部將李清等亦死。汪端以為其忠義激發，足為淮張諸臣之冠，然世鮮知其事者，實為可嘆。故列而昭其忠貞。明兵攻泰州，元帥嚴再興及部將張士俊、夏思忠等亦堅守甚久，後城破被擒，俘至金陵死，事見平吳錄。此詩述其困於高郵之苦況，終以志士之高行殉節。汪端詩以困、咽、孤、哭、殉、恨字穿行句中，更顯其為人傷懷之思及映襯詩意感情真摯之風格。

類此之紀事詩尚有詠潘元紹、史文炳、劉夫人、張士德、錢鶴皋、十龍義士、陳汝言、俞思齊、張憲、王逢、蘇昌齡、饒介、呂珍、曹太妃、隆安公主、七姬、金姬、錢蓮仙、劉節婦（卷六）等。

汪端詠史詩中有詠史記事以抒發感嘆者如讀史雜詠（卷一）中記荊軻刺秦王未成之事、感嘆漢尉佗、田横二人命運之不同、記詠漢以和親政策以對單于之無能作法、詠漢蕭規曹隨，無為而治之平治等。類此尚有詠范蠡、賈誼、陸賈等。讀晉書雜詠（卷二）亦有詠嵇康，感其彈琴獨隱之胸懷、詠陶潛，感佩其清儉寡居，素淡自持之態度。另如詠史、南都遺事詩（以上卷三）、詠史（卷八）。

二、對仗和諧

題松壺子龍門茶屋圖（註四）：「龍門茶屋誰所為，松壺乘興一寫之。翠巖千尺下春瀑，間以雲氣松參差。松下有溪復有屋，屋裡煎茶茶正熟。鬢絲禪榻悄無言，坐對澗泉瑤草綠。老鶴啄薜空廊腰，避烟飛上青松梢。松梢影動鶴翎舉，滿地松花落如雨。」此詩將圖中情景描之甚詳。如茶屋、春瀑、老松、禪榻、老鶴等詞，映襯出深林中茶房品茗賞景之野趣。全詩具有階層性，句意連貫，頗能引人入勝。「龍門茶屋誰所為，松壺乘興一寫之。」點明龍門茶屋圖乃松壺子興之所至而繪者。「翠巖千尺下春瀑，間以雲氣松參差。」描寫室外之景象為一千尺瀑泉，松樹因由上而下之急流形成之雲氣，而若隱若現。春瀑與松樹為一動一靜之對比。「松下有溪復有屋，屋裡煎茶茶正熟。」松下有溪有屋，屋外泉水溪流，屋內煎茶正熟，展現由上而下、由外而內之景。句意之和諧，使人不察其所用之對稱法。松樹與溪流為一靜一動之對應，房屋與熟茶亦一靜一動之對應，故上下兩句互為物象靜態與意象動態之連貫互對。此用法非但無斧鑿痕，反見其運用而得之和諧氣氛。「鬢絲禪榻悄無言，坐對澗泉瑤草綠。」此二句將畫中人物、神態寫出，有讀詩如見人之感。老翁悄憩禪榻為屋內之靜景，瑤草澗泉為屋外之動態，景物由內而外，由下而上之描述，層次分明。靜景動態之對比，更予人意象清晰之神韻。「老鶴啄薜空廊腰，避烟飛上青松梢。松梢影動鶴翎舉，滿地松花落如雨。」此末四句皆為動態之描述。圖畫者本為靜止之畫面，因內容景物之意境而使人有超於靜止之觀感。此四句將畫面中景象之因緣過程，淋漓詩句中。老鶴啄蘚於空廊上，卻為避烟霧而飛上松梢，松樹枝椏為老鶴振翅一顫乃落下滿地如雨般之松花。全詩刻畫佈景、人、物神態極為靈活、和諧，見詩如賞圖，妙趣橫生。汪端作詩能掌握詩中意境之連貫，而予以適切之描述，呈現舒活之景緻、意象，汪端此純描寫景之作，頗善於巧對之運用，作品深具和諧風格。

又如：

題龔素山舅氏三生同聽一樓鐘圖（註四二）：「十二紅樓六曲屏，遠鐘聲裡見疎星。碧梧小院驚寒鵲，青桂閒階墮冷螢。香灺鐙明風細細，月斜人定夜冥冥。朝雲亦有三生感，花影橫窗擁髻聽。」此詩使用七種對仗技巧，然讀之渺無匠氣之感，反覺井然有秩，柔美氣氛貫於中。紅樓與遠鐘首先點明題畫之樓鐘圖。三四句「碧梧小院驚寒鵲，青桂閒階瞳冷螢。」中，使用碧、青顏色字對，梧、桂植物名對，小院、閒階位置對仗，寒、冷同義字對，鵲、螢動物名對，共四種對仗法。讀者不覺其有意為之，反有柔和協調之美。「香灺鐙明風細細，月斜人定夜冥冥。」細細、仗冥冥之疊字對，使句意更加明朗而生動，由細細之重複強調而知因風極微，而殘燭之燃仍能見其明亮不滅。由冥冥加強黑暗之程度，而更顯夜深人靜之安寧。香灺鐙明風細細為一動態之景，月斜人定夜冥冥為一靜態之景，一動一靜之對稱，與疊字之意境相照，具有調和之美。「朝雲亦有三生感，花影橫窗擁髻聽。」此二句使用擬人化之對仗法。雲與花本為物，無感於人事。此處言朝雲有三生感、花影能橫窗聽，賦予物象生命化、感情、感觀化，使人讀之倍覺生動而靈活。全詩雖使用句與句對仗法穿梭意境，然不顯雕痕，富於和諧達意之美。

同名次首七律亦使用六種對仗技巧，而使詩意突出，更加明朗易讀而增美感。

題練川話舊圖（註四三）：「花裡柴門倒玉瓶，樹陰濃壓短垣青。幾行高士籠鵝帖，一卷仙人相鶴經。烟水舊盟懷隱逸，江湖殘夢感飄零。子柔才筆松圓畫，練浦前賢有典型。」此詩使用九種對仗技巧，因而顯出汪端柔美和諧風格。花、樹為植物對，裡、陰為位置對，幾行、一卷為數目對，高士、仙人為人物對，鵝、鴿為動物名對。高士籠鵝帖與仙人相鶴經，為同義對，均為仙道用語。懷、感為同義字對。烟水舊盟懷隱逸，與江湖殘夢感飄零，皆有追憶往事，觸景懷舊之感，亦成對仗。末聯用子柔、練浦人物對仗。全詩由寫景、描物、抒懷中，加入字句規整之對仗，使全詩與詩名緊緊扣住，意境相連，字句相對，饒具意象秩然特色。

張令嫻夫人月勝秋齋圖（註四四）：「弄罷瑤笙月正圓，玉梅花氣澹春烟。東坡佳偶參詩境，北苑家證畫禪。照近雲髮香細細，倚來翠袖影娟娟。聽松便是三層閣，借隱何須二頃田。」此詩使用五種對仗法，以顯現對峙和諧。東坡佳偶與北苑名家為人物對，詩、畫為文類對。鬟、袖為物對，細細、娟娟為疊字對，照近雲髮香細細，因細細重複字意，而強調環髻之香。因娟娟疊字，更顯翠袖倚來影動之飄逸婀娜。末句三層閣與二頃田為數目對，顯示出位置與大小，使物象更加清楚。聽松、偕隱均有出世歸隱，修道之意境。

全詩運用對仗法，於寫景，抒情中表達意境之和諧，使讀者有品味無窮感應。

題黃鶴山樵畫溪閣閒棋圖（註四五）：「溪上松陰松外閣，松上白雲松下鶴。閣中玉貌兩仙人，一局閒棋子聲落。棋子落處聲丁丁，捲簾風過松花輕。西泠正憶懷仙閣，湖水湖烟忘世情。」此詩通篇以意義相連，承上啟下。首聯「溪上松陰松外閣，松上白雲松下鶴。」二句皆以松為主體，點出溪上、松陰、松外、松上、松下等方位對仗及位置。頷聯言閣中仙人棋局開，局開棋子聲聲落。頸聯接上句意言棋子落處聲丁丁，與風襲簾捲飄松花之輕聲相對。尾聯「西泠正憶懷仙閣，湖水湖烟忘世情。」二句點出地點為西湖，憶懷仙閣與忘世間情，皆為觸景傷情之意。全詩啟承轉合，詩中有文，寫景抒情中夾以意義對仗，使全詩意境相通，呈現佈局緊密，意象鮮明清晰效果。

專寫景之詩又如題湘人詩（卷十）詩云：「湘水湘山久擅名，湘花湘草亦多情。湘雲渺渺遠無際，湘雨瀟瀟寒有聲。萬頃湘波秋瑟瑟，一天湘月夜盈盈。湘人詩境清如許，吟到湘潭澈底清。」此詩使用字對、物對、有無對、數目對、疊字對五種。字對以湘字列於每句一或三字處如首句湘水湘山、二句湘花湘草、三句湘雲、四句湘雨、五句湘波、六句湘月、七句湘人、八句湘潭。使詩中山、水、花、草、雲、雨、波、月、人、潭，均與湘字緊接而使人通首與湘境契合。物對乃湘水對湘花、湘山對湘草、湘雲對湘雨、湘波對湘月、湘人對湘潭。有無對為三四句之無際對有聲。數目對為萬頃對一天。疊字對為三四句渺渺對瀟瀟、五六句瑟瑟對盈盈。此詩以對句式點出景、物、時、地、人，予人以深刻的印象。疊字對之使用使句意更增深氣氛如三四句「湘雲渺渺遠無際，湘雨瀟瀟寒有聲。」湘雲之無際因渺渺二字疊襯更形無際渺遠，湘雨之有聲因瀟瀟二字而更形淒寒蕭塞，使人於視覺、聽覺併成，而呈現一鏗鏘有律、立體有感之畫面。此純寫景詩之表現手法亦可現汪端之寫作風格技巧。

三、見解獨特

汪端讀史書，評論自成一格，所撰詠史詩以抒於史事之褒貶及詠嘆。讀晉書雜詠（註四六）序曰：「典午一朝，人才最茶，以上承當塗代漢之遺，借禪讓以公行篡竊，諸臣始基不正，何有於異日之勛業，況勛業未盡足錄乎。西晉衛張同擅高名，而茂先昧幾，上符伯玉，東晉王謝並膺世望，而安石虛聲，同于茂宏，何有於下焉者。然如祖士雅之誓清中原，劉越石之立功河朔，陶士行平蘇峻之難，桓茂倫死韓晃之寇，皆大節，卓然不以微眚掩也。若名德無忝者，其卞望之乎。盱眕同死，忠孝萃於一門矣。不事二姓者，其嵇中散、陶彭澤乎。彈琴顧影，遠勝沉醉避禍，東籬采菊，亦首陽薇蕨意也。偶申緒論，綴以韻語，竊附陽秋之意。」

讀明史（註四七）之詩乃讀明史議禮事而欺諸臣之不學無術。其詩云：「禮緣義起氣情制，根本原從孝弟生。宋代濮王貽口實，明之興國更紛爭。上書新進方希寵，拜杖諸臣盡市名，掃盡鄙儒刪曲說，不教妄論任縱橫。」汪端嘆明人學無素養，墨守前人糟粕。諸臣誤國，乃理學之流毒而致。此詩序文言：「明人學無根抵，平日不讀書，不知講求典禮，又不知世務，墨守宋儒之糟粕，堅持不近人情之理障。新進後生，憑恃血氣，撼門伏哭，君臣之際，激而相仇，紛紛拜杖以去，而諸臣之名立矣。諸臣之名立，而國家之元氣傷矣。吾不知未杖以前，諸臣亦念及國家之元氣，有戒心否；既杖以後，不知諸臣亦念及國家之元氣，有悔心否，此客氣也。此理學之流弊也。理學始於宋而流毒於明異哉。」

張吳紀事詩詠潘元明、李伯昇（註四八）詩云：「李齊功茂希英衛，潘黨名高匹范韓。但冀全城甘縛面，幾會報國肯披肝。南州開封新恩詔，東市朝衣舊將壇。榮辱總殊同墮節，千秋青史貳臣看。」

潘元明與李伯昇從張士誠起兵泰州，累任江浙行省平章，守杭州。伯昇為司徒守湖州。徐達兵取浙西諸郡，二人竝全城以降，伯昇入明進中書平章同知詹事府事，後坐胡惟庸黨誅。潘元明曾官雲南布政司事，卒於官。此詩乃言此二人未能披肝為國，墮節之辱，千秋青史均將視為貳臣而傳。此汪端其二人節行不足取法之詠嘆。

類此之時尚有夷門歌（卷一）等。

詠張子房詩云（註四九）：「留侯志雪王安恥，狙擊能教呂政驚。何事關中佐劉季，竟無奇計庇韓成。」此詩言張良智勇善謀，志在存韓，然不教韓王成以自全之策，反從高祖左右，終成項羽害韓王成之謀。世多佳張子房之行，汪端獨深譴之。

詠李斯詩云（註五〇）：「李斯殘刻佐秦皇，六籍灰飛國亦亡。若使當年為逐客，不悲黃犬向咸陽。」此詩言李斯佐秦王一統天下，後亦慘遭刑戮，汪端刺其不有諫阻秦王逐客事，而出奔他國，亦不致落是劫難。

論荊州失守。（註五一）詩云：「一失荊州漢業休，曹劉兵划換孫劉。本來借地緣婚媾，何事寒盟啟寇仇。魚浦祇今遺石在，蟂磯終古暮潮愁。負心畢竟君王誤，莫以疏虞議武侯。」此詩乃汪端論荊州失守之由。蜀失荊州，世多歸咎於諸葛亮，汪端以為實昭烈帝聽讒別立吳后，導致人心多怨而使漢業衰馳。因皇帝昏弊，而避忠貞臣相，致使小人弄權，國命垂危。汪端論此事，意在昭忠臣之冤，而切齒於女子小人之誤國也。序文言：「三國以荊州為樞機，蜀失荊州，人多歸咎武侯，余謂此昭烈之過也。昭烈既定蜀，遣一介之使，迎孫夫人正位中宮，則吳蜀之交，固荊襄之勢成，而漢業可復也。乃惑於法正之言，別立吳后，致無以服吳人之心，荊州失、猇亭敗、永安託孤，而漢業從此不振矣。人必先疑也。而後讒入之。法正賣主小人，豈真有愛於昭烈哉，實欲乘隙弄權耳。觀於立吳后，而武侯不諫其情事，可想法正不死，武侯君臣之際，未可知也。千金之隄潰於蟻穴，女子小人之際其慎之哉。」

論玄武門兵變。詩云：（註五二）「化家為國都由汝，此語諸臣實共聞。已令群才歸幕府，況教天策署將軍。宮闈誰挽銀河洗，骨肉空勞刦火焚。太息李花十八葉，可憐刱業此英君。」此詩評唐高祖李淵由晉陽兵變起，建立唐帝國。然於嫡子分功各異，諸多不滿，終引起玄武門兵變，兄弟鬩牆而骨肉相殘之慘事。汪端諷高祖之未有遠識，若能制定文武論功行賞例法，並明定繼位，或不致血濺宮牆。

論唐玄宗。詩云：（註五三）「蜀道雖難幸不難，錦城花發儘盤桓。仙人鶴背雲中下，宮女蛾眉畫裡目。萬馬從他出靈武，六龍何事返長安。隴山鸚鵡空傳語，南內無人夜更寒。」此詩乃言長恨傳中唐明皇晚年幽鬱哀戚。汪端以為唐玄宗晚年失德多，英始而昏終。唐肅宗繼位，玄宗本可終老蜀中，卻戀戀故宮，終見困於女子小人。此類諷其晚年不明去取。

論靖難之變。詩云（註五四）：「燕王陰幫符高祖，馬上功名百戰成。從古英謀資獨斷，那堪理障誤儒生。宗藩失計防邊策，家國傷心靖難兵。太息韓彭盡零落，藏弓久已壞長城。」此詩汪端記燕王從宋高祖百戰得天下，後燕王引發靖難之變。汪端評高祖不當之處，乃置燕王於士馬精強之地。加之群臣庸劣無卓見，如劉三吾、齊黃、方正等，學無涉又攝於高祖之威，未敢直言。以致初胡監獄起，功臣遭刑戮，而元氣傷。至靖難之變，而元氣盡矣。

以下為汪端讀前人詩文論集，有所心得，發而為詩，以表己見。如：

讀張紫陽青華秘文（註五五）。詩云：「青華傳秘訣，論道得其真。交併身心意，調和精氣神。乾藏即坤顯，陰盡自陽純。更有金華旨，能回萬古春。」青華者，太乙也。汪端讀張紫陽青華秘文，所見言論與唱道真言一書相合，故有感為詩。青華秘文中論主回光，回光言命學，而得真諦。唱道真言一書，專言性學。汪端以為二書所言，可互為印證，相輔相成。更以此二書涵蓋古今道要，推為上好之道要典籍。末言金華旨，為呂重陽所著金華宗旨，亦道學之書也。

讀臧榮緒晉書訴梁蘭璧（註五六）：「省識梁嬴是大家，瑩姿冰雪氣雲霞。已從鳳闕遲宮漏，肯逐羊車驅聽塞笳。鉏到芳蘭原有種，碎來良璧始無瑕。不知何似琅邪女，簪徧人間白柰花。」梁蘭璧初為豫章王妃，父梁芬為司徒。後晉懷帝即位，梁蘭璧封為皇后。永嘉中歿於胡人之手。晉書懷帝紀，有立皇后梁氏之文，而后妃傳不載，汪端以為此乃一疎漏之處。又愍懷太子妃王進賢，為司徒王衍之女也。為石勒所掠，至孟津罵賊投水而死，侍女田六尺，亦以身殉。汪端以此事之不見於正史，而見於他書為不當。另晉書劉聰載記劉聰以劉殷孫女小劉貴人，賜懷帝為室，後即酖殺懷帝，又自納小劉貴人為妾，汪端見書中言其時懷帝已無后，足見此說信而有徵，遂感而賦此詩。

類此讀書有感之詩尚有如：讀賈誼傳（卷一）。讀李義山集、讀賈長江集、（以上卷五）。

讀許用晦丁卯集、讀謝皐羽集（以上卷七）。讀嘉定侯記原元汸雲都紀會書後（卷八）。讀文中子、讀關尹子、讀魏伯陽參同契、讀譚紫霄化書、讀陳虛白規中指南、讀瑩蟾子畫前密意、讀閔小艮先生所著書（以上卷九）。

丙子孟陬上旬與小雲夜坐以澄懷堂集自然好學齋詩互相商榷偶成二律（註五七）詩云：「不將豔體鬥齊梁，不騖虛名競漢唐。月下清鐘聞泰華，雨中斑竹怨瀟湘。詩張一幟原非易，胸有千秋未肯狂。論罷人才籌水利，立言豈獨在詞章。」次首云：「明珠翠羽非吾好，善病工愁未是凝。花落琴牀春展卷，香溫簫局夜談詩。班昭續史他年志，伏勝傳經往事悲。流俗何須矜月旦，與君得失寸心知。」此二律前首論陳裴之所作，次首言汪端詩作。前首言陳裴之雖胸有千秋之才，然作詩重在斂才，不慕虛名，不作豔體。為官員州主辦水利事業時，詩作多有佳製。汪端論人生之不朽，非獨在賦詩為文，舉凡與國利民之事業，亦足垂名後世。次首汪端言自性不慕妝奩華飾，然工愁善感。讀書談詩，興味濃郁，無分晝夜。流連於經史中，流俗是非，自朗然心中，無庸費思苦慮。與夫陳裴之互相研審所作，深體為學與人砌磋之重要。

另富道家思想之詩如：瑤潭精舍禮洪濟真人像詩（註五八）。洪濟真人乃明高青邱先生，汪端幼讀高青邱詩集，因而選明待初二集，以正諸家論詩之失，並以糾論古之謬。汪端自以前世為高青邱弟子張佛保，繪青邱像於涵真閣，又祔祀於瑤潭之贊化宮，造籙脩醮，並自誦大洞玉章經十萬八千卷，欲感先生，使神降於壇，果如是，乃知真誠浩氣，久於天上。為青邱先生進號為九天洪濟明德真圓真人。汪端謂青邱先生之能成道，乃為忠孝正人也。曰：「道書所言，天上之神仙，即世間之忠臣孝子，天上所謂忠孝，論其心，不論其迹也。忠臣孝子必世之端人正士，先生之為，端人正士，即先生之忠孝也，成道又何疑焉。」陳文述為青邱先生祔祀記，汪端更為此詩，以發聾振聵，並識辦香之敬。

瑤潭精舍禮洪濟真人像詩云（註五九）：「羽帔同舟謝自然，黃金鑄像奉詩仙。玉清內相飛鸞地，紫府真人駕鶴年。四壁烟霞多伴侶，一龕香火有因緣。步虛詞是昇天引，最感名流薛紫賢。」陳裴之族姑佩蘭雲，為金蓋弟子，道行超卓，汪端以師事之。青邱先生祔祀於贊化宮，乃陳蘭雲之議，是日偕禮呂重陽。此首聯所言。呂重陽證位玉清內相，言呂祖與高青邱，已登飛鸞地、度駕鶴年。此頷聯所言。同祀者尚有邱長春、白紫清、黃守中、沈太虛、陳樵雲、各祖師像，青邱先生像奉安大士閣左。末二句感薛洞雲高士。全首詩有謝自然、玉清內相、紫府真人、薛紫賢等成道者名；更有飛鸞、駕鶴、四壁烟霞、一龕香火、步虛詞、昇天引皆為道教色彩濃厚之氣氛及詞句，使人讀之立即感受宗教之薰染。同名餘七首七律皆類此。

類此之詩尚有如：附青邱先生祔祀葆元堂禱、警化孚佑帝君呂祖疏、桃源貞妙元君飛祖誕辰降乩懷月樓二詩、臨黃素黃庭經賦詩、邱祖長春西遊記重為付梓並誌顛末、妙香天室禱雪詩（以上卷九）。

【附註】

註一　汪端，「自然好學齋詩鈔」，卷一至卷十。
註二　汪端詩之歸納係取材自「自然好學齋詩鈔」一書，自卷一至卷十。
註三　同註一，卷一。
註四　同註一，卷二。
註五　同註三。
註六　同註一，卷三。
註七　同註一，卷一。
註八　同註三。
註九　同註三。
註一〇　同註三。
註一一　同註一，卷十。
註一二　同註三。
註一三　同註三。
註一四　同註三。
註一五　同註三。
註一六　同註六。
註一七　同註一，卷六。
註一八　同註一，卷七。
註一九　元遺臣詩序文。

註二〇　同註十八。
註二一　同註十八。
註二二　同註十八。
註二三　同註一，卷三（此處所引之三首均取材自卷三）。
註二四　同註一，卷二（此處所引之詩，均取材自卷二）。
註二五　同註四。
註二六　陳文述，西泠閨詠龔素山序，頁三。
註二七　同註二六，頁十二。
註二八　同註一，卷五。
註二九　同註二八。
註三〇　同註六。
註三一　同註一，卷四。
註三二　同註三一。
註三三　同註一，卷三。
註三四　同註一，卷八。
註三五　陳文述，孝慧汪宜人傳。
註三六　同註三五。
註三七　同註三五。
註三八　同註十七。
註三九　同註一，卷六。
註四〇　同註三九。
註四一　同註一，卷九。

註四二　同註一，卷四。
註四三　同註四一。
註四四　同註四一。
註四五　同註一，卷九。
註四六　同註四。
註四七　同註一，卷十。
註四八　同註十七。
註四九　讀史雜詠，卷一。
註五〇　同註四九。
註五一　論古偶存，卷十。
註五二　同註五一。
註五三　同註五一。
註五四　同註五一。
註五五　同註一，卷九。
註五六　同註一，卷五。
註五七　同註六。
註五八　同註一，卷九。
註五九　同註五八。

第六章

汪端詩作對仗

汪端詩作以七言律詩為主。在自然好學齋詩鈔一書中，全書總計一千一百三十八首，七律計五百六十八首，佔二分之一。（註一）

由於七律講究規則、特重對仗工整及聲調和諧，因其不易，故亦最能表現作者之才華。管筠於自然好學齋詩鈔序中即證實汪端「自信七律可傳」。

第一節　人名對仗

研究汪端之詩，特別予人印象深刻者，即在其對偶句中之排列次序。現試將人名列於句中之排列次序，歸納為下列數種（註二）：

（一）兩人名列於兩句中呈對仗者如：

冰雪清吟孟東野，烟霞逸韻米南宮。

（題畫山樓圖，卷五第二十九首）

（二）一句中列有兩人名者如：

杜牧論文輕白傅，王涯愛士誤盧仝。

（書王常宗彝文集後，卷七第四十三首）

（三）兩句述說一人名者如：

最憶蕭夫子，春風舊講堂。

（題夜紡授經圖，卷五第五十七首）

（四）一句述說一人名者如：

七姬香冢落花中

（書青邱文集中南宮生傳後，卷七第四十二首）

（五）兩人名列於兩句中，不成對仗位置者如：

文王方位周公象，更有宣尼十翼精。

（題薛洞雲處士瑤潭讀易圖，卷九第四十九首）

汪端無論採以上何種規則，在每一聯中，就文字與內涵，對運用人名所表現之技巧，均呈現出和諧與美。

一、士人名

汪端對運用人名技巧方面，表現出高度的對仗技巧。不僅重在對仗，且取材均以士人名為主。如：

孟東野—米南宮。王文考—蕭子雲。
王摩詰—賈浪仙。周公—宣尼。
太白—稚川。杜牧—白傅。
王涯—盧仝。賈傅—條侯。
陶彭澤—陸放翁。王粲—張為。
郝隆—莊舄。席帽山人—鐵厓弟子。
袁臨汝—禰正平。阮生—賈傅。

（一）人名對仗技巧

茲將汪端表現人名對仗技巧之詩作（註三），列舉如後：

冰雪清吟孟東野，烟霞逸韻米南宮。（題畫山樓圖 卷五第二十九首）
水雲逸興楊公濟，香影新聲范致能。（題西泠秋泛圖 卷七第四十一首）
末路略同周子隱，當年幸遇陸平原。（讀晉書雜詠 卷二第十六首）
金粉詩傳徐孝穆，江湖夢覺杜樊川。（提龔素山舅氏三生同聽一樓鐘圖 卷四第五十四首）
寒蕉畫本王摩詰，落葉詩情賈浪仙。（題程孟陽遺像 卷五第八十二首）
張巡力盡孤城墮，韋粲營荒碧血涼。（南都遺事詩 卷三第一百一十四首）

神仙風格林和靖，鐵石心腸宋廣平。（題畫梅 卷七第二十四首）

花癡張籍伍，花錫羅虬埒。（題孫花海惜花春起早圖 卷八第二十五首）

題詩記樊榭，讀賦憶歐陽。（題秋聲館圖 卷八第十九首）

高人舊說林君復，畫苑今推楊補之。（題松壺先生畫梅 卷八第二十七首）

遠公說法起蓮社，淵明止酒停籃輿。（題盛子昭山居圖 卷九第三十九首）

文王方位周公象，更有宣尼十翼精。（題薛洞雲處士瑤潭讀易圖 卷九第四十九首）

子柔才比松圓畫，練浦前賢有典型。（題練川畫舊圖 卷九第一百零二首）

太白孟天姥，稚川愛羅浮。（滌山吟館行題魏滋伯廣文行看子 卷十第四十首）

捐軀世競誇毛惜，忍死人猶歎沈侯。（題蘼蕪香影圖後 卷二第八十五首）

逸少聲華海內傳，女孫才筆亦娟娟。（為小姑茗仙麗娵題女士畫八首其一 卷三第七首）

指王夢樓及女孫王玳梁

蜀國黃崇嘏，唐宮宋若莘。（題西泠女士吳蘋香飲酒讀騷圖小影 卷五第二十二首）

才望蕭思話，丹青顧凱之。（題夜紡授經圖 卷五第五十六首）蕭子山

玉局名齊歐永叔，香山句賞顧逋翁。（燈窗梧竹圖詩 卷八第三十二首）

六朝松石蕭思話，四壁煙霞宗少文。（題王椒畦先生畫 卷六第二十九首）

佩劍斬蛟周子隱，彈丸走馬李元忠。（書青邱文集中南宮生傳後 卷七第四十二首）

杜牧論文輕白傳，王涯愛士誤盧仝。（書王常宗彝文集後 卷七第四十三首）王常宗視楊鐵厓為文妖作論詆之。而以前句擬此。王常宗後為蘇州太守，因魏觀事，連坐被誅，後句

言之喻此。

佳偶論文追管趙，大家集注邁秦徐。（辛卯仲秋晤小米姪 卷八第九十六首）

激切治安推賈傅，精嚴壁壘失條侯。（讀方正學遜志齋集題後卷八第一百零六首）

半生薄宦陶彭澤，萬首新詩陸放翁。（題表外祖張仲雅簡松堂集後卷四第四十九首）

搜羅王粲英雄記，評泊張為主客圖。（同上第五十首）

郝隆早歲依蠻府，莊舄中年愛越吟。（同上第五十一首）

朋黨難傾裴晉國，中涓亦重郭汾陽。（選明三十家詩成各題一律於後 卷四第七十四首）

南山歌已傳楊惲，西第文終累馬融。（同上第七十七首）

漢廷方朔依金馬，蜀道王褒訪碧雞。（同上第七十八首）

嘉州健筆雲中鶴，歷下詩盟水上萍。（同上第八十首）

臣節本同江萬里，黨碑幸免郭林宗。（同上第一百首）

未妨王猛佐苻堅，絕似張賓逢石勒。（玉笥生歌題元張思廉憲詩集 卷五第八十一首）

陳喬不負李重光，凌敬難匡竇建德。（同上）

謝翱有淚哭西臺，夏統無家歌小海。（同上）

柴桑隱逸陶元亮，遼海棲遲管幼安。（同上）

授官新鄭余唐卿，彈琴東市陳秋水。（同上）

完節惟生烈丈夫，金姬亦是謫仙姝。（同上）

須眉不愧田橫客，巾幗能全趙氏孤。（事見楊夢羽金姬傳）

席帽山人合竝傳，鐵厓弟子應無匹。（玉笥生歌題元張思廉詩集後 卷五第八十一首）席帽山人乃王逢也。

謝逸畫圖寒翠晚，汪倫潭水夜星空。（題蘭因集 卷五第四首）

鶴語尹邢新冢碣，燕尋王謝舊家梁。（丙戌季夏與席怡珊姊話舊後題其詩集 卷五第四十三首）此悼湘綠、紉青姊二人。

愛仿孟郊句，頻煎陸羽茶。（題鄭板橋詩集 卷七第十七首）

佯狂肎效袁臨汝，忤俗原非禰正平。（讀高青邱集感題四律 卷七第四十五首）袁臨汝，袁海叟也。禰正平，禰衡也。

香山偏賞徐凝句，元相還嗤李白詩。（書鏡西閣集後 卷八第四十七首）

賦才東漢王文考，史學南齊蕭子雲。（書鏡西閣集後 卷八第五十八首指王井叔、蕭子山。

頗聞顧元歎，見賞蔡中郎。（哭伯兄問樵 卷二第八首）

孟嘉依桓公，范雲客子良。（同上）

水磨移家姜白石，竹西為客杜樊川。（西溪弔厲樊榭墓 卷二第七十首）

失路阮生悲廣武，懷才賈傅謫長沙。（滄浪亭弔蘇子美 卷五第六十一首）

忌才假手嗤劉表，薦士何心惜孔融。（鸚鵡洲弔禰正平 卷五第九十六首）

游山尚想東坡屐，載酒誰開北郭尊。（輓張蒔塘先生 卷七第五十首）

鶴背仙名傳李珏，龍頭清望重王曾。（輓石竹堂太史 卷十第五十九首）

邊功略同李衛國，相業不讓姚元崇。（玉帶還山詩 卷八第一首）姚崇初名元崇。

殺妾臧洪同義烈，上書李翰表忠貞。（詠古四首和琴河歸佩珊夫人懋儀張睢陽 卷二第四首）
動參郭令才原大，迹似留侯術更醇。（同上李鄴侯 第五首）
何勞生祭王炎午，尚有同心謝疊山。（同上文信國 第六首）
山林偕隱傅蠶室，詞翰名家卞篆生。（秋夜答王采仙夫人見寄之作 卷三第八十三首）
吳苑名家陸卿子，唐宮學士鮑君徽。（贈吳門陳靈簫夫人 卷六第五十三首）
遺孤誰恤張承吉，良友今無范巨卿。（贈胡雲雙夫人 卷八第四十三首）
駐世劉樊傳法籙，隱居陶翟有詩篇。（九華仙館贈靈簫姊 卷十第七十六首）

（二）使用人名技巧

汪端在使用人名技巧上，不僅慎選人名，與歷史之人與事相結合，更將人名與用典對稱，力求和諧一致。例如：馮驩未客孟嘗門，慷慨空彈劍花冷。（行路難，卷二第十四首）以孟嘗君門下馮驩彈鋏詠歸之事，言明志士懷才不遇之窘困情境。

半生薄宦陶彭澤，萬首新詩陸放翁。（題表外祖張仲雅雲璈簡松堂集後即答賜題拙選明三十家詩之作之一，卷四第四十九首）此以陶潛、陸游之節操比喻表外祖張雲璈澹泊性情及著作之富。

商君遠略求匡國，王衍虛名記早年。（半山亭王荊公故宅卷三第一百一十首）以秦之商鞅變法及王衍早負辯才盛名之事，比之王安石施行新法及其早年議論風發之作為。謝逸畫圖寒翠晚，汪倫潭水夜星空。（題蘭因集 卷五第四首）指謝彬摹楊雲友畫像，及楊雲友曾作客汪然明春星草堂之事。前後二句各引之古人行事，姓氏均同，具和諧之美。杜牧論文輕白傅，王涯愛士誤盧仝。（書王常宗彝文集後 卷七第四十三首）以杜牧輕視白居易詩比之王彝詆毀楊維楨為文妖之事。以王涯連累盧仝，比之王彝之連坐魏觀罪行而見戮。此將前人故實與詩中人事相映襯，以史事所含意義，表達詩中人物特性，具深沉之美。

茲將汪端表現使用人名技巧之詩作，列舉如後：

分得洞庭青一角，阮翁端合號漁洋。（題莒林方伯仿禹鴻臚卜居圖 卷八第三十四首）漁洋山在太湖，王阮亭愛其幽勝因以自號。

罨畫溪頭坡老宅，香爐峯下白公池。（同上）白居易有香爐峯下草堂開池之詩。

莫謾姻緣譜意中，眉公才調似坡公。（題明女士林天素山水小冊 卷八第九十一首）李笠翁樂府以為林天素歸眉公非實錄，坡公為東坡先生。

清境知何似，樊川與輞川。（為伯外祖梁山舟學士題畫山水卷一第六首）杜牧與王維。

輞川老畫師，尺素摹姽嫿。（題蘋香女史采藥圖 卷三第七十二首）

摩詰抱琴來，落葉呼僮埽。（題畫 卷五第八十七首）

漆園莫訝莊周夢，胡蝶前生本是仙。（題飛卿姊秋花蛺蝶畫扇　卷五第一百零一首）

北郭詩名最擅場，冰甌滌筆寫瀟湘。（題明徐幼文山水行看子　卷十第五十三首）

青邱才調已昇天，十友吟壇五百年。（題明徐幼文山水行看子　卷十第五十五首）高啟與北郭十子之對。

平生低首宣城句，瓜步空江暮雨天。（題程孟陽遺像　卷五第八十二首）

一笑金風老亭長，鍾嶸詩品太荒唐。（題程孟陽遺像　卷五第八十三首）

古來茅屋秋風感，豈獨詩人杜少陵。（自題蘿月山房圖　卷七第六十七首）

一樹冬花落，招魂鶴渚濱。（題奚鐵生處士遺畫　卷七第十六首）鶴渚乃奚鐵生。

讀書秋樹平生志，點筆應看仿鄭虔。（題畫　卷七第八首）

圖傳鶴渚生，翰墨擅三絕。（題奚鐵生處士遺畫　卷七第十六首）鶴渚乃奚鐵生也。

從古錢塘傳五絕，龍泓鶴渚總堪師。（題松壺先生畫梅　卷八第二十七首）龍泓，丁敬身也。鶴渚，奚鐵生也。

吟到瓊樓寒似水，子瞻忠愛此中深。（又題小山叢桂圖　卷八第三十八首）

宋儒都自濂溪出，好向希夷石室尋。（題薛洞雲處士瑤潭讀圖　卷九第四十九首）

小紅擫篴玲瓏韻，太白揮毫曠逸才。（題少海大令孤山雪霽圖　卷九第二十三首）

東坡佳偶參詩境，北苑名家證書禪。（張令嫺夫人月勝秋齋圖　卷九第九十一首）

黃土何年葬綠珠，落紅香絮繡平蕪。（題蘼蕪香影圖後　卷二第八十四首）

茱萸秋思芭蕉雪，今日紅閨有輞川。（為小姑茗仙麗娵題女士畫八首其七　卷三第十三首）

江潭寫秋怨，憔悴楚靈均。（題西泠女士吳蘋香飲酒讀騷圖小影 卷五第二十二首）

最憶蕭夫子，春風舊講堂。（題夜紡授經圖 卷五第五十七首）陳裴之業師蕭樊邨先生。

卷施文筆樊邨學，節母皆憑孝子傳。（題寒檠永慕圖 卷五第八十九首）洪稚存太史有機聲鐙影圖，蕭子山先生有夜紡授經圖。

蓮花博士蘭陵老，同向蘇齋奉瓣香。（燈窗梧竹圖詩 卷八第三十二首）蓮花博士為吳蘭雪。蘭陵老指劉芙初。

閩派元音推膳部，詞壇耆宿重漁洋。（燈窗梧竹圖詩 卷八第三十二首）指林子羽、王漁洋二人。

田橫五百英雄士，不是儒冠講學人。（題吳江楊雪湖高士像 卷十第七十七首）

金蓋心燈有同志，赤陽黃與靖菴陶。（同上）黃赤陽、陶靖菴皆以遺民入道成真，見閔小艮先生所著金蓋心燈一書。

探奇摩詰詩中畫，新詠應書白練帬。（題王椒畦先生畫卷六第二十九首）

十友詩壇明月裡，七姬香冢落花中。（書青邱文集中南宮生傳後 卷七第四十二首）宋克，字仲溫，吳人，自號南宮生。為高青邱北郭十友之一。七姬權厝志即宋仲溫所書。

人說程嬰保遺嗣，天哀袁淑是純臣。（讀方正學遜志齋集題後 卷八第一百零九首）前句比之溧水魏澤匿方正學遺孤之事，似與此句所言類之。後句所言乃劉宋文士袁淑死元凶劭之難一事。

正則長沙聯古侶，悔存瓶水共詩壇。（題澄懷堂遺集後 卷五第一百一十四首）

張堪未葬朱暉逝，淚灑青編不忍看。（題舒鐵雲先生瓶水齋詩集後 卷七第五首）前句喻為舒位與陳小雲二人。舒位與陳裴之為忘年交，陳裴之曾經紀其喪，並擬為營葬於虎邱山，然志未得遂，而陳裴之竟先逝。此二句以之喻事。

沈東陽與朱公叔，藝苑恩讐一笑休。（讀高青邱集感題四律 卷七第四十七首）指沈歸愚與朱垞。

若論詩壇誰接席，近惟樊榭遠青邱。（書鏡西閣集後 卷八第四十八首）

洪蔣中間開派別，舒王以後此驚才。（題錢塘曹曹村茂才詩文集 卷十第四十六首）洪蔣指洪稚存、蔣心畬。舒王為舒鐵雲、王仲瞿。

當世平原君，莫若桐江方。（哭伯兄問樵 卷二第八首）

卅年平子歸田賦，心跡壺中一片冰。（輓石竹堂太史 卷十第五十九首）

夏峯二曲遺書在，紗幔傳經近世無。（完顏惲太夫人輓詩 卷九第八十六首）孫夏峯、李二曲為清大儒也。

山留帶鎮說文襄，帶以圖傳重方伯。（玉帶還山詩 卷八第一首）玉帶為明楊文襄公一清故物，失於焦山已久。汪端伯梁茝林得之於潤洲都天寺，後仍歸之山中。

載酒誰尋揚子宅，藏書空鎖謝公樓。（重過鑑園弔許周生姨丈並呈楚生姨母 卷四第八首）

冰雪清吟孟東野，烟霞逸韻米南宮。（題畫山樓圖 卷五第二十九首）

失路阮生悲廣武，懷才賈傅謫長沙。（滄浪亭弔蘇子美 卷五第六十一首）

波濤滄海田橫島，松柏平陵翟義歌。（張吳紀事詩錢鶴臯 卷六第六首）

閒居有賦懷潘岳，亂世多才嘆孔融。（張吳紀事詩陳汝言　卷六第十五首）

行吟屈子常懷楚，避地留侯矢報韓。（元遺臣詩戴良　卷七第二十五首）

謝客襟懷寄山水，杜陵姓氏動公卿。（書顧劍峯寸心樓詩集後　卷八第四十二首）

衰草微雲秦學士，曉風殘月柳屯田。（書鸚鵡簾櫳詞稿後　卷八第八十三首）

二、仕女名

汪端在運用人名技巧上，表現出多方面之才華。除取材士人名外，因本身係閨閣詩人，基於此一背景之影響，故甚為重視仕女名之運用。其所取材之仕女專長甚廣，就中有詩人、工於書畫者、歷史人物等。例如：曹比玉、婉淩華、高妹、曹娥、杞婦、湘娥、遼后、明妃、邢慈淨、管道昇、高菊磵、謝芳姿、韓約素、薛靈芸、徐蘭英、黃皆令、秦良玉、沈雲英、帝女、美人、宮井、西施、班昭、謝道韞、衛夫人、鮑令暉等。

茲將汪端表現運用仕女名技巧之詩作，列舉如後（註四）：

解為幽花寫秋影，玉人原是杜蘭香。（畫蘭曲四章題韻香畫蘭長卷　卷五第九首）

嬋娟我識黃皆令，明月揚州憶玉蕭。（同上第十一首）黃耕畹女士亦工畫蘭

蘭因集裡三姝媚，更酌寒泉弔菊香。（題補梅圖 卷五第十九首）

寒閨誰識黃皆令，畫得青山易米來。（題采石夫人春山圖 卷七第五十二首）

疏香小閣峨眉月，猶記紅於捧硯來。（葉瓊章自寫雙美圖 卷八第四十首）

草堂花竹帶春星，畫院嬋娟豔尹邢。（題明女士林天素山水小冊 卷八第九十三首）尹邢為明楊雲友女士。卒葬於智果寺，林天素乃歸閩。

勝地雲林清閟閣，新圖摩詰輞川莊。（題循陔園圖 卷八第二首）

蘋香浮畫檻，花影壓柴扉。（題五湖漁舍圖 卷九第廿九首）

華陽女史曾相識，為說金閨有此圖。（表妹許雲林自京師以太清福晉聽雪圖索題 卷十第一百五十首）謂蔡玉生女史。

紅閨自古推雙絕，衛茂漪兼管道昇。（題曹墨琴夫人寫韻軒圖 卷三第廿九首）

香影蘅蕪楚夢殘，琴河往事憶晨蘭。（同上第卅首）李晨蘭字紉蘭號佩金。江蘇長洲人，能詩工詞翰，所著有生香館集。

北苑南宮今代少，畫家誰似李龕山。（題采石夫人白雲洞天圖 卷五第五十一首）李龕山女史工寫山水。

卿子高風重偕隱，羞蘭況有范成君。（同上第五十三首）范成君乃范湘磐，沈采石夫人子婦。

知爾前生許蘭雪，廣寒親撰上梁文。（題李扶雲夫人合影）

綺閣才名翁少君，玉臺粉本百花薰。（翁朝霞夫人以自寫白雲圖索題 卷八第六十三首）

翁少君為明女士翁桓字少君，工詩。

桂子椿兒零落盡，可憐憔悴女貞花。（題顧西梅丈追摹奚鐵生先生像 卷八第七十八首）

桂子、椿兒，唐張祜二子名。顧西梅子婦汪貞女，事見西泠閨詠。

人如曹比玉，仙似婉凌華。（題玉惕雲女史畫竹 卷九第四十七首）

更憶黃耕畹，搴蘿補碧紗。（同上）

最好青山耦耕地，柴桑處士翟夫人。（王仲淑女士春墅饁耕圖 卷九第九十七首）

高妹繙唐誌，曹娥仿漢碑。（題楊閨卿女史思瞻圖 卷十第一百四十三首）

雲門繪像梯仙奉，一卷心經淨六塵。（金雲門夫人畫白蓮花觀音像姪婦梯仙乞余題詩 卷十第一百五十四首）

北宮處子今無恙，七十頭銜女畫師。（為小姑茗仙麗娵題女士畫八首其一 卷三第七首）

指毘陵孝女唐素。

重向南樓摹粉本，半庭殘雪玉梅花。（同上第八首）指南樓老人，為錢九英之曾祖母，善畫梅。

斷機寒漏急，畫荻夜鐙知。（題夜紡授經圖 卷五第五十六首）指孟母斷機、歐母畫荻。

冷雨幽窗圖倩影，愛才終讓顧橫波。（同上第卅九首）

一樣簪花幾行字，衛夫人與管夫人。（題今雲門女士畫梅 卷九第十四首）指顧畹芳、陳靈簫二女士，在卷中皆有題詠，二人皆善書畫。

杞婦城崩悲未竭，湘娥竹盡淚難枯。（題澄懷堂遺集後 卷五第一百一十首）

紫宮遼后尋遺鈿，青冢明妃弔畫群。（選明三十家詩成各題一律於後 卷四第一百零三首）

簪花楷重邢慈淨，畫竹名傳管道昇。（題沈采石夫人畫理齋詩集 卷四第一百廿九首）

遺址誤尋高菊磵，前身應是謝芳姿。（題蘭因集 卷五第二首）

鈿閣慧心韓約素，玉壺佳伴薛靈芸。（題彩鸞女士詩集 卷五第一百零三首）

女牀眉史修蘇蕙，苗錦弓衣織木蘭。（題舒鐵雲先生瓶水齋詩集後 卷七第五首）前句為舒位妻金雲門，號女牀山人。後句乃舒位集中龍么妹詩。

蘭英才筆然脂集，皆令家風寫韻樓。（題婁東黃紉蘭夫人詩集 卷七第七首）

弄玉吹簫原再世，雲英擣藥況同時。（題芝龕記樂府四首 卷九第廿首）記以秦良玉為弄玉後身，沈雲英為樊雲英後身。清董恒巖所作芝龕記，旨在明忠州女將秦良玉，道州女將沈雲英為主，旁及諸奇女子，共六十人。足表彰貞烈，激揚忠孝。

漢家徐淑富瑤篇，齊國蘭英享大年。（讀吳興徐湘生太夫人古香齋詩題後 卷十第一百廿五首）韓蘭英壽近百歲。

美人虹起花飛雪，帝女碑殘冷臥霜。（題翁大人花月滄桑錄 卷十第一百卅九首）美人指費貞蛾刺賦自殺。帝女指長平公主，墓在彰義門。

碧玉階墀弔宮井，更煩簫鼓葬西施。（登雲巖姑蘇臺訪館娃宮遺址市西施作 卷十第一百卅九首）

金箱綺麗令暉詩，玉版風華茂漪筆。（琴娘曲 卷二第十二首）指鮑令暉、衛茂漪二人。

班昭續史他年志，伏勝傳經往事悲。（丙子孟陬上旬與小雲夜坐以澄懷堂集自然好學齋詩

互相商榷偶成二律其二　卷三第二十七首）

紅衲道人工寫韻，白雲仙子最知書。（紫湘詞其三　卷四第一百零六首）以陸孟珠與史忠妾、何白雲之能詩善書以比喻王紫湘。

湘中碧杜招魂地，錦字飄零淚數行。（見燕至　卷六第三十二首）指唐郭紹蘭湘中燕足傳書之事。

南朝寶屧妃無畏，東漢香奩妾莫如。（乘魚橋訪元都萬戶張瑄妾四夫人楊氏故宅　卷六第四十六首）此以蕭宏妾江無畏有寶屧，及馬武姬莫如墓中有香奩一具之事，以描繪楊氏故宅。

憶否綃山傳散記，雙卿心事歎嬋嫣。（菊因于歸詩以示之　卷六第三十四首）指史震林西青散記載綃山女子賀雙卿之事。

不羨張穠膺紫誥，豈輸葛嫩殉黃泉。（題河東君小像　卷七第三十七首）此指張穠為南宋張俊妾，後封夫人。友葛嫩娘率軍抗清兵，殉明而死之事。葛嫩殉黃泉事見板橋雜記。

三、仙人名

在汪端生平介紹中，曾提及汪端出身名門，嗜讀詩書，竟致染疾體弱，其後家遭變故接踵而至。汪端秉性仁厚，又受族輩影響，進而向道問禪。因此在汪端運用人名技巧上，因與仙道結緣，故充分掌握仙人名之運用與意境之表達。例如：葛令、陶貞白、葛稚川、青邱、普陀大士、太乙慈尊、媧皇、麻姑、仲姬、瑤姬、鳳女、謝自然、玉真、蕭紅、碧夜、魚道遠、戚逍遙等女仙名。

茲將汪端表現運用仙人名技巧之詩作，列舉如後（註五）：

定知銀燭羅帷夜，不稱神仙謝自然。（題蘭陵女冠王清微空山聽雨圖 卷四第七首）

我媿青蓮仙眷屬，何年來訪李騰空。（同右第九首）

葛令移居仙眷屬，仲姬偕隱好湖山。（題琴川席道華夫人隱湖偕隱圖 卷四第一首）

谷環松樹陶貞白，家在梅花葛稚川。（題錢叔美舅氏松壺畫贅 卷七第廿一首）

神仙風格林和靖，鐵石心腸宋廣平。（題畫梅 卷七第二十四首）

仙家祇在雲深處，我識真人謝自然。（翁朝霞夫人以自寫白雲圖索題 卷八第六十三首）

合伴咸平林處士，一杯湖淥薦春祠。（題顧西梅丈追摹奚鐵生先生像 卷八第七十七首）

飛來鳳子玉輪斜，小影仙人萼綠華。（題陸琇卿夫人梅花小影 卷八第九十一首）

女弟嬋娟錢妙意，飛仙縹緲薛元同。（題爽卿夫人采芝圖 卷九第六十一首）錢妙意，錢妙貞也。與袁爽卿同學道於陶貞白，故以相況。薛元同為唐末女仙。

仙人功甫之女孫，梅花為骨冰為魂。（題張雲裳鄧尉探梅圖 卷五第六十四首）

探幽曾訪鄧尉麓，銜波畫舫攜清尊。（同上）

青邱九首無凡語，擊鉢催詩驚翠羽。（同上）張雲裳曾和高青邱梅花詩九首，時人推為絕唱。

著書所喜逢關尹，遺教長留識道緣。（翁大人以文休承所繪老子出函谷關圖供奉瑤潭精舍命題 卷九第卅一首）

玉照張功甫，銖衣謝自然。（題雲裳和高青邱梅花詩後 卷五第廿七首）

鄧尉苔封樹，羅浮月墮烟。（同上）

普陀大士瓶中露，太乙慈尊座下蓮。（敬書翁大人蓮花筏後 卷十第一百六十二首）

風姿藐姑射，標格婉凌華。（又題雙桂花樓詩鈔 卷十第一百四十四首）

精衛有心填海去，媧皇無術補天來。（題翁大人花月滄桑錄 卷十第一百四十一首）

修到神仙萼綠華，西溪寒水照橫斜。（題繡山舅氏梅花香裡送扁舟圖 卷五第廿五首）

那知服霧張微子，竟作乘雲傅禮和。（庶祖姑舒玉真夫人輓詩 卷十第一百一十八首）

太極仙卿葉法善，廣成高士杜光庭。（閔小艮先生輓 卷十第一百五十五首）

魂依葛令丹砂井，影幻麻姑白練裙。（孤山瘞蝶和姨母楚生夫人 卷十第廿七首）

粉本新摹善天女，分明月上侍維摩。（娑羅花詩和潘榕皋先生原韻 卷五第二十一首）

簫弄湖烟曹比玉，歌傳澗雪李真多。（蘋香來吳寓居虎山賦此寄贈 卷五第二十三首）

仙子玉顏魚道遠，女官翠篆戚逍遙。（賦呈陳蘭雲夫人二詩 卷八第一百一十三首）魚道遠為秦時女仙，戚逍遙為東漢須彌翠篆女官，見於神仙通鑑。

烟霞標格龐靈照，冰雪肌膚謝自然。（蕊珠華臧聽蘭雲譚道 卷九第一百一十二首）

寒殿禮星王守素，春山采藥李騰空。（梁溪女冠韻香見過碧城仙館賦此贈之　卷五第七首）二女仙名。

故鄉我有同心侶，和靖仙人弟子行。（題暖姝夫人脩梅小影　卷十第四十二首）

身是逋翁老孫子，水仙祠畔臥梅花。（題臥梅圖　卷十第一百二十七首）林逋，林和靖也。

巫峰夢雨瑤姬廟，秦苑涼煙鳳女祠。（西浦是杜蘭香遇張碩處　卷三第九十三首）

天女謫來春寂寞，玉真歸去月蒼涼。（見燕至　卷六第三十二首）

蕭紅碧夜俱幽怨，曾讀西青散記來。（虎邱弔劉碧鬟墓　卷六第三十九首）

第二節　景物對仗

汪端詩作所呈現之另一技巧，即為對景物描寫幾乎全部採用對仗方式表達。在景物對仗的表達方式，有下列幾種（註六）：

一、物對，例如：

鶴──猿。鷗──鶴。鸛鶴──魚龍。

鵠──鸞。猿──鹿。玉燕──金鵝。鳥──蟲。

花──樹。篁──柳。芳蘭──牡丹。

山果──水花，等。

二、景對，例如：

滄海碧雲──鏡湖明月。　晚山──秋水。

天風──蕉雪。填海──補天。曉月──明星。

飛雪──臥霜。水光──山翠。碧水──青山。

三、景物對，例如：

蒼山覓句鴉嗁雪，洱海從軍馬踏冰。（選明三十家詩成各題一律於後 卷四第九十四首）

夜深山月來，石上苔花冷。（題畫 卷五第八十五首）

此外值得一提者，由於汪端與道禪結緣，故在其詩作對景物之描寫，特別偏好採用鶴、鸞、龍、仙、天、寺、山等名稱。

至於景物對仗之位置順序有：

（一）置於句首者，如：

鶴歸松樹林，猿挂綠蘿岑。（題畫 卷三第八十首）

（二）置於句中者，如：

飛回鸛鶴聽橫篴，驚起魚龍識扣舷。（題少洪姪春江花月夜圖 卷七第五十七首）

（三）同時置於句首與句尾者，如：

明月疎窗寫修竹，春風宮扇畫梅花。（題顧畹芳畫冊 卷五第六首）

岸柳綠疎秋後雨，汀花紅墮夜來霜。（過丹陽丁卯橋弔許渾 卷四第三十首）

（四）僅置於句尾者，如：

楚楚凌黃鵠，亭亭下碧鸞。（題玉惕雲女史畫竹 卷九第四十一首）

一、物對

汪端在景物對仗的表達中，對物的取材，主要以動物名、植物名為主。茲將汪端表現於動、植物對仗技巧之詩作，分別列舉如後（註七）：

（一）動物對

汪端詩作中，常採用之動物名計有：

鶴—猿。鷗—鶴。鼠—猿。鶴—鶯。

猿—鳥。鶴—鳳。鵠—鸞。

鳥—鸞。燕—龍。燕—鵑等。

茲舉汪端詩作證之。

鶴歸松樹林，猿挂綠蘿岑。（題畫卷三第八十首）

曉眠秋雪閒鷗聚，夜啄寒香野鶴來。（題閒閒樓圖 卷四第一百二十四首）

松屏舞鶴盤秋翠，楓徑唬猿踏晚紅。（題畫山樓圖 卷五第二十九首）

松鼠竄枯枝，唬猿挂秋影。（題畫卷五第八十五首）

鶴夢柴門苔滿徑，鶯唬芳樹水平池。（題顧畹芳夫人紅豆書樓圖卷五第一首）

飛回鸛鶴聽橫篴，驚起魚龍識扣舷。（題少洪姪春江花月夜圖 卷七第五十七首）

猿踏松花飄畫檻，鳥銜楓子墮琴牀。（題循陔園圖 卷八第二首）

闌外鶴雛閒啄雪，花間鳳子冷尋香。（題暖姝夫人脩梅小影 卷十第四十二首）

鱸鄉暫結三間屋，鶴俸曾無二頃田。（題龍素山舅氏凝祚三生同聽一樓鐘圖 卷四第五十四首）

無數暗蛩喧急雨，一雙元鶴夢涼烟。（題畫卷七第八首）

蠟屐聽鸝三竺路，蕉衫騎象百蠻天。（題錢叔美舅氏松壺畫贅卷七第二十一首）

楚楚凌黃鵠，亭亭下碧鸞。（題玉惕雲女史畫竹 卷九第四十一首）

幾行高士籠鵝帖，一卷仙人相鶴經。（題練川話舊圖 卷九第一百零七首）

雙鳳鳴梧後，孤鸞舞鏡時。（題夜紡授經圖 卷五第五十六首）
影留金粟遲青鳥，韻寫瑤臺問彩鸞。（題吳門陳無逸女士自寫三松七子圖 卷八第八十七首）
海山夢醒秋歸鶴，湖墅春殘晚噪鴉。（同上第八十八首）
椿庭夢渺橫江鶴，萱寢愁聽繞樹烏。（題澄懷堂遺集後 卷五第一百一十一首）
碧螺分供靈筵茗，白蛺同焚塔院錢。（同上第一百一十三首）
憐爾乘鸞餘畫扇，嗟余別鵠感驚弦。（同上）
路遶越江遲奠雁，魂招蜀道慘啼猿。（讀方正學遜志齋集題後 卷八第一百一十首）
閒評劍術隨猿跡，晚著棋經伴鹿群。（選明三十家詩成各題一律於後 卷四第七十四首）
波遠洞庭鷗影澹，雨深湘浦雁行斜。（同上第七十九首）
笻經鷲嶺吟殘雪，櫂返鴛湖載落花。（同上第八十七首）
炎海鶴歸山月冷，蠻溪鳶墮瘴雲昏。（同上第八十八首）
浦邊橫篴驚鷗起，松下彈琴野鶴聽。（同上第八十九首）
燕子飛來開帝闕，龍孫潛去守禪鐙。（同上第九十四首）
隔湖香冢秋飛蝶，映水紅樓晚噪鴉。（同上第五首）
鶴語尹邢新冢碣，燕尋王謝舊家梁。（丙戌季夏與席怡珊姊話舊後題其詩集 卷五第四十五首）
篆玉鴛鴦猶賸字，泥金蛺蝶尚留裙。（紫湘詞其二 卷四第一百一十二首）
朱鳥河山歌板外，青蛾涕淚酒尊前。（題芝龕記樂府四首 卷九第廿三首）

玉燕蘭同兆，金鵝水一涯。（又題雙桂花樓詩鈔 卷十第一百四十四首）

劍拔弩張希有鳥，鐘鳴漏盡可憐蟲。（閱近人詩集有感題後 卷十第一百零四首）

潮汐淒涼迴白馬，峽江嗚咽下黃牛。（作伯兄輓詩成復題于後 卷二第十一首）

烏嘑永夜憐孤子，鶴髮衰年慟老親。（哭湘綠 卷四第五十六首）

一夜猿嘑曾聽否，三更鶴語定歸來。（丁亥季冬十有六日為小雲小祥之辰以淚和墨書此誌哀 卷五第九十二首）

羅裙夜月飛寒蜨，香冢春泥弔暮鴉。（錦樹林弔卞玉京墓 卷四第二十七首）

鶴背仙名傳李珏，龍頭清望重王曾。（輓石竹堂太史 卷十第五十九首）

脂粉澄湖魚上月，苕華香冢鳥啼秋。（讀逐鹿記弔陳友諒妃桑氏 卷六第五十八首）

鷓鴣啼過舊宮牆，麋鹿銜花臥夕陽。（登靈巖姑蘇臺訪館娃宮遺址弔西施作 卷十第六十三首）

烏啼惜少埋香塚，螢影長留玩月池。（同上第六十四首）

眼中風景招黃鶴，夢裡烟波狎白鷗。（寄小雲湘中 卷五第五十八首）

行魚避影花低檻，瘦鶴梳翎月滿廳。（題滄浪亭圖 卷五第十二首）

嘑鵑夢斷湘靈瑟，別鵠悲深蜀國絃。（哭湘綠 卷四第五十七首）

（二）植物對

汪端詩作中，常採用之植物名計有：

竹─梅。蘭─桂。桃─柳。蕉葉─桃花。

菊─萸。梧─桂。松─柳等。

茲舉汪端詩作證之。

瑤臺美女簪花麗，閬苑仙人嘯樹寒。（題陳妙雲女史所臨唐碑後 卷四第一百二十八首）

修篁華子岡，衰柳攲湖道。（題畫 卷五第八十七首）

仙袂春寒颺藕絲，美人心事落花知。（題范湘磬女士畫紈扇美人贈蘋香 卷五第二十八首）

國香空復羨芳蘭，國色從他說牡丹。（表妹許雲林自京師以太清福晉聽雪圖索題 卷十第一百五十首）

山果落幽徑，水花明野塘。（題秋聲館圖 卷八第十九首）

花裡柴門倒玉瓶，樹陰濃壓短垣青。（題練川話舊圖 卷九第一百零七首）

蘆花秋雪還鄉夢，寸草春暉早歲情。（題鳳池弟秋窗夜讀圖 卷五第五十四首）

榴花洞裡書蕉葉，石竹山前擘荔枝。（選明三十家詩成各題一律於後 卷四第九十九首）

桃葉吳姬淮水舫，竹枝楚客洞庭竿。（題舒鐵雲先生瓶水齋詩集 卷七第五首）

種花負米三生感，吹竹彈絲一代才。（題邵夢餘先生鏡西閣集 卷七第廿二首）

北郭林花紅有淚，南都庭草碧無情。（讀高青邱集感題四律 卷七第四十五首）

韜光竹筧烟中聽，孤嶼梅林雪後看。（書鏡西閣集後 卷八第五十一首）

詠絮人遙蘭室冷，駿鸞魂返桂宮寒。（哭湘綠 卷四第五十五首）

一曲冰絃悲玉樹，幾行貝葉梧曇花。（錦樹林弔卞玉京墓 卷四第二十七首）

桃片濺餘千點血，柳絲牽斷九迴腸。（清湘樓詩弔衡陽凌烈婦 卷九第卅首）

蕉葉有聲來暮雨，桃花無數下清湘。（同上）

涼月開樽黃泛菊，秋風吹帽紫分萸。（翁大人北上因病南旋有詩紀事敬和原韻 卷十第九十四首）

菡萏香中遲待月，梧桐影裡記停雲。（贈吳飛卿姊 卷五第四十首）

松聲池館清如水，柳色樓臺畫亦陰。（題正宜姪女眠琴綠陰圖 卷五第一百一十首）

（三）動植物對

汪端詩作中，除運用動物名、植物名表現對仗技巧外，尚有用混合方式亦即植物名（放置在前）對動物名（放置在後），動物名（前）對植物名（後），兩句中動植物皆有。

植物（前）—動物（後），例如：梧桐—蟋蟀。

動物（前）—植物（後），例如：鳥—花。鶴—萍。蝠—蓮。

茲舉汪端詩作證之。

1. 植物對動物

看雲庭院梧桐老，夢草池塘蟋蟀秋。（選明三十家詩成各題一律於後 卷四第九十六首）

2. 動物對植物

沙鳥帶聲煙外過，汀花弄影月中看。（選明三十家詩成各題一律於後 卷四第八十二首）

嘉州健筆雲中鶴，歷下詩盟水上萍。（同上第八十首）

雲中紫鳳長離鳥，池上天桃薄命花。（紫湘詞 卷四第一百一十一首）

烟中紅蝠常留影，雨後青蓮不染心。（蕉花和竹堂太史原韻 卷五第四十九首）

3. 兩句中動、植物皆有

蘼蕪小榭仍飛燕，楊柳高樓又曙烏。（題翁大人花月滄桑錄 卷十第一百四十首）

露砌碧苔吟蟋蟀，風廊翠竹網蠨蛸。（紫湘詞 卷四第一百一十一首）

碧梧小院驚寒鵲，青桂閒階墮冷螢。（題龔素山舅氏三生同聽一樓鐘圖 卷四第六十首）

珠花香靜鶯遮樹，瑤草春深鹿養茸。（題怡珊姊三十學書圖 卷五第七十五首）

花海寒香看鶴舞，柳橋晴浪聽鶯啼。（題又邨從姪柳暗花明又一邨圖 卷七第十一首）

鏡湖桃葉鷗盟遠，畫閣梅花鶴夢涼。（題蘭因集 卷五第三首）

秋冷白蘋魚戲渚，雨寒紅杏燕窺簾。（題婁東女士張韻芬寫生小冊 卷六第五十一首）

二、景對

汪端詩作可自用景對仗中（註八），表現其工力與才華；藉此更可欣賞其詩之意境，不僅取景，同時亦注意到用詞及方位之對稱和諧。所謂獨幟詩風，實表露無遺。

試觀汪端所作，即可領悟其景。例如：

滄海碧雲—鏡湖明月。

明月靜中影，閒雲天外心。

蘭渚晚山—鏡湖秋水。

填海去—補天來。飛雪—臥霜。

茲舉汪端詩作證之。

滄海碧雲曾放櫂，鏡湖明月尚浮家。（題繡山舅氏梅花香裡送扁舟圖 卷五第二十五首）

明月靜中影，閒雲天外心。（題畫 卷三第八十首）

蘭渚晚山青潑黛，鏡湖秋水碧澄苔。（題邵夢餘先生鏡西閣集 卷七第二十二首）

湘皋碧雲遠，楚樹春江深。（為大姑萼仙題畫四時仕女 卷二第九十四首）

蒐羅滄海揚塵後，惆悵恒河浩刦前。（題翁大人花月滄桑錄 卷十第一百四十二首）

載酒武侯祠畔月，題詩神女廟前雲。（喜晤怡珊姊酌酒夜話即次見贈原韻 卷二第一百一十三首）
天風蘿屋感年華，蕉雪分香上碧紗。（題飛卿姊秋花蛺蝶畫扇 卷五第一百零一首）
蘼月凝香寫韻時，屏山鐙影見秋姿。（題吳飛卿女史畫菊 卷四第四十六首）
精衛有心填海去，媧皇無術補天來。（題翁大人花月滄桑錄 卷十第一百四十一首）
吟興湘中秋水碧，鄉心劍外晚山青。（選明三十家詩成各題一律於後 卷四第八十九首）
寒鐘一杵到山家，疏影溪橋浸月華。（題臥梅圖 卷十第一百二十七首）
武陵山峩峩，明湖水瀰瀰。（族姑惠娵輓詩 卷四第十三首）
花氣和烟婁水靜，月華如雪海山秋。（題婁東黃紉蘭夫人詩集 卷七第七首）
渭水濯纓歌曉月，華山浣手摘明星。（題吳澹川南野堂集 卷七第廿首）
美人虹起花飛雪，帝女碑殘冷臥霜。（題翁大人花月滄桑錄 卷十第一百三十九首）
柳榭水光明，竹樓山翠活。（題孫花海惜花春起早圖 卷八第二十五首）
焙茶烟暝雲生嶂，種藥泉清月在溪。（題又邨從姪柳暗花明又一邨圖 卷七第十一首）
碧水開明鏡，青山彈曉鬟。（題蔣錦秋夫人自寫石谿漁婦圖 卷三第八十四首）
遠岫洗春綠，清溪傍淺沙。（題山水小景 卷四第二首）
野田秋雨烏犍跡，廣座春風白燕吟。（選明三十家詩成各題一律於後 卷四第九十首）
何日小園營翠淥，靜聽烟寺隔湖鐘。（題補梅圖 卷五第十九首）

三、景物對

汪端詩作中，將景與物之對仗混合運用，表現出景中有物，物中見景之和諧對稱美。例如：秋花—明月。蒼山—洱海。

淺水沈珠紅蓼泣—寒泉浸玉白蓮知。

山月—苔花。靜月—空花。

秋樹碧—晚山青。

明月疎窗寫修竹，春風宮扇畫梅花。（題顧畹芳畫冊　卷五第六首）

汪端又善使擬人法，使物象感情化，賦予詩句生命意識。例如：落花知、曉鶯知、短警知、語燕知、花雙笑等。

茲舉汪端詩作證之。

三徑秋花見高格，六朝明月是仙才。（題秣陵陳友菊夫人望雲軒詩集即答見贈之作 卷七第四十八首）

蒼山覓句鴉唬雪，洱海從軍馬踏冰。（選明三十家詩成各題一律於後 卷四第九十四首）

淺水沈珠紅蓼泣，寒泉浸玉白蓮知。（登靈巖姑蘇臺訪館娃宮遺址弔西施作 卷十第六十四首）

岸柳綠疎秋後雨，汀花紅墮夜來霜。（過丹陽丁卯橋弔許渾 卷四第三十首）

夜深山月來，石上苔花冷。（題畫 卷五第八十五首）

雪齋曉鴉啼竹牖，月殘凍雀啄苔枝。（題松壺先生畫梅 卷八第二十七首）

夜靜月華涼勝雪，江空花氣澹於煙。（題少洪姪春江花月夜圖 卷七第五十七首）

杖策雲封通鳥道，解鞍月冷挂猿枝。（書汪少海大令心知堂詩集後即題出棧圖 卷八第二十六首）

楓岸亂鴉翻楚岫，蘆汀新雁點吳天。（題畫為養志姪孫作 卷五第三十六首）

細雨琴尊秋樹碧，夕陽簾幕晚山青。（題滄浪亭圖 卷五第十二首）

仙袂春寒颺藕絲，美人心事落花知。（題范湘磬女士畫紈扇美人贈蘋香 卷五第二十八首）

漆園莫訝莊周夢，胡蝶前生本是仙。（題飛卿姊秋花蛺蝶畫扇 卷五第一百零二首）

斷機寒漏急，畫荻夜鐙知。（題夜紡授經圖 卷五五第五十六首）

畫眉菱鏡花雙笑，記曲珠簾月二分。（紫湘詞 卷四第一百一十二首）

瘦倚東風無限意，祇應殘月曉鶯知。（柳枝詞和伯兄問樵 卷一第一百三十三首）

清話不嫌銀箭永，深情只許短檠知。（喜晤怡珊姊酌酒夜話即次見贈原韻 卷二第一百一十一首）

年來別緒紛如絮，只有雕梁語燕知。（寄湘綠武林 卷三第十八首）

第三節　字詞對仗

汪端詩作之另一特色，乃表現在用字技巧上。每逢一字使用之貼切，不僅使一首詩之意義明確且將整句詩之藝術效果發揮盡致。

汪端在用字技巧上使用一、同異對仗，二、疊字，三、仙道名詞之對仗。茲分述於後：

一、同異對仗

汪端使用同異對仗，可分兩種：（一）同義對仗，即採用不同字而表現出相同之意義。例如：遠—深。明—曉。響—聲。悟—通。國香—國色。寒—冷。情—意。經—歷。再—重。歲—年。（二）異義對仗，即採用不同字而呈現出意義上之鮮明對比。例如：無—有。古—新。偷生—殉主。朝—夜。來—去。難—易。茲將汪端詩作分別證之（註九）。

（一）同義對仗

湘皋碧雲遠，楚樹春江深。（為大姑萼仙題畫四時仕女 卷二第九十四首）

碧水開明鏡，青山彈曉鬟。（題蔣錦秋夫人自寫石谿漁婦圖 卷三第八十四首）

風葦渡頭響，菱歌煙外聲。（題山水小景 卷三第二首）

瑤臺美女簪花麗，閬苑仙人嘯樹寒。（題陳妙雲女史所臨唐碑後 卷四第一百廿八首）

香界悟蘭因，書理通詩境。（題佩仙夫人聽香讀畫圖 卷五第九十五首）

國香空復羨芳蘭，國色從他說牡丹。（表妹許雲林自京師太清福晉聽雪圖索題 卷十第一百四十八首）

碧梧小院驚寒鵲，青桂閒階墮冷螢。（題龔素山舅氏三生同聽一樓鐘圖 卷四第六十首）

北郭聯吟情鄭重，中州編集意蒼涼。（題程孟陽遺像 卷五第八十三首）

烟水舊盟懷隱逸，江湖殘夢感飄零。（題練川話舊圖 卷九第一百零七首）

松杪明河斜有影，竹梢涼露瀉無聲。（題鳳池弟秋窗夜讀圖 卷五第五十四首）

青鳥再來金姥宅，彩鸞重過玉娘湖。（翁繡君夫人重繪百花長巷顏曰群芳再會圖索題 卷十第五十七首）

松經雷雨空山劫，梅歷冰霜太古春。（讀方正學遜志齋集題 卷八第一百一十一首）

畫闌桂樹深宮怨，仙露銅盤故國愁。（題元遺山集 卷一第一百一十三首）

郝隆早歲依蠻府，莊舄中年愛越吟。（題表外祖張仲雅簡松堂集後 卷四第五十八首）

秋冷白蘋魚戲渚，雨寒紅杏燕窺簾。（題婁東女士張韻芬寫生小冊 卷六第五十一首）

渭水濯纓歌曉月，華山浣手摘明星。（題吳澹川南野堂集 卷七第廿首）

奎壁星沈天意定，崑岡玉碎士心寒。（讀高青邱集感題四律 卷七第四十六首）

玉燕蘭同兆，金鵝水一涯。（又題雙桂花樓詩鈔 卷十第一百四十四首）

精衛有心填海去，媧皇無術補天來。（題翁大人花月滄桑錄 卷十第一百四十一首）

詠絮人遙蘭室冷，驂鸞魂返桂宮寒。（哭湘緣 卷四第五十五首）

篆玉鴛鴦猶賸字，泥金蛺蝶尚留裙。（紫湘詞 卷四第一百一十二首）

鶴背仙名傳李珏，龍頭清望重王曾。（輓石竹堂太史 卷十第五十九首）

（二）異義對仗

1. 有無對仗

湘雲渺渺遠無際，湘雨瀟瀟寒有聲。（題湘人詩 卷十第九十七首）

冰霜無俗韻，翰墨有深緣。（題雲裳和高青邱梅花詩後 卷五第二十七首）

煙雲供養春無跡，縑素淒涼夢有痕。（辛卯仲秋晤小米姪 卷八第九十九首）

鶯花有恨平陵曲，滄海無家楚澤吟。（選明三十家詩成各題一律於後 卷四第一百二首）

謝翱有淚哭西臺，夏統無家歌小海。（玉笥生歌題元張思廉詩集後 卷五第八十一首）

北郭林花紅有淚，南都庭草碧無情。（讀高青邱集感題四律 卷七第四十五首）

尊君有志同張軌，僭號無心學趙佗。（表忠觀 卷一第九十六首）

魂夢有緣通骨肉，文章無命悔風塵。（即事書澄懷堂集後 卷八第六十九首）

七寶脩成無恨月，眾香圍住有情天。（讀鐵雲仲瞿兩先生所譜樂府感賦 卷十第一百一十九首）

精衛有心填海去，媧皇無術補天來。（題翁大人花月滄桑錄 卷十第一百四十一首）

鴿原無靜羽，驚雁有孤翔。（哭伯兄問樵 卷二第八首）

蕉葉有聲來暮雨，桃花無數下清湘。（清湘樓詩弔衡陽凌烈婦 卷九第卅首）

舞空有力風初緊，著樹無多響更乾。（落葉和楚生姨母 卷二第十五首）

文有風雲氣，詩無斧鑿痕。（冬夜次小雲韻 卷三第七十三首）

澹墨似煙書有淚，遠天如水夢無痕。（書寄小雲金陵井東紫湘 卷四第七十七首）

沅蘭碧悴無芳草，湘雨紅淒有杜鵑。（寄怡珊姊即用春暮雨中韻 卷六第三十首）

洗來金粉衣無縫，吟到烟霞筆有靈。（讀雲間王綺思夫人挹翠軒詩賦寄 卷八第八十二首）

顏澹無言倚脩竹，神情有夢守梅花。（奉答湘霞夫人見贈詩 卷十第一百卅五首）

石火悟來無色相，人天懺盡有情癡。（同上第一百卅六首）

2.反義對

墨蒼松韻古。，粉澹月華新。。（題奚鐵生處士遺畫 卷七第十六首）

徐穉新書舍。，盧鴻舊草堂。。（題秋聲館圖 卷八第十九首）

縞袂偷生殊阿紀。，玉顏殉主有清娛。。（題蘼蕪香影圖後 卷二第八十五首）

松杪明河斜有影。，竹梢涼露瀉無聲。。（題鳳池弟秋窗夜讀圖 卷五第五十四首）

絳雲影散苔深碧。，紅豆花疎月澹黃。。（題程孟陽遺像 卷五第八十三首）

新夢湖山冷楓葉。，故居池館瘦梅花。。（辛卯仲秋晤小米姪 卷八第一百首）

花環么鳳朝聽法。，露浥朱蘭夜禮星。。（讀金蓋心燈敬題陳樵雲先生傳後 卷十第一百五十八首）

愁添吟鬢新霜影。，香涴宮袍舊酒痕。。（選明三十家詩成各題一律於後 卷四第八十八首）

燕子飛來開帝闕。，龍孫潛去守禪鐙。。（同上第九十四首）

榕門雨暗尋詩去。，玉帳花明草檄來。。（同上第一百零一首）

鶴語尹邢新冢碣。，燕尋王謝舊家梁。。（丙戌季夏與席怡珊姊話舊後題其詩集 卷五第四十五首）

買山聊綰綬。，賣畫更栽花。。（題鄭板橋詩集 卷七第十七首）

天界簪毫新著錄。，吳淞垂釣舊煙波。。（讀高青邱集感題四律 卷七第四十四首）

霸朝割據憐才易。，英主雄猜晦跡難。。（同上第四十六首）

桂宮校籙冰銜舊，玉局司書絳節新。（即事書澄懷堂集後 卷八第六十九首）

蘼蕪小榭仍飛燕，楊柳高樓又曙烏。（題翁大人花月滄桑錄 卷十第一百四十首）

精衛有心填海去，媧皇無術補天來。（同上第一百四十一首）

仰視號蒼穹，俯顧涕淋浪。（哭伯兄問樵 卷二第八首）

茂苑曉風啼鴂早，明湖春雨落花遲。（寄湘綠武林 卷三第十八首）

春風鶴市新唫館，夜月琴河舊畫樓。（琴河歸佩珊夫人過余白環花閣酌酒焚蘭，言歡竟夕且出示所著繡餘續草，因書四律於卷首，奉答見贈之作。卷二第八十八首）

二、疊字

汪端詩中運用疊字，藉此增加詩意且強調詩之情境，致使全詩予人生動感人之效果。可分兩種：（一）疊字句：在句中使用疊字。例如：春在娟娟綠玉枝。銀河耿耿明珠星。（二）疊字對仗：詩中使用疊字的對仗。例如：湘雲渺渺遠無際，湘雨瀟瀟寒有聲。（題湘人詩 卷十第九十七首）梅嶺花開香漠漠，珠江颿去水迢迢。（選明三十家詩成各題一律於後 卷四第一百零五首）茲就汪端詩作中，分別列舉實例證之。

（一）疊字句

瑤笙吹徹羽衣涼，瑟瑟微波夢碧湘。（畫蘭曲四章題韻香畫蘭長卷 卷五第九首）

鳳子春駒各自妍，落花芳草態翩翩。（題飛卿姊秋花蛺蝶畫扇 卷五第一百零二首）

柳塘春水碧粼粼，花片隨風拂釣綸。（題貞玉夫人遺照 卷十第五十首）

春在娟娟綠玉枝，瀟湘煙澹月明時。（題畫 卷七第八首）

最好叢蕉瘦石邊，碧雲澹澹月娟娟。（題畫 卷七第八首）

澹遠嵐光見畫禪，松風庭院月娟娟。（翁朝霞夫人以自寫白雲圖索題 卷八第六十三首）

銀河耿耿明珠星，此時月在空中行。（題許雲林表妹湖月沁琴圖 卷九第六十三首）

三潭之水波盈盈，對面即是湖心亭。（同上）

池蓮風雜幽蘭馨，叢叢碧草露始零。（同上）

湖烟漠漠鷺雙飛，餉罷東菑更上機。（王仲淑女士春墅饁耕圖 卷九第九十七首）

棋子落處聲丁丁，捲簾風過松花輕。（題黃鶴山樵畫溪閣閑棋圖 卷九第二百零八首）

玉鼠翩翩掠深壑，瘦蛟翔舞驚流泉。（滁山吟館行題魏滋伯廣文行看子 卷十第四十首）

逸少聲華海內傳，女孫才筆亦娟娟。（為小姑茝仙麗娵題女士畫八首其一 卷三第七首）

十幅生綃墨未乾，瀟瀟疎竹伴幽蘭。（同上第十四首）

峰峰積翠明春霞，美人小影原梅花。（題張雲裳鄧尉探梅圖 卷五第六十四首）

尚憶娟娟出拜時，題名九畹比芳姿。（題曇影夢痕圖 卷九第六十五首）

紫姑蓮屧製纖纖，芸帙殘香閟玉奩。（同上第六十九首）

石材溫潤琴聲靜，都是愔愔太古心。（吳門謝竹君處士嘗得唐雷氏琴宋包孝肅遺硯以顏其齋繪圖徵詩 卷十第一百首）

珊珊蕊佩雪凝膚，此是吾家不櫛儒。（題姪婦王筠芬蓬島埽花小影 卷十第八十五首）

（二）疊字對仗

香灺鐙明風細細，月斜人定夜冥冥。（題龔素山舅氏三生同聽一樓鐘圖 卷四第六十首）

楚楚凌黃鵠，亭亭下碧鸞。（題玉惕雲女史畫竹 卷九第四十一首）

照近雲鬟香細細，倚來翠袖影娟娟。（張令嫺夫人月勝秋齋圖 卷九第九十一首）

一奩寫韻行行玉，雙管分燈字字珠。（題姪婦王筠芬蓬島埽花小影 卷十第八十五首）

耿耿疎星銀浦澹，涓涓新月碧雲流。（七夕送怡珊姊之越 卷五第四十八首）

湘雲渺渺遠無際，湘雨瀟瀟寒有聲。（題湘人詩 卷十第九十七首）

萬頃湘波秋瑟瑟，一天湘月夜盈盈。（同上）

心胸幽蘭娟娟秀，空谷清露泠泠濯。（題生香館詞後 卷二第八十首）

梅嶺花開香漠漠，珠江飄去水迢迢。（選明三十家詩成各題一律於後 卷四第一百零五首）

碧含玉質層層璞，紅墮花英點點苔。（題翁大人花月滄桑錄十第一百四十一首）

武陵山峩峩，明湖水瀰瀰。（族姑惠娵輓詩 卷四第十三首）

蘋葉綠開風細細，蓮房紅濕雨絲絲。（玉泉飯魚和席怡珊姊 卷十第廿六首）

楚雨瀟瀟怨斑竹，湘雲黯黯碎瑤琴。（戊子仲冬續刻自然好學齋新作二卷告成感賦即書寄怡珊蘭上飛卿耕畹諸姊 卷七第廿三首）

三、仙道名詞之對仗

汪端因與道禪結緣，故於詩作中，不乏使用此類之對仗，更襯托出清與真之詩境。例如：

瑤臺—閬苑。證果—因緣。

禪悅—佛齋。解脫—華嚴。金丹訣—救刦仙。

醫世三尼無極法，傳心一脈太虛天。

寫韻彩鸞仙眷屬，談經靈鳳佛因緣。

茲就汪端詩作中，分別列舉實例印證之（註一〇）。

瑤臺美女簪花麗，閬苑仙人嘯樹寒。（題陳妙雲女史所臨唐碑後 卷四第一百廿八首）

紫鸞吟處秋如水，瑤鶴棲時月正明。（題練川張令嫺夫人玉笙吹月和松聲圖 卷六第五十二首）

明月三生仙證果，優曇一現夢因緣。（題徐比玉夫人花卉遺冊 卷四第十首）

懺除文字憑禪悅，新榜應題繡佛齋。（自題蘿月山房圖 卷七第六十九首）

姑射山中留古雪，羅浮夢裡酌流霞。（題陸琇卿夫人梅花小影 卷八第九十一首）

影留金粟遲青鳥，韻寫瑤臺問彩鸞。（題吳門陳無逸女士自寫三松七子圖 卷八第八十七首）

玉臺斑管細鈎銀，仿十三行寫洛神。（題金雲門女士畫梅 卷九第十四首）

放下花枝歸解脫，好將妙蹄悟華嚴。（題曇影夢痕圖 卷九第六十九首）

寫韻彩鸞仙眷屬，談經靈鳳佛因緣。（讀松陵朱沁香夫人珠來閣遺集即題綠窗待月圖并書所寫梵經墨蹟後二首 卷六第卅六首）

稱意花開眾香國，妙鬘雲擁四禪天。（題貝葉書五福德經後 卷八第一百零二首）

生機即是金丹訣，合證龍門救刦仙。（敬書翁大人蓮花筏後 卷十第一百六十二首）

桂宮校籙冰銜舊，玉局司書絳節新。（即事書澄懷堂集後 卷八第六十九首）

光碧靈開同紫極，芳魂祇合住瑤天。（題翁大人花月滄桑錄 卷十第一百四十二首）才女賢婦隸西王母，節女烈婦隸斗母。

鶴林院裡脩真日，雞足山中授戒年。（閔小艮先生輓詩 卷十第一百五十六首）閔小艮曾入雲南雞足山中訪釋迦第一百代弟子黃守中。歸隱為釋迦一百零一代弟子。

醫世三尼無極法，傳心一脈太虛天。（同上）閔小艮有醫世元科一書及三尼醫世功訣一書，乃本之於呂重陽三尼醫世說及沈太虛師所教，實盡得其傳。

陽生大地驂鸞去，月滿中天跨鶴遊。（同上）此前句言閔小艮先生於丙申冬至前四日辭世。後句言於丁酉元夕降筆鶴壇。

香護雲巢新法座，雨寒苕水古書樓。（同上）前句言閔小艮弟子為造塑像奉祀於雲巢。後句言閔小艮先生有古書隱樓，乃藏其所著之書。

魂依葛令丹砂井，影幻麻姑白練裙。（孤山瘞蝶和姨母楚生夫人　卷十第廿七首）

仙子玉顏魚道遠，女官翠篆戚逍遙。（賦呈山陰陳蘭雲夫人二詩　卷八第一百一十三首）

瑤潭流水鸞停馭，金蓋名山鶴駕橋。（同上）

苦行三千無我相，陰功八百度人經。（讀金蓋心燈敬齋陳樵雲先生傳後　卷十第一百五十八首）

巫峰夢雨瑤姬廟，秦苑涼煙鳳女祠。（西浦是杜蘭香遇張碩處　卷三第九十三首）此以二女仙廟之對仗，強調西浦之遇仙。

被髮騎鯨塵夢香，羽衣化鶴故鄉過。（張吳紀事詩錢鶴臯　卷六第六首）

空傳寫韻瑤臺侶，誰證吹簫紫府班。（紫陽庵感王守素事　卷八第三十首）

孕出靈根王母李，餉來佳種葛仙桃。（蘇孫姪秋賦歸適舉一子賦此示之即贈三娣王雪清夫人　卷十第九十三首）

第四節　方位時間地名對仗

汪端詩作中，對於採用方位、時間、地名之構思上，用功甚深，不僅呈現對仗工整之技巧，亦重聲調和諧之美。

茲分別述之（註一一）：

一、方位

汪端詩中對方位之採用亦以對仗方式表達，共計有下列數種：靜中影—天外心。松下—屋裡。世上—山中。雨中—月下。北—南。前—後。東—西。中—外等。

茲列舉汪端詩作以證之。

明月靜中影，閒雲天外心。（題畫卷三第八十首）

鐘外墮殘陽，煙中見歸鳥。（題畫卷五第八十七首）

松下有溪復有屋，屋裡煎茶茶正熟。（題松壺子龍門茶屋圖 卷九第四十八首）
人歸空翠外，秋到夕陽邊。（為伯外祖梁山舟學士題畫山水 卷一第六首）
蘇公堤畔湘筠館，尚父湖邊韞玉樓。（題申江張筠如夫人姊妹合寫雜花小幅 卷三第七十八首）
世上無君友，山中義我真。（題奚鐵生處士遺畫 卷七第十六首）
雨中生計耕石田，月下書聲聞紙閣。（題劍秋從叔除夕祭硯圖即呈叔母陳心壺夫人 卷八第八十首）
姑射山中留古雪，羅浮夢裡酌流霞。（題陸琇卿夫人梅花小影 卷八第九十一首）
萬重松樹瑤潭外，一路梅花翠岫中。（題爽卿夫人采芝圖 卷九第六十一首）
溪上松陰松外閣，松上白雲松下鶴。（題黃鶴山樵畫溪閣閑棋圖 卷九一百零八首）
白狼河北留軍壘，丹鳳城南起將壇。（題秦良玉畫像 卷二第六十首）
銅坑山頭萬枝雪，玉照堂中一枝筆。（題張雲裳鄧尉探梅圖 卷五第六十四首）
瓊姿世外藐姑射，縞袂林間萼綠華。（同上）
書鐙空耿茅堂裡，寒杍猶懸繐帳邊。（題寒檠永慕圖 卷五第九十四首）
耦耕花落滄桑後，半野芸香劫火前。（題河東君小像 卷七第卅七首）
文君井畔鵑啼雨，湘女祠前雁寫秋。（題吳仙芝夫人寫韻樓詩後即題羅浮舊夢圖 卷八第廿九首）
玉子時間花外響，冰絃宜就月中彈。（題吳門陳無逸女士自寫三松七子圖卷八第八十八首）

百子幃中。劫扇詩，七香車畔。和婚賦。（題瘞琴銘後 卷三第十五首）

雲車北。極烟光紫，鶴馭南。湖黛影青。（讀金蓋心燈敬題陳樵雲傳後 卷十第一百五十八首）

普陀大士瓶中。露，太乙慈尊座下。蓮。（敬書翁大人蓮花筏後 卷十第一百六十二首）

東。閣梅花成別夢，西。湖蓴菜動歸心。（題表外祖張仲雅簡松堂集後 卷四第五十八首）

沙鳥帶聲煙外。過，汀花弄影月中。看。（選明三十家詩成各題一律於後 卷四第八十二首）

生前東。閣人才聚，身後西。涯草木荒。（同上第八十三首）

嘉州健華雲中。鶴，歷下詩盟水上。萍。（同上第八十七首）

吟興湘中。秋水碧，鄉心劍外。晚山青。（同上第八十九首）

東。海波深明主意，北。山月冷放臣心。（同上第九十七首）

越嶠涼蟾窺。北牖，楚天新雁過。南樓。（同上第一百零三首）

榴花洞裡。書蕉葉，石竹山前。擘荔枝。（同上第一百零六首）

紫騮馬上。掣飛電，黃金臺畔。悲秋風。（玉笥生歌題元張思廉詩集後 卷五第八十一首）

叢殘著錄留湖上。，輕薄姻緣說意中。。（題蘭因集 卷五第四首）

卷裡。青山吳楚越，夢中。彩筆畫書時。（丙戌季夏與席怡珊姊話舊並題其詩集 卷五第四十三首）

園丁蓑笠烟中。碧，菜甲田疇雨後。青。（題吳澹川南野堂集 卷七第廿首）

北。郭林花紅有淚，南。都庭草碧無情。（讀高青邱集感題四律 卷七第四十五首）

韜光竹筧烟中。聽，孤嶼梅林雪後。看。（書鏡西閣集後 卷八第五十一首）

朱鳥河山歌板外，青蛾涕淚酒尊前。（題芝龕記樂府四首 卷九第廿三首）
水仙祠畔詩千首，西子湖頭酒一杯。（題錢塘曹曹村茂才詩文集 卷十第四十五首）
玉女洞中雲氣白，銅官山下月華明。（題趙雲松甌北集後 卷十第一百零九首）
蒐羅滄海揚塵後，惆悵恒河浩刦前。（題翁大人花月滄桑錄 卷十第一百四十二首）
瘴厲既外侵，憂患亦內戕。（哭伯兄問樵 卷二第八首）
雲中紫鳳長離鳥，池上夭桃薄命花。（紫湘詞 卷四第一百一十一首）
羹湯洗手調中饋，藥餌關心侍北堂。（輓江淑芳夫人 卷五第十五首）
積來砌畔妨行屐，響到窗邊誤雨聲。（落葉和楚生姨母 卷二第十六首）
載酒武侯祠畔月，題詩神女廟前雲。（喜晤怡珊姊酌酒夜話即次見贈原韻 卷二第一百一十三首）
烟中紅蝠常留影，雨後青蓮不染心。（蕉花和竹堂太史原韻 卷五第四十九首）
疲馬單車愁北地，踈梅殘雪憶西湖。（荅小雲北上見寄之作即用原韻 卷五第十三首）
小徑新橙霜後摘，疏籬晚菊月中開。（呈繡山舅氏 卷九第一百一十九首）
雁外星河明夜色，月中風葉聚秋聲。（秋夜答王采仙夫人見寄之作 卷三第八十三首）

二、時間

汪端詩中對時間之描述，亦以對仗方式為之。例如：

午—春。秋—晚。朝—夜。早歲—中年。

生前—身後。秋水—春風。一夜—三更。

甲子—庚申。四月—三年。千秋—五夜。

此外，汪端描述時間所用之字，將相類與相對之意義包含其中靈活運用。

茲列舉汪端詩作證之。

茅茨午飯時，松崦春陰裡。（題畫 卷五第八十六首）

細雨琴尊秋樹碧，夕陽簾幕晚山青。（題滄浪亭圖 卷五第十二首）

紫鸞吟處秋如水，瑤鶴棲時月正明。（題練川張令嫺夫人玉笙吹月和松聲圖 卷六第五十二首）

清夜有人吟柳絮，高秋何處落梅花。（題練川王藹初夫人倚樓在月明中圖卷七第五十八首）

花明劒閣朝傳箭，潮落巴江夜洗兵。（題秦良玉畫像 卷二第五十九首）

留仙館圯辭春燕，花信樓空泣夜烏。（題蘼蕪香影圖後 卷二第八十五首）

萬頃湘波秋瑟瑟，一天湘月夜盈盈。（題湘人詩 卷十第九十七首）
郝隆早歲依蠻府，莊舄中年愛越吟。（題表外祖張仲雅簡松堂集後 卷四第五十八首）
生前東閣人才聚，身後西涯草木荒。（選明三十家詩成各題一律於後 卷四第八十三首）
恩負泰陵春草碧，獵歸梁苑夜鐙紅。（同上第八十四首）
藝苑文章驚後學，曇陽香火懺前因。（同上第八十九首）
吟興湘中秋水碧，鄉心劍外晚山青。（同上第八十九首）
野田秋雨烏犍跡，廣坐春風白燕吟。（同上第九十七首）
隔湖香冢秋飛蝀，映水紅樓晚噪鴉。（題蘭因集 卷五第五首）
春紅簾幕花鋪影，秋碧池塘月浸華。（題張雲裳女史錦槎軒詩集 卷五第十六首）
蘭渚晚山青潑黛，鏡湖秋水碧澄苔。（題郡夢餘先生鏡西閣集 卷七第廿二首）
秋水芙蓉師越女，春風蛺蝶譜滕王。（書東吳香輪姊即題曉仙樓詩集後 卷八第四首）
吟到落花春易暮，聽來寒雨夜如秋。（哭湘綠 卷四第六十五首）
哀蟬落葉秋如水，早雁明河夜漸涼。（紫湘詞 卷四第一百一十七首）
一夜猿嘷曾聽否，三更鶴語定歸來。（丁亥季冬十有六日為小雲小祥之辰以淚和墨書此誌哀 卷五第九十七首）
岸柳綠疎秋後雨，汀花紅墮夜來霜。（過丹陽丁卯橋弔許渾 卷四第三十首）
語殘鸚鵡春風靜，聲斷箜篌夜月孤。（輓吳仙芝女史 卷五第十四首）
甲子老人懷絳縣，庚申玉女守黃庭。（秋日寄呈翁大人漢皋 卷八第一百零四首）

雁外星河明夜色，月中風葉聚秋聲。（秋夜答王采仙夫人見寄之作 卷三第八十三首）

煮繭江村剛四月，調螺畫閣已三年。（菊因于歸詩以示之 卷六第卌四首）

惟將逸史千秋感，併作疎窗五夜吟。（戊子仲冬續刻自然好學齋新作二 卷告成感賦即書寄怡珊蘭上飛卿耕畹諸姊 卷七第廿三首）

三、地名

汪端詩中地名之採用，取材甚廣。有取自朝代建都名、名山、大澤、歷史古蹟、仙道名詞等；且採對仗方式表達，予人發思古之幽情而不勝依依。

汪端採用之地名例如：

湘—楚。楚—吳。

蘇公堤—尚父湖。湘筠館—韞玉樓。

小青樓閣—雙玉祠堂。吳—越。唐—秦。三唐—兩宋。

文君井—湘女祠。越—蜀。東漢—南齊。

洞庭—湘浦。湘水—楚山。常熟—臨淮。

渭水—華山。

茲列舉汪端詩作，以證之。

湘皋碧雲遠，楚樹春江深。（為大姑萼仙題畫四時仕女 卷二第九十四首）

楓岸亂鴉翻楚岫，蘆汀新雁點吳天。（題畫為養志姪孫作 卷五第卅六首）

蘇公堤畔湘筠館，尚父湖邊韞玉樓。（題申江張筠如夫人姊妹合寫雜花小幅 卷三第七十八首）

寓隱青鸞曾有閣，仙人黃鶴舊名樓。（題漢江歸棹圖 卷八第六首）陳文述曾署漢陽寓樓云青鸞閣。

小青樓閣入斜曛，雙玉祠堂罨暮雲。（題河東君月隄烟柳畫卷 卷九第七十五首）

留仙館圯辭春燕，花信樓空泣夜烏。（題蘼蕪香影圖後 卷二第八十五首）

銅坑山頭萬枝雪，玉照堂中一枝筆。（題張雲裳鄧尉探梅圖 卷五第六十四首）

紅樹烟深梅尉宅，白蘋風冷柳姑祠。（題石鶴笙茂才鑑湖秋泛圖 卷五第六十首）

吳苑筆牀閒翡翠，越溪吟舫對芙蓉題怡珊姊三十學書圖 卷五第七十五首）

文君井畔鵑啼雨，湘女祠前雁寫秋。（題吳仙芝夫人寫韻樓詩後即題羅浮舊夢圖 卷八第廿九首）

路遶越江遲奠雁，魂招蜀道慘啼猿。（讀方正學遜志齋集題後 卷八第一百一十首）

恩負泰陵春草碧，獵歸梁苑夜鐙紅。（選明三十家詩成各題一律於後 卷四第八十四首）

波遠洞庭鷗影瀋，雨深湘浦雁行斜。（同上第八十六首）

越嶠涼蟾窺北牖，楚天新雁過南樓。（同上第一百零三首）

榴花洞裡書蕉葉，石竹山前擘荔枝。（同上第一百零六首）

沽酒白雲湘水遠，挂颿秋月楚山開。（同上第一百零八首）

帝子精靈招楚水，美人香影散秦雲。（同上第一百一十首）

驚心虎旅敗常熟，指顧王氣興臨淮。（玉笥生歌題元張思廉詩集後 卷五第八十一首）

授官新鄭余唐卿，彈琴東市陳秋水。（同上）

行春烟柳停雲夕，銷夏風荷話雨時。（丙戌季夏與席怡珊姊話舊題其詩集 卷五第四十三首）

行春為橋名，銷夏為灣名。

桃葉吳姬淮水舫，竹枝楚客洞庭竿。（題舒鐵雲先生瓶水齋詩集後 卷七第五首）

渭水濯纓歌曉月，華山浣手摘明星。（題吳澹川南野堂集 卷七第廿首）

琵琶亭古尋秋去，鸚鵡洲遙載酒行。（書顧劍峯寸心樓詩集 卷八第四十二首）

黃陵廟遠浮湘水，白帝城高見綵雲。（題芝龕記樂府四首 卷九第廿一首）

水仙祠畔詩千首，西子湖頭酒一杯。（題錢塘曹曹村茂才詩文集 卷十第四十五首）

玉女洞中雲氣白，銅官山下月華明。（題趙雲松甌北集後 卷十第一百零九首）

武陵山峩峩，明湖水瀰瀰。（族姑惠娵輓詩 卷四第十三首）

載酒誰尋揚子宅，藏書空鎖謝公樓。（重過鑑園弔許周生姨丈竝呈楚生姨母 卷四第十一首）

明湖別酒三生隔，邗水歸舟一面難。（哭湘綠 卷四第六十二首）

失路阮生悲廣武，懷才賈傅謫長沙。（滄浪亭弔蘇子美 卷五第六十一首）

拾翠舊游神女峽，埋香新冢美人湖。（輓吳仙芝女史 卷五第十四首）

載酒武侯祠畔月，題詩神女廟前雲。（喜晤怡珊姊酌酒夜話即次見贈原韻 卷二第一百一十三首）

兒孫羈旅燕臺遠，骨肉團欒蜀道難。（寄呈查春山先生 卷十第一百零五首）

勝地雲林清閟閣，新圖摩詰輞川莊。（題循陔園圖 卷八第二）

蜀國黃崇嘏，唐宮宋若莘。（題西泠女士吳蘋香飲酒讀騷圖小影 卷五第二十二首）

賦才東漢王文考，史學南齊蕭子雲。（書鏡西閣集後 卷八第五十八首）

唐代溫泉妃子粉，秦時明月美人雲。（書東吳香輪姊即題曉仙樓詩集後 卷八第五首）

漢家徐淑富瑤篇，齊國蘭英享大年。（讀吳與徐湘生太夫人古香齋詩題後 卷十第一百廿五首）

三唐畫界心何苦，兩宋無詩論豈公。（閱近人詩集有感題後 卷十第一百零七首）

吳苑有人悲鄭旦，越宮當日勝毛嬙。（登靈巖姑蘇臺訪館娃宮遺址弔西施作 卷十第六十四首）

第五節　運用詩書文體名等之對仗

汪端詩作中有表現出運用詩書文體等名之技巧。有自文字上觀之，有自文意中含之。茲分述於後：

一、詩、書、文體名之運用

汪端曾以詩、書、文體之名用之於詩意之表達。例如：松陵集、中州集、唐誌、漢碑、桃花扇──燕子箋。楞伽記。唐韻、楚詞、中庸、大學。卻扇詩、和婚賦、南山歌、西第文、伊水曲、輞川圖、治安策、歸田賦、詩、賦史、畫等。

茲列舉汪端詩作證之。

蘭因集裡三姝媚，更酌寒泉弔菊香。（題補梅圖 卷五第十九首）

一卷松陵集，長吟攬翠微。（題五湖漁舍圖 卷九第廿九首）

北郭聯吟情鄭重，中州編集意蒼涼。（題程夢陽遺像 卷五第八十三首）

畫林新詠集嬋嫣，又見寒山粉本傳。（題吳門翁繡君夫人自寫百花長卷 卷七第四十九首）畫林新詠乃陳文述所著，閨閣一門，搜羅甚富。

淵源金蓋心燈叩，位業靈開寶籙尋。（題蘭雲師道裝小像 卷九第六十首）金蓋心燈為閔小艮先生所著。陳蘭雲曾受籙為靈開宮掌法女官，有簿冊為靈開寶籙。

分明花月滄桑錄，柳宿光中賸一星。（題河東君月隄烟柳畫卷 卷九第七十四首）花月滄桑錄乃陳文述所輯，皆明季宮閨人物遺事。

高妹繙唐誌，曹娥仿漢碑。（題楊閨卿女史思瞻圖 卷十第一百四十三首）

繙來彤史遺芳集，憶到青山寫韻樓。（辛卯仲秋晤小米姪於吳門閱所梓列女傳集註玉臺畫史二書題後 卷八第九十七首）唐才女牛應貞集名。

蘭英才筆然脂集，皆令家風寫韻樓。（題婁東黃紉蘭夫人詩集卷七第七首）

春紅已碎桃花扇，秋碧誰貽燕子箋。（題芝龕記樂府四首 卷九第廿三首）清孔尚任所撰劇曲名。

七寶脩成無恨月，眾香圍住有情天。（讀鐵雲仲瞿兩先生所譜樂府感賦 卷十第一百一十九首）眾香園傳奇乃王仲瞿所著。

擷芳一集擅飛鴻，閨閣詩多選未工。（完顏惲太夫人輓詩 卷九第八十四首）完顏惲選閨閣詩一千七百餘首，名為正始集。體例汪允莊評其遠過於汪氏飛鴻堂擷芳集。

千七百篇蒐採徧，獨將正始表林風。（同上）

法苑珠林有別裁，桫欏花樹幾番開。（同上第八十五首）

一編重刻楞伽記，夙世知從佛地來。（同上第八十五首）完顏惲夫人曾助刻法苑珠林一書，又刊楞伽記藏板於龍泉寺中。

看君甲帳書唐韻，共我辰樓讀楚詞。（奉答琴河歸佩珊夫人出示所著繡餘續草 卷二第九十二首）

中庸言慎讀，大學言誠意。（答問道者 卷九第五十一首）

挑鐙校罷停雲集，一事差堪慰玉樓。（自題蘿月山房圖 卷七第六十八首）停雲詩為陳斐之詩集第十四卷，皆懷平生親舊也。

知爾前生許蘭雪，廣寒親撰上梁文。（題李扶雲夫人小影 卷七第十二首）

文王方位周公象，更有宣尼十翼精。（題薛洞雲處士瑤潭讀易圖 卷九第四十九首）

月隄烟柳又飛花，本事詩成感夢華。（題河東君小像 卷七第四十首）河東有月隄烟柳畫卷。

影散紫珍苔繡碧，河東妝鏡落誰家。（同上）舒鐵雲有河東妝鏡曲。

百子幃中卻扇詩，七香車畔和婚賦。（題瘞琴銘後 卷三第十五首）

南山歌已傳楊惲，西第文終累馬融。（選明三十家詩成各題一律於後 卷四第七十七首）

垂釣每臨伊水曲，卜居如在輞川圖。（同上第九十七首）

好上長沙治安策，五雲宮闕是蓬萊。（題錢塘曹曹村茂才詩文集 卷十第四十五首）

卅年平子歸田賦，心跡壺中一片冰。（輓石竹堂太史 卷十第六十首）

題詩記樊榭，讀賦憶歐陽。（題秋聲館圖 卷八第十九首）

思瞻聊作畫，陟岵肯刪詩。（題楊閏卿女史思瞻圖 卷十第一百四十三首）

賦才東漢王文考，史學南齊蕭子雲。（書鏡西閣集 卷八第五十六首）
文有風雲氣，詩無斧鑿痕。（冬夜次小雲韻 卷三第七十三首）

二、運用數目、顏色之技巧

汪端詩中以數目、顏色表達詩意亦為其特色。數目之採用有相對或相類之對仗者。例如：一—雙。萬—孤。一—三。三—二。無數—一雙。一—萬。幾行—一卷。孤—雙。萬枝—一枝。一代—千秋等。

在詩作中，汪端較常採用之顏色如：青、碧、紅、翠、黃、白、綠等。

此外汪端亦常用看、聽、聞、見、無際、有聲等具視聽效果之字，以助詩意之表達。

茲分別列舉汪端詩作證之。

（一）數目對

暮雪一漁歸，江天雙雁去。（題山水小景 卷四第二首）

萬木圍涼影。孤雪化暝煙。（為伯外祖梁山舟學士題畫山水 卷一第六首）

一翦疎花曉露含，三閭春恨冷湘潭。（題趙子固畫 卷一第一百卅一首）

明月三生仙證果，優曇一現夢因緣。（題徐比玉夫人花卉遺冊 卷四第十首）

鱸鄉暫結三間屋，鶴俸曾無二頃田。（題龍素山舅氏凝祚三生同聽一樓鐘圖 卷四第五十四首）

無數暗蛩喧急雨，一雙元鶴夢涼烟。（題畫 卷七第八首）

蠟屐聽鸝三竺路，蕉衫騎象百蠻天。（題錢叔美舅氏松壺畫贅 卷七第廿一首）

五色雲箋三昧集，萬花香國一家春。（又題琇卿玉山紀遊圖 卷八第九十六首）

萬重松樹瑤潭外，一路梅花翠岫中。（題爽卿夫人采芝圖 卷九第六十一首）

聽松便是三層閣，偕隱何須二頃田。（張令嫺夫人月勝秋齋圖 卷九第九十六首）

幾行高士籠鵝帖，一卷仙人相鶴經。（題練川話舊圖 卷九第一百零七首）

寫翠傳紅一卷詞，曉風殘月三生夢。（滌山吟館行題魏滋伯廣文行看字 卷十第四十首）

雙鳳鳴梧後，孤鸞舞鏡時。（題夜紡授經圖 卷五第五十六首）

銅坑山頭萬枝雪，玉照堂中一枝筆。（題張雲裳鄧尉探梅圖 卷五第六十四首）

一代孤根能特立，千秋元氣與深含。（陸宣公墓栢重青繪圖徵詠 卷九第五十首）

萬頃湘波秋瑟瑟，一天湘月夜盈盈。（題湘人詩 卷十第九十七首）

歸旐三千里，幽宮十二年。（題仲兄蒨士印禪室印譜後 卷六第四十七首）

百子幃中卻扇詩，七香車畔和婚賦。（題瘞琴銘後 卷三第十五首）

貞魂淮水花雙朵，毅魄金陵碧一邱。（讀方正學遜志齋集題後 卷八第一百零八首）方正學殉難，二女投秦淮河死。

苦行三千無我相，陰功八百度人經。（讀金蓋心燈敬題陳樵雲先生傳後 卷十第一百五十八首）

空緣一吟再吟心，不歡三吟四吟淚。（題生香館詞後 卷二第八十首）

半生薄宦陶彭澤，萬首新詩陸放翁。（題表外祖張仲雅簡松堂集後 卷四第五十六首）

百年金粉妝樓記，一卷滄桑本事詩。（題陳其年婦人集 卷四第七十一首）

萬卷奇書臨水讀，三層高閣倚天開。（選明三十家詩成各題一律於後 卷四第八十一首）

仙子玉鑪三澗雪，美人湘管一枝花（題蘭因集 卷五第五首）

和鳴有集足千秋，步障才華第一流。（丙戌季夏席怡珊姊招集瑤草珠閣話舊論心悲喜交至歸後賦三律紀事即題其集後 卷五第四十四首）

七寶光芒修月府，萬花紅翠擁珠宮。（題舒鐵雲先生瓶水齋詩集後 卷七第四首）

種花負米三生感，吹竹彈絲一代才。（題邵夢餘先生鏡西閣集 卷七第廿二首）

三徑秋花見高格，六朝明月是仙才。（題秣陵陳友菊夫人望雲軒詩集即答見贈之作 卷七第四十八首）

殘山賸水三生石，換羽移宮一局棋。（題芝龕記樂府四首 卷九第廿首）

水仙祠畔詩千首，西子湖頭酒一杯。（題錢塘曹曹村茂才詩集有感題後 卷十第四十五首）

三唐畫界心何苦，兩宋無詩論豈公。（閱近人詩集有感題後 卷十第一百零七首）

五言詩瀉千行淚，一寸心緘萬里愁。（作伯兄輓詩成復題于後 卷二第十一首）

明湖別酒三生隔，邗水歸舟一面難。（哭湘綠 卷四第六十二首）

畫眉菱鏡花雙笑，記曲珠簾月二分。（紫湘詞 卷四第一百一十二首）

英雄成敗千秋恨，家國滄桑一種愁。（讀逐鹿記弔陳友諒妃桑氏 卷六第五十八首）

千秋功罪何人諒，一杵鐘聲夜月空。（登靈巖姑蘇臺訪館娃宮遺址弔西施作 卷十第六十三首）

桃片濺餘千點血，柳絲牽斷九迴腸。（清湘樓詩弔衡陽凌烈婦 卷九第卅首）

一代威名邁光弼，千秋知己屬青蓮。（詠古四首和琴河歸佩珊夫人郭汾陽 卷二第三首）

釵股碧來牽雙槳雨，鏡奩晴漾一湖烟。（三潭　和吳蘋香姊 卷十第廿九首）

修來稱意三生果，聽到伽陵一曲歌。（娑羅花詩和潘榕皋先生原韻 卷五第二十一首）

萬頃湖光靜不流，兩峯嵐翠望中收。（重至西湖寄紉青姊 卷一第六十七首）

五月江聲流短夢，六朝山色送新愁。（送小雲姬人紫湘養痾白下 卷四第七十六首）

六朝山色迎人笑，三峽濤聲放棹回。（呈繡山舅氏 卷九第一百一十九首）

明鏡修蛾二分月，香匳粉本六朝花。（答金壇吳飛卿女史見寄之 卷四第四十二首）

明來性月三關透，開到心華萬景澄。（賦呈陳蘭雲夫人二詩 卷八第一百一十四首）

碧城仙史詩千首，金粟如來酒一卮。（奉答湘霞夫人見贈詩 卷十第一百卌六首）

（二）顏色對

碧水開明鏡，**青**山彈曉鬟。（題蔣錦秋夫人自寫石谿漁婦圖 卷三第八十四首）

斜日在**青**帘，人家隔**紅**葉。（題山水小景 卷四第二首）

松屏舞鶴盤秋**翠**，楓徑嘯猿踏晚**紅**。（題畫山樓圖 卷五第二十九首）

細雨琴尊秋樹**碧**，夕陽簾幕晚山**青**。（題滄浪亭圖 卷五第十二首）

黃葉山家聞牧笛，**白**蘋湖墅見漁鐙。（題西泠秋泛圖 卷七第四十一首）

碧梧小院驚寒鵲，**青**桂閒階墮冷螢。（題龔素山舅氏三生同聽一樓鐘圖 卷四第六十首）

鄉夢孤雲**黃**海月，遊蹤疎柳**白**門煙。（題程孟陽遺像 卷五第八十二首）

絳雲影散苔深**碧**，**紅**豆花疎月澹**黃**。（同上第八十三首）

籠煙芳樹**紅**牆隔，映水疎星**碧**漢斜。（題練川王藹初夫人倚樓人在月明中圖 卷七第五十八首）

紅酣霜樹秋開齋，**翠**撲煙巒雨洗塵。（又題琇卿玉山紀遊圖 卷八第九十六首）

楚楚凌**黃**鵠，亭亭下**碧**鸞。（題玉惕雲女史畫竹 卷九第四十一首）

兵傳**白**桿弓刀肅，捷奏**紅**厓草木春。（題秦良玉畫像 卷二第五十八首）

赤眉**青**犢日縱橫，一騎**紅**妝獨請纓。（同上）

紅樹烟深梅尉宅，**白**蘋風冷柳姑祠。（題石鶴笙茂才鑑湖秋泛圖 卷五第六十首）

紅。淚深宮拜杜鵑，綠。雲高髻綰朝天。（花蘂夫人小影無逸女士仿仇十洲本也 卷八第一百一十九首）
綠。蒲影動空灘雨，紅。蓼花扶瘦齘烟。（韓菊坪得巨蟹繪圖乞詠 卷九第一百一十一首）
碧。螺分供靈筵茗，白。蜨同焚塔院錢。（題澄懷堂遺集後 卷五第一百一十三首）
散風奩閟悲金。盌，伴月香銷澹碧。紗。（辛卯仲秋晤小米姪 卷八第一百首）
雲車北極烟光紫。，鶴馭南湖黛影青。。（讀金蓋心燈敬題陳樵雲先生傳後 卷十第一百五十八首）
野史亭荒青。簡冷，讀書山迴碧。雲秋。（題元遺山集 卷一第一百一十三首）
可憐青。蓋降王去，但見黃。冠故老回。（題汪水雲詩集 卷二第六十七首）
斑管碧。紗花鮮語，玉鉤青。冢淚成絲。（題陳其年婦人集 卷四第七十一首）
恩負泰陵春草碧。，獵歸梁苑夜鐙紅。。（選明三十家詩成各題一律於後 卷四第七十七首）
吟興湘中秋水碧。，鄉心劍外晚山青。。（同上第八十九首）
芳園結社吟紅。雨，香冢題詩埽綠。苔。（同上第九十一首）
秋冷白。蘋魚戲渚，雨寒紅。杏燕窺簾。（題婁東女士張韻芬寫生小冊 卷六第五十一首）
園丁蓑笠烟中碧。，菜甲田疇雨後青。。（題吳澹川南野堂集 卷七第廿首）
蘭渚晚山青。潑黛，鏡湖秋水碧。澄苔。（題邵夢餘先生鏡西閣集 卷七第廿二首）
北郭林花紅。有淚，南都庭草碧。無情。（讀高青邱集感題四律 卷七第四十五首）
宰官夢短黃。紬被，上帝春開白。玉樓。（書鏡西閣集後 卷八第四十八首）

朱鳥河山歌板外，青蛾涕淚酒尊前。（題芝龕記樂府四首 卷九第廿三首）

春紅已碎桃花扇，秋碧誰貽燕子箋。（同上）

碧含玉質層層璞，紅墮花英點點苔。（題翁大人花月滄桑錄 卷十第一百四十一首）

潮汐淒涼迴白馬，峽江嗚咽下黃牛。（作伯兄輓詩復題于後 卷二第十一首）

空山送客踏黃葉，小艇尋僧泊綠蒲。（南屏山居弔太白山人孫太初 卷四第廿三首）

岸柳綠疎秋後雨，汀花紅墮夜來霜。（過丹陽丁卯橋弔許渾 卷四第三十首）

夢斷畫船春水碧，跡留陰洞晚花紅。（登靈巖姑蘇臺訪館娃宮遺址弔西施作 卷十第六十三首）

淺水沈珠紅蓼泣，寒泉浸玉白蓮知。（同上第六十五首）

涼月開樽黃泛菊，秋風吹帽紫分萸。（翁大人北上因病南旋有詩紀事敬和原韻 卷十第九十四首）

蘋葉綠開風細細，蓮房紅濕雨絲絲。（玉泉飯魚和席怡珊姊 卷十第廿六首）

烟中紅蝠常留影，雨後青蓮不染心。（蕉花和竹堂太史原韻 卷五第四十九首）

綠蠟展風芳沼暗，翠盤承露粉垣侵。（同上）

桃花白石尋詩路，楊柳青帘賣酒樓。（重至西湖寄紉青姊 卷一第六十七首）

晚風橫篴青溪閣，新柳藏烏白下門。（書寄小雲金陵并柬紫湘 卷四第七十七首）

眼中風景招黃鶴，夢裡烟波狎白鷗。（寄小雲湘中 卷五第五十八首）

（三）感官動詞相對

花海寒香看鶴舞，柳橋晴浪聽鶯啼。（題又邨從侄柳暗花明又一邨圖卷七第十一首）

黃葉山家聞牧笛，白蘋湖墅見漁鐙。（題西泠秋泛圖卷七第四十一首）

石室讀書寒聽瀑，西湖對酒靜看雲。（選明三十家詩成各題一律於後卷四第七十四首）

韜光竹筧烟中聽，孤嶼梅林雪後看。（書鏡西閣集後卷八第五十一首）

【附註】

註一　汪端「自然好學齋詩鈔」卷一～卷十。

註二　汪端詩作中，將人名列於句中之排列次序，試歸納為（一）兩人名列於句中成對仗者；（二）一句中列有兩人名者；（三）兩句述說一人名者；（四）一句述說一人名者；（五）兩人名列於兩句中，不成對仗位置者。

註三　汪端表現人名對仗技巧之詩作選自於「汪端自然號學齋詩鈔」卷一至卷十。

註四　此處所引汪端表現運用仕女名技巧之詩作，選自汪端「自然好學齋詩鈔」卷三、四、五、七、八、九、十。

註五　汪端運用仙人名技巧之詩作，此處所引者選自於汪端「自然好學齋詩鈔」卷四、五、七、八、九、十。

註六　在汪端詩作中，描寫景物對仗技巧所採之表達方式，試歸納為：（一）物對；（二）景對；（三）景物對。至於物對又分為：動物、植物、動植物對仗。關於景物對仗之位置順序計分為（一）置於句首者（二）置於句中者（三）同時置於句首與句尾者（四）僅置於句尾者。

註七　汪端表現於動、植物對仗技巧之詩作，選自於「自然好學齋詩鈔」卷二、三、四、五、六、七、八、九、十。

註八　汪端表現用景對仗技巧之詩作，選自於「自然好學齋詩鈔」卷二、三、四、五、七、八、十。

註九　汪端表現用字技巧之詩作，選自於「自然好學齋詩鈔」卷一至卷十。

註一〇　汪端詩作中，表達仙道名詞之對仗技巧，選自於「自然好學齋詩鈔」卷四、六、七、八、九、十。

註一一　汪端詩作中，對於方位、時間、地名之運用，均採對仗方式表達。例如方位採用東──西、南──北、前──後等；時間採用之字有相類及相對之意義；如秋──晚、朝──夜、生前──身後。地名之採用，取材甚廣。有取自名山、大澤、歷史古蹟、朝代建都名、仙道名詞等。表現方位、時間、地名之對仗技巧，均選自於汪端「自然好學齋詩鈔」卷一至卷十。

第七章

結論

清代為我國婦女文學發展之黃金時代，就中汪端堪稱為閨閣詩壇之冠冕，獲此文學地位，實屬不易。

本篇論文即針對汪端其人其詩加以研究，得知汪端詩作成就，實具諸多優越條件。

汪端出生書香門第，無論父系、母系、夫系，均為詩禮家庭，所享得天獨厚之家世背景，此其一也。

其次汪端稟賦優異，幼即能詠詩，且足媲美謝道韞；不僅接受良好閨閣教育之薰陶，且與才子締結良緣，夫婦詠詩互勉，相得益彰，此其二也。

及至家遭遽變，備嘗世間悲歡離合，加之體弱染疾，以致向道問禪，並假詩作，以釋人生，此其三也。

探究汪端生平，無論家世、稟賦、際遇，均具獨特性，故自然將此特性表現於詩作中，此其四也。

汪端有其卓越文才，兼具忠義節操。其後因閱高青邱集，都知明太祖殘害忠良暴殄名儒，悲憤填膺，欲思導正謬誤詩說，誓願翻詩壇冤案，故編著明三十家詩選。此舉縱使當時名士為之，亦非易事，由此更加顯示汪端不讓鬚眉，高超之識見與才華，此其五也。

汪端之詩風，獨樹一幟，首重其「清」，以清為詩之神；兼重其「真」，以真為詩之骨；並重詩作與理論合一、對仗和諧之美。汪端詩作不僅見解高超，且獨幟詩風，此其六也。

綜上所言，無論就婦德、詩作兩方面而言，汪端均有其卓越表現，不僅應肯定其在詩壇之地位，其人其詩實亦深具研究之價值也。

參考書目舉要

明史　清張廷玉等同校　鼎文書局

明史紀事本末　清谷應泰著　商務印書館

清史　蕭一山著　中華文化出版事業委員會印行

清史紀事本末　黃鴻壽著　三民書局

清史稿　楊家駱印　鼎文書局

清史列傳　趙爾巽等撰　中華書局

清史藝文志　朱師轍著　廣文書局

續碑傳集　清繆荃孫編　清宣統二年江楚編譯書局刊本

碑傳集補　清閔爾昌編　民國二十一年北平燕京大學國學研究所排印本

清朝詩人徵略　清張維屏著　嘉慶二十四年刊本

清朝賢媛類徵　初編　清李桓輯清光緒十七年湘陰李氏刊本

清代閨閣詩人徵略　施淑儀著　鼎文書局

清朝先正事略　清李元度編　清同治五年上海文瑞樓石印本

明詩紀事　清陳田輯　中華國學叢書本

清朝詩人小傳　清鄭方坤著　廣文書局
說文繫傳考異　清汪憲著　四庫全書珍本
烈女傳　清汪憲著　振綺堂叢書本
清代學者象傳　清葉衍蘭著　民國十七年上海商務印書館影印珂羅版
蘇州府志　清石韞玉纂　清道光四年刊本
明詩統　明李騰鵬著　明萬曆間刊本
明詩評　明王世貞著　叢書集成初編本
國朝詩評　明王世貞著　叢書集成初編本
明詩評選　清王夫之著　船山遺書全集本
國朝詩鐸　清張應昌輯　清同治八年刊本
明詩綜　清朱彝尊著　清西泠清來堂吳氏刊本
明詩別裁　清沈德潛編　商務國學基本叢書本
清詩別裁　清沈德潛編　商務國學基本叢書本
清詩匯　徐世昌編　世界書局
名媛詩歸　明鐘惺編　明刻清印本
國朝閨秀正始集　清完顏惲珠編　清道光十一年紅香館刊本
清代女詩人選集　陳香編　商務印書館
陶貞白集　梁陶弘景著　金陵叢書本

書名	著者	版本
宋文憲公全集	明宋濂著	中華書局四部備要本
青邱集	明高啟著	四部備要本
頻羅庵遺集	清梁同書著	清光緒十三年鎮海鮑氏重刊本
簡松草堂文集	清張雲璈著	北平燕京大學印本
簡松草堂詩集	清張雲璈著	清道光年間刊本
碧城仙館詩鈔	清陳文述著	靈鶼閣叢書本
蘭因集	清陳文述著	清光緒九年錢塘丁氏刊本
西泠仙詠	清陳文述著	清光緒八年西泠丁氏翠螺仙館刊本
西泠閨詠	清陳文述著	清光緒十三年西泠翠螺閣重刊本
西泠懷古集	清陳文述著	清光緒九年刊本
秣陵集	清陳文述著	清光緒十年淮南書局重刊本
岱游集	清陳文述著	房山山房叢書本
西溪雜詠	清陳文述著	清光緒丁酉刊本
古春軒詞	清梁德繩著	小檀欒室彙刻本
鑑止水齋集	清許宗彥著	清同治十年重刊本
鑑止水齋文錄	清許宗彥著	國朝文錄本
清白士集	清梁玉繩著	清嘉慶五年刊本
寫韻軒小稿	清曹墨琴著	淵雅堂全集

秋紅丈寶遺詩　清金禮嬴著　春暉堂叢書本
滄江虹月詞　清汪初著　清光緒十五年補刊本
澄懷堂詩集　清陳裴之著　感逝集本
澄懷堂文鈔　清陳裴之著　清道光年間刊本
湘烟小錄　清陳裴之著　筆記小說大觀五編
香畹樓憶語　清陳裴之著　足本浮生六記
明三十家詩選　清汪端編著　清同治十二年十月蘊蘭吟館重刊本
自然好學齋詩鈔　清汪端著　清同治十三年重刊本
清朝百家名詩選　清魏憲輯　清康熙二十四年聖益齋刊本
歷代詩話　清何文煥著　藝文印書館
歷代詩話續編　丁福保著　藝文印書館
清詩話　丁福保校定　藝文印書館
清代詩話敘錄　鄭靜若著　學生書局
中國婦女文學史　謝无量著　中華書局
清代婦女文學史　梁乙真編　中華書局
中國婦女與文學　陶秋英著　藍燈出版社
中國婦女生活史　陳東原著　商務印書館
中國詩歌發展史　梁石著　經氏出版社

中國詩歌史　張敬文著　幻獅書店
中國文學研究　梁啟超著　明倫出版社
清代學術概論　梁啟超著　中華書局
明代文學　錢基博著　商務書局
現代中國文學史　錢基博著　粹文堂書局
中國文學發展史　劉大杰著　華正書局
清代文學　張宗祥著　商務印書館
清代文學評論史　青木正兒著　開明書店
文學評論之原理　溫徹斯特著　商務印書館
中國文學批評史大綱　朱東潤著　開明書店
中國文學批評家與文學批評　朱東潤等著　學生書局
明代文學批評資料彙編　葉慶炳、邵紅編　成文出版社
清代文學批評資料彙編　葉慶炳、吳宏一編　成文出版社
明清文學批評　張健著　國家出版社
清代詩學初探　吳宏一著　牧童出版社
歷代詩論　金達凱著　民主評論社印行
中國詩論史　鈴木虎雄著　商務印書館
清詩評註　王文濡編　廣文書局

詩論　朱光潛著　正中書局
文藝心理學　朱光潛著　開明書局
詩學　亞里斯多德著　傅東華譯商務印書館
詩學　黃節著　學海出版社
中國詩學大綱　楊鴻烈著　商務印書館
詩學　張正體、張婷婷著　商務印書館
中國詩學　黃永武著　巨流圖書公司
詩與美　黃永武著　洪範書局
色彩學概論　林書堯著　力文出版社
清代女詩人書目總索引　陳香撰　書評書目第卅六—卅八期
中國文學批評中的評價問題　黃啟方撰　中外文學月刊第四卷第二期
文人的想像與感情的隱喻　王夢鷗撰　中外文學月刊第七卷第九期
詩選的詩論價值　楊松年撰　中外文學月刊第十卷第五期
清代女詩人研究　鍾慧玲著　政大博士論文

新銳文叢45　PC0788

新銳文創
INDEPENDENT & UNIQUE

清代女詩人
——汪端

作　　者	陳瑞芬
責任編輯	陳慈蓉
圖文排版	周妤靜
封面設計	劉肇昇

出版策劃	新銳文創
發 行 人	宋政坤
法律顧問	毛國樑　律師
製作發行	秀威資訊科技股份有限公司 114 台北市內湖區瑞光路76巷65號1樓 電話：+886-2-2796-3638　傳真：+886-2-2796-1377 服務信箱：service@showwe.com.tw http://www.showwe.com.tw
郵政劃撥	19563868　戶名：秀威資訊科技股份有限公司
展售門市	國家書店【松江門市】 104 台北市中山區松江路209號1樓 電話：+886-2-2518-0207　傳真：+886-2-2518-0778
網路訂購	秀威網路書店：https://store.showwe.tw 國家網路書店：https://www.govbooks.com.tw

出版日期	2020年2月　BOD一版
定　　價	400元

Printed in Taiwan

國家圖書館出版品預行編目

清代女詩人：汪端 / 陳瑞芬著. -- 一版. -- 臺北市：新銳文創, 2020.02
面； 公分. -- (新銳文叢；45)
BOD版
ISBN 978-957-8924-85-7(平裝)

1.(清)汪端 2.中國詩 3.詩評 4.女性文學

820.9107 109000322

讀者回函卡

感謝您購買本書，為提升服務品質，請填妥以下資料，將讀者回函卡直接寄回或傳真本公司，收到您的寶貴意見後，我們會收藏記錄及檢討，謝謝！

如您需要了解本公司最新出版書目、購書優惠或企劃活動，歡迎您上網查詢或下載相關資料：http:// www.showwe.com.tw

您購買的書名：________________________________

出生日期：________年________月________日

學歷：□高中（含）以下　□大專　□研究所（含）以上

職業：□製造業　□金融業　□資訊業　□軍警　□傳播業　□自由業

□服務業　□公務員　□教職　□學生　□家管　□其它______

購書地點：□網路書店　□實體書店　□書展　□郵購　□贈閱　□其他

您從何得知本書的消息？

□網路書店　□實體書店　□網路搜尋　□電子報　□書訊　□雜誌

□傳播媒體　□親友推薦　□網站推薦　□部落格　□其他__________

您對本書的評價：（請填代號　1.非常滿意　2.滿意　3.尚可　4.再改進）

封面設計____　版面編排____　內容____　文／譯筆____　價格____

讀完書後您覺得：

□很有收穫　□有收穫　□收穫不多　□沒收穫

對我們的建議：________________________________

____

____

____

請貼
郵票

11466
台北市內湖區瑞光路 76 巷 65 號 1 樓
秀威資訊科技股份有限公司 收
BOD 數位出版事業部

···

（請沿線對折寄回，謝謝！）

姓　　名：＿＿＿＿＿＿＿＿＿　年齡：＿＿＿＿　性別：□女　□男

郵遞區號：□□□□□

地　　址：＿＿＿＿＿＿＿＿＿＿＿＿＿＿＿＿＿＿＿＿

聯絡電話：（日）＿＿＿＿＿＿＿＿＿＿（夜）＿＿＿＿＿＿＿＿＿＿

E-mail：＿＿＿＿＿＿＿＿＿＿＿＿＿＿＿＿＿＿＿＿